Be Loved in House

約・定～*I Do*

影視改編小說

1

「嫁給我！」

王靖單膝下跪，舉起他親自設計的彼得石戒指，深情款款地向坐在沙發上的石磊求婚。

無奈石磊搖頭，連個多餘的眼神都不想給他。

「這樣不行嗎？」王靖苦思了一會兒，改為兩腳跪地，一手舉戒指，一手抱上石磊的小腿，帶著濃厚哭腔說：「可以嫁給我嗎？沒有妳我活不下去！」

石磊嘴角抽搐，渾身惡寒，連忙把腿伸上沙發，彷彿王靖是什麼髒東西一樣。

「也……也不好嗎？」王靖尷尬地站了起來。「我再想想……啊，有了！」

下一秒，王靖霸道總裁上身，一把挑起石磊下巴，用鼻孔看人。「女人，妳引起我的注意了，我可以給妳機會，讓妳嫁給我。」

「咳咳咳——」石磊被王靖浮誇的演技嚇到直接岔氣，狂咳難止。

「磊哥，喝水。」午思齊著急地遞來一杯溫水，坐上沙發另一頭，幫石磊扶著手臂，一邊順著他的背。

「呼，差點往生。」石磊有氣無力地攤在沙發上，陪王靖練習一下午了，求婚的招式沒有最糟，只有更糟。他不禁吐槽：「王靖你確定筱倩看到你求婚的方法，不會當場把你打成豬頭嗎？又不是豬八戒娶媳婦，拜託想點人間的招式。」

王靖搔了搔頭，汗顏地說：「真的很爛嗎？」

「你看一下思齊剛剛錄的影片就知道了。」石磊現在一閉上眼，不是王靖的哭聲，就是那句「女人，妳引起我的注意了」，腦袋甩到都有殘影了，還是沒辦法把王靖的聲音甩出腦海。

午思齊機敏地拿出手機播放側錄的影片。在王靖求婚計劃中，他負責錄影的工作。

「你先看，我回房間找一下手機。」為防二次傷害，石磊找了個藉口離開現場。

午思齊後腳跟著離開，「我去看一下磊哥，我怕他不舒服。」

兩人一前一腳進到石磊房間，門一關上就看到石磊像耳朵進水似的，拍完左邊換右邊。

這件事藏在午思齊心裡好久了，這回終於忍不住問出來：「磊哥，既然倩姊都知道靖哥要求婚了，還要搞這些花招嗎？」

「這才叫浪漫啊！」石磊瞪大眼睛說：「人一定要有儀式感。你要知道所有的儀式感都是對人生的加冕，而且有儀式感的家庭更容易培養出幸福感強烈的孩子。是不是對王靖跟筱倩很重要？」

「是這樣嗎？」午思齊半信半疑。

「不懂也沒關係，只要記得沒求婚，你會被女孩子罵一輩子。」石磊慵懶地躺上床，翹腳刷手機。

午思齊小聲說：「我應該沒機會啦……」

「你說什麼？」石磊沒聽清楚，不等午思齊再問一次，手機響了，是老闆的電話。石磊彈坐而起，期待又害怕地接起電話：「老闆好，是接到新案子了嗎？」

一聽到是老闆，午思齊也跟著緊張起來。

「等等，您說什麼？您把工藝坊賣了？您賣給誰了？」石磊倒抽一口涼氣，如果他身處在武俠世界，現在應該離走火入魔只剩幾釐米。「我們這些員工怎麼辦？對方有說要繼續營運──喂？喂？靠，掛我電話！」

「磊哥，怎麼回事？你別嚇我啊！」午思齊緊張到臉都發白了。

石磊暫時沒空為他解答，回撥老闆電話，直接進入語音信箱，改傳Line發現已被封鎖。他不死心地撥了一次又一次，最後不得不承認老闆就像斷了線的風箏、脫了韁的野馬、變了心的女朋友，回不來了。

「老闆把工藝坊賣了，沒說賣給誰就掛我電話，還封鎖我。」石磊把頭髮抓得亂七八糟。「我可以理解老闆壓力大、把工藝坊賣掉，但他怎麼沒事先跟我們商量？」

石磊、午思齊、王靖，還有王靖的女友白筱倩都是精誠工藝坊的員工，大家平時相處就像家人一樣，就算石磊在工藝坊是老闆之外，級別最高的負責人，一樣論歲不論輩，他們都很喜歡這個工作環境。

只是工藝坊從去年底生意就一路低迷，老客戶沒有回流，又沒有開發到新客戶，貸款採購的礦石堆在倉庫不見天日，面對每個月銀行催款、員工薪資、水電雜費，老闆說了好幾次要把工藝坊盤出去之類的話。

他們多少都做了最壞的心理準備，唯獨沒想過老闆會脫手得如此突然，活像要出國深造。

「磊哥，我們現在該怎麼辦？」午思齊六神無主，看起來呆呆愣愣的。他還是大學生，得一邊讀書、一邊在工藝坊實習賺生活費，才能在這座城市立足，萬一工藝坊收起來，難道他要從明日之星設計師變成最帥街友了嗎？「好不甘心喔，我下個月就要轉正職了……」

「別太早下定論，說不定還有轉圜的餘地，大家先集合起來再說。」石磊先是傳了訊息給白筱倩再走向客廳，見午思齊像缺水的花草奄奄一息，連忙開導：「別忘了我們住的地方是老闆的房子，跑得了和尚跑不了廟，我就不信他連這棟公寓都不要了。」

「萬一老闆欠錢，房子被法拍呢？」

石磊：「……。你這孩子很棒喔，很會聊天喔」。

「石磊！」王靖一見到他就大叫，石磊還以為他知道工藝坊轉手的事，正要出聲安慰，王靖就先激動地抓住他的肩膀，瘋狂搖晃。「快點幫我想個前無古人後無來者的求婚方法，錢……錢也是問題，你快幫我想啦！」

「等一下再想，我們還有更重要的事要做。」石磊晃得像條海草，每個字都抖得像後面掛了條波浪線。「快走吧，我約了筱倩在Cat Soul輕飲見面。」

王靖知道工藝坊賣了，嚇得三魂不見了七魄，渾渾噩噩地跟著石磊走，要不是王靖腳下有影子，還以為是石磊招來的生魂。

Cat Soul輕飲是一家以白色為基底的簡約工業風咖啡廳，離工藝坊很近，石磊他們很常來這裡聚餐，一來二往就跟老闆、店員混了個臉熟，店裡還有一頭又懶又胖的橘貓「萬萬」，人氣很高。

白筱倩沒有讓他們等太久，在石磊一行人抵達後十分鐘內就到了。她一坐下，兩杯飲料正巧上桌。

「是妳最喜歡的甜心摩卡。」王靖特別吩咐這杯要第一個上，就怕女朋友趕過來口渴沒飲料喝。

「謝謝，你最棒了。」白筱倩不吝嗇地稱讚，眼尾瞄到石磊盯著送餐過來的實習店長程珞不放。

如果眼神會吐絲，程珞現在應該被綑成一顆繭了。

店長言兆綱送來另外兩杯飲料，還附上兩小碟招待的手工餅乾。「新研發的口味，伯爵紅茶跟巧克力蔓越莓，吃完方便的話給個評價。」

「好的。」午思齊拿起巧克力口味的餅乾咬了一口，還沒吞下去就點頭稱讚。「很好吃，沒騙你，真的很好吃。」

「謝謝。」言兆綱微笑回應，走回備餐區，不曉得有道視線一直黏在他背後。

「你們師徒倆在玩什麼遊戲，瘋狂盯店長嗎？」白筱倩明知故問，看到石磊跟午思齊瞬間正襟危坐、目不斜視，差點破功大笑，低頭喝了口咖啡才壓下來。「好了，說正經事。工藝坊找到買主了，最快下周申請變更登記，不過新老闆還在國外，預計農曆年後才會進來。」

「倩倩，妳也太清楚了吧，老闆跟妳說的？」王靖訝異極了。石磊雖然接到老闆電話，卻一問三不知。

「老闆娘——不，是前老闆娘跟我說的，我們在同個美體中心。」也有可能是前老闆覺得賣掉工藝坊無法面對一起打拚的員工，才會用這麼迂迴的方式告知。「工藝坊會繼續運作，只是不知道新老闆個性如何，所以這段時間，我們除了照常上班之外，還要整理經手過的案件，以備不時之需。」

「太好了！」石磊鬆了口氣，綻開笑容，拍著午思齊的肩膀，欣慰地說：「只要工藝坊還能繼續運作，新老闆再難相處，我都先幫他加三十分。」

「你別高興得太早。」白筱倩馬上潑他冷水。「新老闆跟前老闆不一樣。前老闆不管設計，主要都由你這位組長負責。據說新老闆是業界人士，進來是要坐總監位置的。」

石磊一時語塞，在王靖及午思齊擔憂的注視下，調節氣氛的慣性又上線了。「這又沒什麼，只要他能力比我強，我心服口服。如果我的設計更好，他不肯用，就是他眼瞎。」

「然後磊哥就會跟新老闆吵架。」午思齊捅來一刀。

石磊惱羞成怒。「我才不會！」

「你一定會。」王靖投下贊成票。

石磊根本愧對他名字裡的四顆石頭，個性跟鞭炮一樣，易燃易爆炸。

這群人聚在一起聊天，沒幾回合就開始互相揭短，又笑又鬧的，瞬間就忘了工藝坊易主帶來的震撼及恐慌。

「我去一下洗手間。」白筱倩拿出化妝包，暫時離席。

石磊確定白筱倩聽不見了，才敢對王靖說：「你打算什麼時候求婚？都快過年了。先說好，過年我要回家陪我媽，不在這裡喔。」

「我過年要打工，一樣沒空。」午思齊已經談好市場工讀了，同樣抽不開身。

王靖一臉為難。「我還沒想好求婚的方式跟地點，還要思考佈置，過年前有點趕耶……」

「我覺得靖哥不要想太多，倩姊這麼喜歡你，不管你用什麼方式求婚，她都會答應的。」午思齊想法簡單又實際，反而打開了新的思路。「我記得你是為了倩姊才來工藝坊的，不如在工藝坊裡跟倩姊求婚，意喻圓圓滿滿？」

「這個可以耶！」石磊驚呼出聲。「看不出來你這麼厲害，很會喔。」

王靖也覺得這提議不錯，可惜白筱倩從洗手間出來，他們不能再進一步討論。石磊對他使了個眼色，決定私下再說。

Ω・Ʊ

大年初五，工藝坊開工。

石磊與午思齊假裝討論案子，其實一直在偷看忐忑不安的王靖。

經過了大半個月的準備，王靖決定返璞歸真，不搞花招，以真心求婚，取消場佈需要的氣球、鮮花、綵帶，只在每個人的桌上放一小盆慶祝與紀念同存的永生花盆栽。

白筱倩一早來到公司就捧著永生花問：「誰送的？這麼漂亮。」

還以為王靖會立刻跳出來求婚，人是站出來了，結果太緊張又縮了回去，握緊口袋裡的戒指盒，露出比職業笑容還虛假的表情說：「真的嗎？妳喜歡就好。」

要不是午思齊拉住，石磊早就把人拖進廁所，開扁一頓降龍十八掌。

「去，快去！」石磊用氣音催促王靖，手揮得像在趕蒼蠅。

王靖深吸一口氣，才剛踩出一步，就見白筱倩往他這裡走來，好不容易鼓起的勇氣又洩光了。

「我怎麼覺得倩姊有點故意？」午思齊以為自己眼花，但白筱倩一早就在辦公室走來走去，只要王靖一有動作卻又龜縮，他就會看到白筱倩偷笑。

石磊早就發現了，不敢點破是怕王靖臉皮撐不住，到時候可能會奪門而出，再冷靜個半個月才有下一次的求婚行動。

眼看時間一分一秒逼進，再不行動不知道要拖到幾點。石磊悄聲來到王靖身邊，指著走到門口旁的白筱倩，提醒說：「你記得我們有個新的藝術總監要來吧？」

「嗯，筱倩昨晚有講。」王靖記得很清楚。「今天早上十一點左右會過來。」

石磊笑得很僵硬，把手錶錶面對準他。「現在時間十點四十八分，他應該快到了，你再不快點行動，筱倩不打你，我都要打你了！」

「我……我知道了！」王靖深吸一口氣，整理了一下儀容，大步往白筱倩走去，在她面前站得像個執勤的憲兵。「白筱倩！」

「那麼大聲幹什麼？叫魂啊！」白筱倩故作冷靜，心裡卻掐著尖叫雞，她夢寐以求的求婚終於要來了。

跟著白筱倩一起屏息以待的還有石磊跟午思齊，兩人緊張到互相掐著對方，就怕王靖臨陣脫逃。

幸好王靖這次沒漏氣，終於從口袋掏出捂了許久的戒指，單膝下跪。「我有件重要的事要告訴妳……」

「什麼事？」

突如其來的嗓音像深夜裡劃破寧靜的鐘聲，驚醒所有人。

抬頭一看，門口站著一位提著公事包的陌生男子，西裝筆挺，面容俊秀，但氣質高冷難以親近，輕飄飄地掃來一眼就能讓室溫驟降五度。

他俯視跪在地上的王靖，似乎還在等著解釋。

「沒、沒事……」王靖尷尬極了，把他好不容易掏出來的戒指盒又放回口袋，摸著鼻子站了起來，還極度缺乏氣勢地往旁邊一退。

求婚儀式被打斷，白筱倩心情特別不好，她勉強穩住情緒不遷怒來人，語氣仍然有明顯不快：「不好意思，請問你是？」

「是新老闆嗎？」午思齊天外飛來一筆，馬上解開其他人的困惑。

「先自我介紹，我是精誠工藝坊藝術總監金予真，也是你們的新老闆。」

金予真太年輕了，看上去才二、三十歲，所以石磊沒在第一時間與新老闆聯想到一起，差點鬧了笑話。

「你好，我是……」石磊走向前，正要自我介紹表達歡迎與善意，豈知金予真全然無視他的問候，逕自錯身往辦公室裡面走。

石磊錯愕轉身，就見金予真直接前往公佈欄，從公事包內取出文件貼了上去，這時石磊才發現金予真非常講究地戴著手套，這好像什麼，他一時間說不上來。

「新規定，請大家遵守。」金予真淡然地掃了一眼這些跟著工藝坊一起接手的員工，沒有多作解釋，就走進過年前預先備好的總監辦公室。

「才來第一天就給下馬威，我倒要看看是什麼新規定。」白筱倩高跟鞋踩得叩叩響，大步來到公佈欄前，才看第一行肝火都能發電了。「不得出現辦公室戀情，在職者亦不得有配偶，如有以上情事自請離職？」

這種有病的規定居然大剌剌貼上公佈欄？石磊不相信，親眼看了一遍才知道他們工藝坊也有上社會新聞的潛力。

難怪看到金予真戴手套的樣子有種莫名的熟悉感，根本就是送行者啊！

「不能出現辦公室戀情……」王靖心裡七上八下，滿腦子都是離開工藝坊後能去哪裡的想法。

他不想離開工藝坊，更不想跟白筱倩分手。王靖陷入了兩難的局面。

「這規定，靖哥跟倩姊該怎麼辦啊？」午思齊直白地問了出來。

白筱倩一直在觀察王靖，見他遲遲沒有表態，早就有了不祥的預感，是基於對王靖的愛及信任才沒質問他，如今藉著午思齊的嘴巴問了出來，白筱倩索性不藏了。「王靖，你怎麼說？」

「我……我……我不知道。」王靖像被人從水裡撈起來一樣，狼狽又驚魂未定。他心虛地看向白筱倩，面色發白，不敢相信他方才居然有一度慶幸自己在金予真出現之前，還沒向白筱倩求婚。「倩倩，我先冷靜一下。」

王靖轉身就走，有點落荒而逃的意味。

「王靖，你給我回來！」白筱倩的心情一夕天堂、一夕地獄，怎能容忍王靖丟下她不管，立刻追了上去。

「磊哥，這下該怎麼辦？」午思齊長這麼大，還沒經歷過如此混亂的一天。

石磊沒有回答，盯著公佈欄上的單身公約，氣不打一處來，身體比腦子更快一步決定，把金予真釘上去不到十分鐘的新規定撕了下來。

這見鬼的規定誰遵守誰笨蛋！

Ω•℧

在交接工藝坊資料時，之前的負責人有帶金予真看過內部環境，這處總監辦公室是由原負責人的辦公室改裝的。

原負責人的私人物品已經清空，留下來的全是工藝坊的歷年獎座、獎牌及得獎作品，顯得有些清冷。

金予真放下公事包，取出酒精開始消毒，鉅細靡遺，似乎已經很習慣清掃、消毒的工作，仔細到不知情的人可能以為是警局鑑識小組出來採證。

一輪打掃完畢，金予真取出筆電，才剛坐下打開，石磊就氣呼呼衝了進來，碰了大好一聲，果真人有多憤怒，門就響得有多大聲。

金予真卻不受影響，從容地問：「沒學會敲門？」

這句話把石磊的氣焰蓋熄了幾分，不過想到王靖跟白筱倩便又立刻提升戰力。他把單身公約拍上桌子，橫眉豎目地問：「這什麼意思？」

「我記得工藝坊對員工有基本學歷要求，沒學會敲門，連字都看不懂？」金予真往後一躺，雙手在腹部交握著。「簡單來說，就是有戀情，離職；已婚者，離職。聽懂了嗎？」

「憑什麼？」石磊指著單身公約。「你知道這種單身條款是違法的嗎？我可以去告發你！」

「去啊！」金予真大表歡迎，完全不把石磊的威脅放在心上。「原本工藝坊就快倒了，謝謝你推一把，正好我也不用在這裡浪費時間。」

「你有事嗎？收購工藝坊讓它倒？」有錢沒地方花不會捐出去嗎？

「我本來只想收購設備成立個人工作室，是你們老闆求我把工藝坊保留下來，讓你們能繼續工作。」金予真不帶任何感情闡述，把目光移到筆電上，彷彿石磊是個無理取鬧的小孩。「人我留下來了，當然要照我的規定走，不喜歡可以離開。」

「你一個人做不起來的。」石磊沒想過有一天會變成拖油瓶，有些汗顏。不過就算改成個人工作室，員工還是不可或缺的一環，他自認能力不俗，在職場上還有些談資。「帶人不帶心，工藝坊會留不住人。身為領導者，底下員工一直換，不僅工作很難推動，別人也會覺得這家工藝坊有問題吧？」

「你是石磊吧？設計組組長？」金予真突然問。

「是又怎樣？」

「你知道精誠工藝坊之所以虧損，大部分原因來自於員工薪資福利太好，收益無法平衡吧？」金予真從電腦裡調出一份Excel檔案，將螢幕轉向石磊。「我接手後，待遇一樣敢開敢給，你們依舊能拿工藝坊的資源參賽，為自己的履歷鍍金，你說我留不住人嗎？」

這點石磊沒有話說，精誠工藝坊的待遇確實是業界龍頭。

金予真繼續說：「如果這裡沒有絕對優勢，為什麼你的好同事不敢反抗呢？」

「所以你知道剛才是怎麼回事？」石磊心頭一驚，難道王靖跟白筱倩的事曝光了？

「什麼事？」金予真反問。

石磊一時間分辨不出來他是真不知道還是裝傻，這種情況當然不能傻乎乎跳進陷阱，把自己綁起來送給敵人。「沒事，我就是認為這張單身合約不合理！」

「我記得你未婚。」金予真直白地問：「還是你有女朋友了？」

「才沒！這關你什麼事啊？」母胎單身到現在的石磊感覺被冒犯到了。

「你的訴求我收到了，我不接受。如果沒有其他的事，你可以出去了。」金予真把電腦轉回來，然後在單身公約上面點了兩下。「記得貼回去。」

石磊都快氣死了，最好會把這張討厭的公約貼回公佈欄。「我才不要咧！」

石磊做完鬼臉挑釁，如同他猝不及防闖入辦公室，現在也像一陣風颳了出去，攔也攔不住。

看著石磊火冒三丈的背影，金予真微微勾起嘴角。

其實，這不是金予真與石磊的初見面，早在五年前的一場飾品設計展，他就見過石磊了。當時他的狀況並不好，是石磊的友善與笑容把他從深淵拉了出來，即使到了今天，他還記得石磊當時青澀又真誠的模樣，還有從笑容裡散發出來的光。

只是石磊不記得了。

金予真倒不覺得有什麼可惜的，牽扯越少越簡單，對此他僅是搖了搖頭，感嘆地說：「還是一樣有活力啊！」

不管石磊剛才的態度如何，見到他跟以前一樣熱血，在這個人心易變的時代總是讓人欣慰。

Ω・Ʊ

傍晚時分，Cat Soul坐滿了用餐人潮，甚至有精心打扮的顧客直接在位置上開吃播，十分熱鬧，也讓石磊這桌劍拔弩張的氣氛顯得沒那麼醒目。

「筱倩，妳還在生氣喔？」石磊硬著頭皮準備當和事佬，幫白筱倩添了杯檸檬水。

「不可以嗎？我等了一下午，到現在都沒跟我解釋過任何一句話。」白筱倩瞪著坐在面前，始終不敢抬頭看她的男友。「王靖，你打算怎麼辦？說話啊！」

王靖的頭更低了，白筱倩的火氣更大了。石磊怕白筱倩燒起來連這家店都會遭殃，安慰道：「靖哥想要有個兩全其美的辦法，妳也知道這不是件容易的事。」

「還有什麼兩全其美的辦法？不是分手，就是離職，你問他挑哪個？」

「我不想分手，也不想離職。」王靖終於開口說了句廢話。「倩倩，我們再等等好嗎？」

「等？是要等多久，看你跟金予真誰先死嗎？」白筱倩煩躁到想要大口喝酒，然後找人一起痛罵王靖跟金予真。「就算轉為地下戀情，為了這份工作誰都不要承認；六年了，我還有多少個六年可以陪你耗？」

「可是沒錢結婚很痛苦耶。」午思齊天外飛來一句箴言，讓人鬱悶、生氣又無處反駁。

石磊見場面一度尷尬，加快了腦部運轉的速度，還未深思，話到嘴邊就講了：「其實不是沒有兩全其美的辦法，只要讓金予真撤下單身公約就可以了。」

「怎麼做？」王靖激動地抓住石磊的手臂。「你有想法嗎？」

白筱倩同樣殷殷期盼看著他，包括午思齊都投來懵懂、但磊哥好像很厲害的眼神。石磊膽敢在這時候說不知道，肯定沒辦法活著走出Cat Soul。

「就是……」石磊腦子快過熱了，但不得不說壓力真的能逼出點東西來。「用實力說話，讓金予真知道我們不可替代，就有籌碼跟他談判，讓他撤下單身公約。」

白筱倩覺得這話有說跟沒說一樣，雙手環胸問：「你說的籌碼從哪裡來？」

「從案件來。」石磊信誓旦旦地說：「只要我們能接到大案，為工藝坊創造驚人的利潤，你們覺得金予真會輕易放走我們嗎？」

「為了把我們留下來，他只能撤掉單身公約。」王靖雙眼為之一亮，有種柳暗花明的感覺。「倩倩……」

「不好意思，我上個飲料喔。」程珞端了一盤飲料過來，石磊一見到她，立刻站起來幫忙。「謝謝。你們在聊什麼呀？我看你們好像很激動。」

「沒……沒什麼啦，呵呵呵。」石磊瞬間降智，搔頭傻笑，看起來特別蠢。

白筱倩沒眼看，嫌棄地嘖了聲，跟程珞說：「我們在聊男人應該要有擔當。程珞，妳要記得，千萬不要在垃圾桶裡找男朋友。」

「垃圾桶裡找得到男朋友嗎？」午思齊弱弱地問，可惜沒有人理他。

「好，謝謝倩姊。」程路不清楚情況，但見白筱倩並不開心，好像是感情出了問題，她就沒多說了，笑了笑便回到備餐區。

「筱倩，妳幹麼跟她說這些啦？不要嚇她。」石磊不由得抱怨，嘴巴嘟得都能吊三斤豬肉了。

「呵，我說錯了嗎？」白筱倩撥了一下頭髮。「你有擔當，你就去跟程路告白啊！這樣我才相信你會想盡辦法撤下單身公約。」

「妳不要把氣出在我跟程路身上啦，我是可以為了跟程路告白而努力撤下單身公約，這不衝突啊，況且這明明就是靖哥的問題。」最後一句石磊只敢含在嘴邊說。

「連告白的勇氣都沒有，我怎麼相信你有勇氣對抗金予真？」白筱倩瞪向王靖，冷笑道：「萬一跟某人一樣臨陣脫逃呢？我看不如先分開一陣子冷靜冷靜好了。」

「不行！」王靖不敢兇白筱倩，就把炮口對準石磊。「機會是稍縱即逝的，勇氣也一樣。你今天不跟程路告白，我就祝你一輩子找不到機會跟她告白。」

這話從王靖嘴裡說出來威脅力道超級大，石磊才不想跟他一樣。「去就去！男人就是要有擔當！」

石磊灌了一大口咖啡，把唇邊的奶泡舔乾淨，以壯士斷腕的決心走向備餐區。王靖、白筱倩隨之在後，要看告白的第一現場。午思齊見大家都走了，匆忙喝了兩口飲料，跟在最後面。

「程珞！我有話跟妳說。」石磊十分緊張，感覺眼前都出現殘影了。

正在沖咖啡的程珞聞言抬頭，露出了甜美的笑容。「什麼事？」

「我……」石磊兩手貼褲縫，都快把縫線抓破了。

「加油，石磊不要怕！」白筱倩為他打氣，恨不得幫他開口。

一旁的言兆綱看到工藝坊的人全站在備餐區前，最後那個小笨蛋還掛著奶泡鬍子，也站了過來。

石磊深吸一口氣，仍然覺得呼吸困難，有些缺氧，手抖得特別厲害。他眼一閉，心一橫，也不確定自己有沒有發出聲音。「程珞，我喜歡妳，妳願意跟我交往嗎？」

工藝坊的人聽到石磊真的告白了，差點尖叫出聲，忍住激動小聲地鼓舞：「答應他！答應他！」

「這……」程珞面有難色，轉而向言兆綱求救。「老闆，該怎麼辦？」

「看妳想怎麼辦。」言兆綱不想干預她的決定，僅是站在旁邊，沒有離去。

其實程珞也沒有糾結很久，尷尬又不失禮貌地跟石磊說：「石磊，你很好，可是我現在還沒談戀愛的想法，而且我們不是很了解彼此，等我們熟一點再說好嗎？我先工作。」

「好，好，當然沒問題，等妳不忙了我再來找妳。」玩家石磊獲得一張好人卡後，伴隨著減速三十的負面衝擊回到座位上回血。

這不是他人生第一次告白失敗，但痛苦並沒有減少幾分。心裡頭酸酸的、悶悶的，很想用五八高粱緩解一下。

以前他還會追問對方自己哪裡不好，他可以改。後來學乖了，因為他沒有不好，只是人不對，不過這次他好像還有敗部復活的機會。

「石磊，你還好嗎？」白筱倩愧疚地跟在石磊身後，有些擔心。她承認刺激石磊有遷怒的心態在裡面，但她還是真心希望石磊能收獲一段感情。

明明石磊條件不錯，個性活潑開朗，體貼聽話又正直，長得可愛討喜，笑起來燦爛又迷人，像銀河碎進了他的雙眸一樣，妥妥的犬系男友，難道程珞不是狗派的？

看向慵懶的店貓萬萬，白筱倩忽然明白了什麼。

「我？我很好啊，程珞又沒有完全拒絕我，等我們熟一點再告白。你們放心，我不會放棄的。」遇到一點小挫折就放棄，未免太小看他了，只須留一點傷心的時間給他，收拾好心情他就能再次前行。

「這樣就好。」白筱倩拍拍他的肩膀。萬一石磊放棄，她可能會產生同樣的想法。

「放心，我一定支持你。」

白筱倩跟王靖都緊張石磊的情緒，跟著他回座位，只剩午思齊一人還站在備餐區前，欲言又止。

「小朋友，怎麼了？」言兆綱遞了張面紙，示意他擦擦嘴巴。

午思齊赧紅著臉接過，胡亂地擦了一遍，然後從口袋裡很珍惜地拿出花了很多天才完成的飾品。「謝謝。這是我第一個銅纏繞作品，送給你。」

「送給我？」言兆綱不解。「為什麼送我？我不相信這麼好的作品只有一張面紙的價值。」

「我轉正了。」午思齊搔搔頭，頗不好意思地說：「你有講過很期待我的作品，所以我就想如果能轉正，要把第一個作品送給你。你看，跟萬萬像不像？」

這份作品以萬萬翻肚討摸為形象纏繞而成，憨態可掬，雙眼以金色髮晶呈現，更顯得靈動有神。

「這怎麼好意思？」言兆綱看到午思齊低落的模樣，鬼使神差地把銅線萬萬接了過來。「我請你吃頓飯，謝謝你的作品，還有慶祝你轉正。」

午思齊回頭看了眼他們的座位，白筱倩正跟石磊說話，後者看起來狀況不算太差。

「不是這一頓，那是程珞負責的。」言兆綱失笑。

「我什麼時候說要請啊？」程珞拒絕背上新債務。

午思齊想了下，還是忍不住發問：「程珞姊，妳為什麼不接受磊哥？他離垃圾桶超遠的。」

程珞差點手滑摔了餐點，哭笑不得地說：「我不是說石磊渣，是我對他還沒有那方面的感覺。」

「什麼感覺？」身為石磊徒弟，午思齊還有一項同款，就是母胎單身。

「臉紅心跳的感覺。」程珞知道午思齊在設計方面很有天分，情感方面卻像個小白。

「當你遇見有好感的人就知道，你會期待看見他，希望所有的時間都跟他一起度過。」

午思齊默默把這些話聽了進去，隨著自己的心意，看向前去招呼客人的言兆綱，突然覺得自己的心跳聲比尋常清晰又快速了些。

Ω•Ω

夜晚九點多，街道依舊熱鬧，行人來來往往，車輛絡繹不絕，然而拐了個彎就像進入不同的世界，所有的喧囂都停在路口。

石磊跟午思齊住的地方地段很好，鬧中取靜，捷運站、公車站皆步行可達。市場、超商都在附近，生活機能幾乎無可挑剔，加上午思齊把家裡佈置得相當溫馨，原本放假老愛往外面跑的石磊現在沒事就宅在家看電影。

人一旦受了委屈就想窩在家裡，石磊今天委屈可大了，恨不得有土行孫的遁地術，咻地一聲就回家蓋棉被躺平。

原以為今天的磨難已經結束，一回家打開大門就看到金予真坐在沙發上用電腦，腦筋一片空白的石磊居然還有閒心注意到金予真手套未脫。

「你怎麼會在這裡？」下班還要見到這位送行者，石磊真的好想仰天長嘯一句「天要亡我」！

「我以後住這裡。」金予真不急不徐地說。

「為……為什麼啊？這裡已經沒有房間了！」就算有也不歡迎。

「我記得這裡的租客只有一個，沒有合約的那位，麻煩請他今天離開。」金予真沒有指名道姓，不知為何，讓人更不開心了。

午思齊不是租客，他是投靠石磊，借住在這裡，聽到金予真的要求就要進房間收拾，被石磊攔了下來。

「你哪來的立場讓我們離開？倒是你私闖民宅，再不走我就報警！」

「也可以，我就看警察把誰帶走。」金予真從公事包內抽出權狀，大大方方放在客廳茶几上供他們檢驗。「你們前老闆把這裡一起賣給我了，現在我才是屋主。請你立刻把房間清理出來。」

「你怎麼可以這樣？」石磊用身體擋著午思齊。「明明是我們先住進來的。」

「這種事能論先來後到的嗎？」金予真同樣很煩。他在搬進來之前知道石磊住在這裡，想著如果是石磊還能忍受分租，誰知道還附贈了一隻午思齊，他還能好好說話已是萬幸。「你去整理，趁早到外面找個地方住，搬不走的我再聯絡搬家公司，之後找不到住處我可以幫忙，也能幫你貼補房租，但是你今天一定要搬走。」

「現在都幾點了你還把他趕出去，你不知道現在男孩子在外面也很危險嗎？」石磊氣成河豚，要不是金予真看上去比他高、比他壯，他早就動手了。「為什麼一定要小齊搬走，他可以跟我睡一間。」

「我不接受。」金予真冷眼拒絕。

「大不了你漲房租啊，要多少錢你說，我給！」石磊把午思齊當親弟弟疼，怎麼可能讓他在這時候拎著行李到外面住，說完還真的掏錢包出來。

金予真拿出手機，按下一一〇，就看石磊下一步再決定要不要撥出去。

「你們不要為我吵架啦，我去整理東西。」午思齊趁著兩人僵持不下之際，跑進暫居的房間裡，從牆角推出行李箱。

「小齊！」石磊恨鐵不成鋼，盯著午思齊收拾的樣子都快吐血了。「你這個暴君！」

「很有創意的形容詞，謝謝。」金予真承了下來，差點把石磊點燃了。

「我沒有在稱讚你！」不要臉的傢伙，長得帥有什麼用？心全是黑的！

「你不開心也可以搬走，我無所謂。」金予真蓋上筆電，蹺腳看他。

石磊氣到快原地升天，不想再跟金予真大眼瞪小眼，就進房間勸阻午思齊。但午思齊住在這裡本來就名不正言不順，不管石磊怎麼說，他都沒理由再住下去了。

「磊哥，謝謝你這陣子收留我，明天工藝坊見。」午思齊草草收了兩個行李箱出來，一大一小，跟石磊告別後來到客廳，對著早已起身整頓行李的金予真說：「我整理好了，剩下的東西等我找到住的地方再來搬，磊哥說可以先放他房間。」

「嗯。」金予真不冷不熱地應了聲。

「等一下！你今天晚上要住哪裡？先找到再走。」石磊擔心午思齊沒地方去，這個小朋友卻雲淡風輕，聽話得讓人心疼。

「不用啦，我都幾歲了，磊哥早點休息，不用送我了。」午思齊推著行李箱，頭也不回地走了。

「你就沒什麼話要說的嗎？」石磊攔住了想進房間的金予真。如果眼神能殺人，他一定先把金予真這個黑心的傢伙射成海綿寶寶再解決他。

「早點休息？」金予真不知道要說什麼，還是配合地講了句。

還不如不開口！

「誰要跟你住一起啊！」石磊氣到快窒息，決定不講武德一回，往門口走的時候刻意撞了金予真的肩膀，本想洩恨，卻沒衡量好兩人的量級，反而自己重心不穩，往旁邊倒。

原來不只發生意外的瞬間會出現人生走馬燈，在討厭的人面前出糗也有同樣的效果。

石磊已經做好撞擊的準備，殊不知一股外來力量突然將他往上帶，等石磊回過神來，金予真的臉就近在咫尺。

馬的，睫毛好長！

不對，他注意這個幹什麼？金予真為何離他那麼近？

石磊目光慢慢下滑，發現金予真一手拉住他的手臂，一手護在他的腰後，仔細一看，討人厭的死人臉上似乎有一絲絲的緊張與擔心，嚇得石磊失手把他推了出去，自己還被反作用力震退兩步。

感謝的話講不出口，發狠的話又不好意思說，碰上難關的石磊只能化作一隻鴕鳥，撲騰翅膀往外衝。只要我跑得夠快，尷尬就追不上我。

金予真看著石磊如逃難般飛奔出這棟公寓，勾唇笑了笑，將自己的行李移進臥室，開始裝箱、清潔、消毒、換床單。

Ω・Ʊ

石磊在巷口追上午思齊，兩人進了便利超商，坐在內用區，一個查找附近旅館的空房訊息，一個則打電話給朋友，看能不能借住一晚。

「這樣啊？沒關係，我再問問其他人，謝謝你喔。」午思齊掛了電話，找到最後都不知道是自己人緣不好，還是碰巧大家都無法收留他。不是不在家，就是女友過來住，不然就是房屋退租直接住進女友家的。

「我幫你找了幾間青年旅館，價格都在五百以內。」石磊想幫午思齊訂好一點的住宿，但午思齊不肯讓他出錢，自己又捨不得花，一個晚上五百塊對他來說都是龐大的支出。「都怪金予真，莫名其妙住進來佔位置，還不讓你留下來。跟我睡又不是跟他睡，小氣鬼！」

「有的人就不喜歡跟別人合租，況且那棟公寓現在是總監的，不能怪他不喜歡家裡有陌生人進出吧？」當然被請離開的當下難免不好受，有種被羞辱的感覺，可是冷靜下來，他沒有責怪金予真的資格。「還好他沒把你趕走。」

「不用他趕，我自己走，誰要跟他住呀？」石磊咬牙切齒。「送行者！大暴君！」

「磊哥，這麼晚了，你先回去啦。」午思齊假意看了一下手機訊息，再抬頭說：「剛好有朋友回說可以收留我，離這裡不遠，我自己過去就好了。」

「真的嗎？」石磊半信半疑。「我送你過去再回家好了，不然我不放心。」

「磊哥。」午思齊深吸一口氣，笑得有些勉強。「我不想讓你看到我太狼狽的樣子，讓我一個人過去可以嗎？」

「好吧。」都說到這種程度了，石磊能說不好嗎？只能一邊心疼午思齊，一邊在心裡痛罵金予真這隻冷血動物。「你一個人要小心喔，有什麼問題記得打電話給我，我會馬上過去。」

「謝謝磊哥。」午思齊握著手機，扯出讓人疼惜的笑容。「你先回去吧，我還要幫我朋友買消夜。」

石磊走出超商，實在放心不下，便決定窩在角落，偷偷觀察午思齊。

沒多久就見午思齊走了出來，他先是左右看顧了一下，然後坐上了預定的計程車。石磊見他上了車，只好摸著鼻子打道回府。

午思齊有他的難題，石磊也有，才跟金予真放完狠話，轉眼間就灰溜溜地滾回去，一世英名都要毀於一旦了。

他應該要先擔心等一下該怎麼辦才對。

午思齊坐在車上，街燈在他臉上掃過一片如動畫般的斑駁影像。他騙了石磊，其實沒有朋友能收留他，也知道石磊不放心，一定會守在超商外看他去哪裡，就預約了計程車，報了間青年旅館的名字，結車資時發現錢包剩不到兩百，結完車資只剩零錢。

太棒了，還能買碗泡麵。

午思齊拖著行李在街上漫無目的走著，為了明天上班方便，就往工藝坊的方向走，路上找了台提款機，一查餘額不足一千，根本提不出錢，剛繳完下學期註冊費的他真是窮到連鬼都不想近身了。

屋漏偏逢連夜雨，午思齊的手機正式宣告沒電，自行關機了。

走了好長一段路，走到腳底痛得要死，只能就近找個地方休息，碰巧前方有個社區公園，午思齊甚至生起了在公園蓋報紙睡一晚的荒唐想法。

原本以為生活終於有了起色，不僅工作穩定下來，還有個暫居的地方，能順順利利撐到畢業，再存半年的錢，找個便宜又乾淨的小套房搬出來，結果才一個晚上，他又回到當初堅持北上念書，有一頓沒一頓的悲慘日子。

午思齊兩眼無神地坐在公園的長椅上，動也不動，要不是那兩只一大一小的行李箱，言兆綱真的會把午思齊當成公園的造景雕像。

「你怎麼在這裡？」言兆綱走近關心，指著行李箱挑眉問：「這些是？」

「沒事！」午思齊一見是言兆綱，便從椅子上彈起來，把行李箱擋在身後。只是不知道為什麼，面對金予真、面對石磊，他都能自我調適好，獨獨看到言兆綱，內心深處的委屈立刻就湧了出來，化成淚水淌下雙頰。

無聲的哭泣最讓人難受了。

「發生什麼事了？」言兆綱既然都開了口就無法坐視不管，尤其午思齊看上去真的特別可憐，像被丟棄似的，無端惹人心疼。「先別哭，好好說。」

午思齊揪著衣服下擺，可憐兮兮地說：「我沒地方住，找不到朋友收留，我又窮……」

「你不是跟石磊住一起嗎？」工藝坊的員工都是熟客，言兆綱對他們每個人的訊息都能說出一二。

「我被總監趕出來了，他變成磊哥的房東，不讓我住在磊哥那裡。」午思齊把工藝坊突然換老闆、石磊連房東都換成新老闆的事說了一遍，還有單身公約。

言兆綱看向收了眼淚、眼睛還紅通通的午思齊，善心大發，慷慨地說：「別難過了，沒地方去就先住我那裡吧。」

「真的嗎？」午思齊像被天上掉下來的餡餅砸暈了。「會不會太麻煩你？而且我沒什麼錢……」

可能就比一塊兩毛五還好一點點。

「沒錢可以打工換宿，真過意不去，晚上有空就到咖啡廳幫忙。」言兆綱從口袋拿出午思齊送的銅線萬萬。「就當這作品的回禮了，如何？」

「謝謝綱哥。」午思齊害羞地笑了開來。看來老天爺是派了言兆綱來拯救他，所以朋友們才會不約而同地沒空。原來老天爺還沒有放棄他，真好！

Ω．Ʊ

午思齊失蹤了。

電話打不通，訊息沒人回，還沒來上班，聯絡不上人的石磊急得像熱鍋上的螞蟻，直接請假找人，深怕午思齊出了意外。

早知道昨天晚上就叫輛計程車跟上去，至少知道他朋友在哪裡，不像現在跟無頭蒼蠅一樣四處亂飛。隨著時間一分一秒飛逝，石磊腦海裡午思齊遇害的畫面就越血腥，就在他考慮直接報警的當下，他在Cat Soul看到一個神似午思齊的人。

石磊快步飛奔而去，果真站在吧檯後方的就是他找到快瘋的午思齊。

「午！思！齊！」石磊長驅而入，怒髮上衝。別人腳下生風，他是腳下生火，氣到快自燃成火球了。

「嗨，磊哥。」午思齊有些不知所措地抬手打招呼，後知後覺地發現自己好像忘記跟石磊報平安了。

「嗨你的頭！」石磊就像在網咖抓蹺課小孩的家長。「為什麼不回訊息也不接電話！」

「啊，我忘了帶手機。」好像接上充電器後也忘了開機。午思齊心虛地笑了笑。「對不起，讓你擔心了。」

「為什麼沒來上班，不是下周才開學嗎？」石磊怒火消了些，態度明顯軟了下來。

「我來熟悉一下Cat Soul輕飲的環境，下午會去工藝坊補時數。」工藝坊彈性上下班，只要每周工時有滿四十個小時就不扣薪，超過算加班，但是加班超過八個小時要寫報告，就是因為工藝坊的制度比較自由，午思齊才能沒畢業就轉正職。

石磊說出了自己想了一夜的打算。「我想搬出去，你要繼續跟我合住嗎？」

「可是，我有住的地方了……」午思齊看向一邊調製飲料的言兆綱，不知道能不能跟石磊說。

雖然他認識石磊比較久，跟石磊比較熟，他卻比較想跟言兆綱住在一起。

「不用擔心。」言兆綱從後廚出來，端了份起司漢堡佐炸雞拼盤給午思齊，順手幫石磊倒了杯水。「思齊現在是我的小房客。」

「小房客？」石磊比了比他們倆。「你現在住在綱哥家？」

午思齊害羞地點點頭。

「昨天我看他一個人在公園哭……」言兆綱看午思齊拚命對他搖頭，只好認命改口。「看到他一個人發呆，知道他沒地方去就叫他先住我家，打工換宿。」

「所以思齊來這裡熟悉環境，是因為他還要在這裡打工？」石磊是不反對午思齊兼職，只要身體負荷得了就行，可是昨天晚上不是這麼跟他說的。「你不是說有朋友能收留你，怎麼又跑去公園哭了？」

「我……」午思齊支支吾吾說不出話。「我已經答應綱哥了，所以就不跟你住了。不過磊哥你真的要搬家啊？」

「搬！為什麼不搬，我才不要跟金予真一起住呢！」

「金予真？」言兆綱疑惑蹙眉。「你們新老闆叫金予真？」

石磊：「你認識他？」

「沒有，只是有點耳熟，可能是我記錯了。」他認識的金予真不像他們說的那樣不近人情。

「綱哥，你們家還有沒有房間可以租我？」石磊把主意打到了言兆綱身上，討好地問。

「Sorry，空房已滿。」言兆綱笑著拒絕，眼裡卻沒有多少愧疚。「先別考慮搬家，那邊還有一件更嚴重的事。」

石磊順著言兆綱手指的方向看去，王靖就坐在角落，低頭散發暗黑氣息，像罩了一層濃濃的黑霧。

「他什麼時候來的？」石磊不敢置信。「我早上去工藝坊的時候，他還跟我說要聯絡客戶耶，怎麼聯絡到這裡來了？」

「他來一段時間了，一進店就縮在那裡，也不點餐。」看在熟客的份上，言兆綱就睜一隻眼閉一隻眼，只是王靖的狀態太糟糕，連帶旁邊兩桌都沒人敢坐。

「你，我，王靖。」石磊逐一點名，表情驚恐。「該不會工藝坊只剩筱倩跟金予真吧？」

「在那裡。」言兆綱指了另外一頭，與王靖成對角線的地方，白筱倩桌上擺了一堆甜品，正發洩地往嘴裡塞。

「哇靠，到底發生什麼事，昨天不是還好好的嗎？」石磊嚇到吃手手，怎麼才離開一上午，事情就發展成這種壁壘分明的局面？

「昨天晚上談崩了，倩姊說她要跟靖哥分居，讓靖哥有危機意識，但靖哥不同意。」午思齊上甜點時問了幾句才知道的。

「怎麼昨晚一過大家都想搬家，遷徙季節到了嗎？」石磊自言自語，有點崩潰。「我先把他們兩個帶回去工藝坊吧！綱哥，不好意思，打擾你了。」

「不會，路上小心。」言兆綱拿出紙盒，準備要替白筱倩打包蛋糕。

石磊費盡唇舌，連拉帶扯，才把王靖跟白筱倩帶離Cat Soul輕飲，路上還要忍受兩人將他當成楚河漢界，一個遙望，一個戒備。

2

精誠工藝坊營運的模式主要有三種。

第一種是對外接案，分個人設計及企業設計。個人設計多半是專案委託，如珠寶設計、鑽戒訂製、金屬紀念物設計等，依照使用的材質等級最低報價三萬元起跳。企業設計多半為異業結盟或是企業伴手禮，他們也曾經接過大型金工裝置藝術品。

第二種是每季度的設計單品，透過網路平台銷售，主要是戒指、項鍊、耳環等飾品。

第三種是體驗課程，在每個月最後一周的五、六、日開課。

網站銷售跟體驗課程都固定維持在一個數量，只有推出新品的當月會找Youtuber或直播主合作業配，將新品的銷量衝上去。真要賺一筆大的，還是高端珠寶設計跟企業訂單最可觀。但高端珠寶設計可遇不可求，企業訂單還能努力一下。

石磊做為設計組長，直接與客戶討論設計、給圖、返工、打樣，只要企業的聯絡窗口沒有離職，就是一條能走的路。

為了贏得與金予真談判的籌碼，石磊從Cat Soul輕飲把王靖跟白筱倩帶回來，要他們把時間花在對付金予真而不是自己人，之後就開始寄郵件、打電話，挨家挨戶詢問近期可能的訂單，可惜不是被拒絕就是被敷衍，毫無所獲。

「石磊，你訂單開發得怎麼樣？有好消息嗎？」王靖看到石磊坐在電腦前發呆，立刻湊了過來，弱弱地問了一句。

「不是說有需要再聯絡我，就是說暫時沒計畫。一張訂單都沒拿到，連轉單都沒機會。」他連認識的同業都問了，看能不能介紹客戶，或有訂單可以轉到他這裡來，同樣沒有下文。石磊抓了抓頭髮，像朵枯萎的小花。「你呢？有消息嗎？」

「沒有……」王靖主要負責礦石原料採購、儲存與鑲崁，從金予真公佈單身公約就低落到現在，別說找客戶了，連份內工作都全數停擺，腦子亂成一團漿糊，只能攀住石磊這塊浮木。「還有沒有其他辦法能盡快解決那張公約？你知道昨天回家，倩倩居然說要跟我分居直到公約撤下來為止。石磊，我只能靠你了！」

石磊壓力山大，為難地說：「光靠我沒用，你也要拿出男人的氣魄，才能真正解決你跟筱倩之間的矛盾。」

單身公約還有撕下來的可能，王靖遇事就躲的個性不改，白筱倩對他的感情再深早晚都有消耗殆盡的一天。

不過這些話石磊不敢說，王靖不敢對白筱倩發脾氣，對他就沒那麼好說話了。

「你該不會後悔，不肯幫我了吧？」王靖急紅了眼，拉著石磊的手像討債似的。「如果倩倩真的跟我分居，我就每天都去睡你家門口抗議！」

「千萬別。」萬一守在門口，隔天開門的是金予真，代誌就大條了。石磊知道王靖這兩天壓力很大，已經處在臨界點，怕有更大的衝突發生，只好先找藉口拉開兩人的距離。「你放心，我一定會想辦法撤下單身公約，不過我下午有事，要先走了。」

「有什麼事？」王靖拉住他，著急地問：「你要去哪裡？」

「我……我要去找房子。」石磊摸了摸鼻子。

昨天跟金予真爆發意外的肢體衝突後憤而離開，本來還算有一點點帥氣，最後偷偷摸摸回家就變成億點點丟臉了。

幸好金予真忙進忙出整理東西沒空理他，才沒讓他死於尷尬癌晚期。

「你要搬家？住得好好的為什麼要搬家？」王靖想不透。「午思齊呢？」

「昨天搬走了。」石磊撇了撇嘴。「被趕出去的。」

「被誰趕出去？」白筱倩注意他們這裡很久了，聽到關鍵字不管是不是還在跟王靖冷靜，立刻坐著辦公椅滑到石磊旁邊。「前老闆逼你們把房子還回來？」

「不是前老闆，是現任老闆。」石磊心不甘情不願地把昨晚發生的事講了一遍。「我不想跟金暴君住在一起，所以想搬家。」

「不能搬！」白筱倩很兇地阻止他，怕自己聲音太大驚動在總監辦公室裡的那一位，立刻捂住嘴巴，以手勢要石磊跟王靖小聲點，聽她說：「我有一個計劃需要你們，尤其是石磊配合。」

「我？」石磊遲疑地比著自己的鼻子。

「正常人根本不會弄什麼單身公約，金予真肯定發生過什麼，如果我們知道，不僅能對症下藥，還能多一個籌碼，而執行這個任務的最佳人選就是你。」

「為什麼是我？」石磊錯愕。他怎麼不知道自己看起來有特務的潛質？

「因為你離他最近啊！」白筱倩目光熠熠，彷彿勝利就在眼前了。「你想，一個人再怎麼警覺總會有鬆懈的時候，能讓人卸下心防的地方不就是家嗎？如果你不搬走，就可以連下班時間都監控他，趁他病，要他命。」

「這樣好嗎？」從特務進階到殺手，石磊發現自己笑不出來。「都是過去的事，應該沒有用吧？」

「如果還藕斷絲連就有戲了。」白筱倩頗具信心地說：「要是金予真放下了，還會有單身公約這種有病的東西嗎？」

「可是這樣……金予真不會惱羞成怒嗎？」到時候金予真不願意繼續裝聾作啞，把他知道王靖跟白筱倩是情侶的事點破，要求兩人分手或離職，事情更難收拾怎麼辦？石磊突然有種老母親操不完心的錯覺。

「你到底在顧慮什麼，別忘了我們才是同一陣營的好嗎？」白筱倩不滿石磊拖拖拉拉、不乾不脆的態度，語氣冷了下來。

「我覺得倩倩這計畫很棒。」王靖開始遊說石磊。「知己知彼才能百戰百勝，就算套不出金予真的過去，也能觀察他有沒有曖昧對象或是暗戀的人。你還是不要搬出去吧！」

「這……」聽起來有點道理。石磊微微心動。

要是金予真開了桃花，他還能要求員工六根清淨嗎？

「還是你已經接受了金予真的單身公約？接受金予真不分青紅皂白把小齊趕走？」白筱倩蓄勢待發，要是石磊敢點頭，她就一巴掌把他搧進牆壁，三天挖不出來。

「當然沒有！」石磊巧妙地躲過殺機，拍案而起。「放心，我一定會找出他的破綻，最終目標就是讓他低頭認錯，親自撕下單身公約！」

「沒錯，就是這樣！」白筱倩跟著站了起來，伸出手背。「讓我們一起加油。」

「一起加油！」王靖立刻把手覆上去，討好地對白筱倩笑了笑，見她沒有把手抽走，開心到要流眼淚了。

看到王靖跟白筱倩眼神交流，石磊一股莫名的感動充斥在胸腔中，熱血隨之沸騰，從來沒有一刻像現在一樣覺得自己身負重任，沒有他就會失敗。他把手疊到最上方，三人慷慨激昂地為彼此打氣。「加油、加油、加油！」

打敗金暴君！打倒惡勢力！

「石磊，來我辦公室一下。」惡勢力本人毫無預警地站在總監辦公室外喊人，手機貼耳，另一手正搭在門把上，像是剛回來似的，把原先戰力激昂的三人嚇到差點中風。

金予真喊完人就進辦公室了，門關上前還能隱約聽見他談論公事的聲音。

「靠，他是什麼時候出現的？」白筱倩不用補妝臉就夠白了。「他是從外面回來的，還是從裡面出來的？」

「我沒注意。」王靖抖得像個篩子，暗自期待他們剛才說的話，金予真一個字都沒聽到。「石磊，你還好吧？」

「我沒事，我很好。」他才不怕金予真呢！

石磊故作鎮定，昂首闊步走向金予真的辦公室。

Ω • Ʊ

居家擺設多少能反應屋主的個性與內心。石磊個性大剌剌的，東西能用就好，不限於同一種風格，屬於亂中有序；午思齊則是偏好暖色系，喜歡可愛、溫馨的設計。

所以進到總監辦公室，石磊像一腳踩進了金予真的內心世界，簡潔、乾淨，沒有多餘的擺設，就像極簡主義的擁護者，平凡、簡單，卻又不乏味。

視覺上的乾淨可以直接影響到一個人的內心，石磊在這裡感受到了寧靜與療癒，不過這種平靜的感覺沒有持續多久，因為空間擺設越簡單，金予真的存在感就越重。

「沒問題，希望最晚下個月初就有消息。好，我們保持聯繫，再見。」金予真講完電話，看見石磊走了過來，不由得皺眉。

石磊見狀有些不悅，特地喊他進來擺臉色給他看的嗎？

「不是有事要說？」

「看來你真學不會敲門？」萬一用這種態度代表工藝坊出席活動或是拜訪客戶，設計再好都讓人望之怯步。

石磊腹誹了句「毛病真多」，退回門口意思意思敲了兩下。「報告，我是石磊。」這樣總行了吧？石磊不知道金予真的想法，單純以為他在找碴。要是他有讀心術，一定跟金予真槓上，大喊他是對人不對事。

「坐。」金予真不想浪費時間跟石磊爭執何謂正確敲門的方法，示意他在辦公桌前的椅子坐下。

「有什麼事嗎？總監大人。」石磊有些氣惱，好像不管他怎麼鬧，金予真都沒有太大的反應，反而顯得自己像是無理取鬧的小孩子。這讓石磊很不高興，明明無理的是金予真！

「我請你進來，是想跟你說明精誠未來發展的方向。」金予真打開筆電，飛快敲打鍵盤，還能分神跟石磊說話。

「你又想幹什麼了？」從單身公約、趕走午思齊，石磊對金予真的各種行為難免提起十二萬分的戒備。

「我想打造金屬過敏的客戶也能安心消費的友善店家，不過金屬過敏的層級很廣，所以我們先從鎳過敏著手。」金予真拿出事先印好的企劃書，遞給石磊。「我希望月底之前，盤點完工藝坊所有電鍍過的原料、半成品及含鎳礦物。」

「等一下，你現在就開始宣傳友善店家了？」石磊翻開企劃書差點腦血管栓塞。「你這樣貿然一刀切，考慮過後續衍生的問題嗎？」

老闆固然有些天馬行空的想法，可以理解，但是飛太高會被電死的！

「你先往下看。」金予真希望石磊有意見，是在看完整份企劃書後提出來的，而非斷章取義，以先入為主的否定態度來跟他談。

企劃書頁數不多，石磊很快就看完了。在金予真的想法中，工藝坊以後的生產材料以「316L醫療鋼」及「S925銀」為主，其次是金。若有特殊需求，也盡量使用無進階加工的原料，以防電鍍加鎳。

「我有幾個問題，希望你能回答我。」石磊不能說金予真的方針錯誤，他自己就做過很多抗敏設計，也曾經為了喜歡某種款式但體質過敏的客戶改過生產材料，但金予真的藍圖太美好了，沒什麼緩衝時間。

「你說。」金予真很好奇石磊對他的企劃有什麼高見。

「我們醫療鋼跟銀的庫存不多，尤其銀礦價格每日浮動，現在就打出友善店家的廣告，我們很可能交不出訂單，而且以抗敏材質做出來的成品多半跟網站陳列的照片有些差距，雖然消費者可能分辨不出來，介紹起碼要改一下吧？」又不是說走就走的旅行，做生意可以這麼任性嗎？石磊差點翻白眼。「還有定價，還沒調整耶。」

面對石磊的質問，金予真是開心的，就算石磊不喜歡他，在工作面前也絕對不馬虎。

「這些問題我已經想好了。」金予真把筆電螢幕轉向他。「網站只接單到這個禮拜天，下週一關站改版。新版正式上市之前，就是你們以新材料做出成品，重新拍照上架的時間。為了刺激消費，我希望開站的時候能同步推出新品。」

螢幕上呈現的是新版網站，外觀就像金予真辦公室的陳設一樣，視覺乾淨，有品牌質感。

石磊試著操作，界面不僅變得更簡單，還添加了不少付款方式。

「就算這些問題都解決了，原本那些含鎳金屬跟礦物該如何處理？你不會想丟掉吧？」石磊一臉痛心，有種金予真吃米不知米價，活脫脫是個敗家子的感覺。「還有我們會接企業禮品，不會連書擋、名片架這些都要用抗敏材質吧？」

「有何不可？」金予真看石磊眼珠子都快瞪出來了，不再逗他，把另外一件計劃說出來。「午思齊年前才剛拿到正職資格吧？」

「是又怎樣？」石磊聽到金予真點名午思齊，汗毛直豎。「你把他趕出家門，現在又想把他趕出工藝坊嗎？」

「他又不是我家的人。」石磊中文是怎麼學的？抄隔壁的嗎？金予真略帶嫌棄。「我是想說午思齊還沒畢業就能轉正，專業技術應該不錯，想加開體驗課程讓午思齊負責教學，用掉這些材料，同時補齊上班時數。新網站上線後還有庫存就轉賣同業，或是捐給學校。」

「嚇死我了。」石磊差點原地升天。要是午思齊被趕出住處，又沒工作，跟逼死他有什麼兩樣？還好金予真沒有這麼變態的念頭。

「至於你說的企業禮品，當然要用抗敏材料。」金予真不知道該如何評價石磊劫後餘生的表情，只能選擇性忽視。「如果客戶不願意，我們就轉單處理，不掛精誠的名字。以後精誠就是抗敏金屬的友善店家，讓更多人能體驗我們的設計。」

早上石磊才在說沒同業願意轉單給他們，轉眼間他們居然有轉單出去的打算，真是太諷刺了。

「還有什麼問題嗎？」金予真問。

石磊扭扭捏捏，不想承認被金予真說服了。「還有一件事。」

「什麼事？」

石磊踟躕不前，話到嘴邊就是講不出口。

「沒問題你就可以出去了。」金予真把筆電轉回來繼續工作。「我不想花費時間開會，跟你說是希望你盡到組長的職責，傳遞下去，由你管理組員、分配職務。你應該辦得到吧？」

「當然！這一直都是我的工作。」石磊對此很有信心，一別方才龜縮的模樣。

「加油，我相信你一定可以。」金予真誠摯地說。這不是客套，他是真的相信石磊可以才會放心交代下去，只可惜他不是會說好聽話的人，這已經是極限了。「去忙吧！」

石磊暈呼呼地往外走，碰到門把才想起來重點沒說。「那個……」

「哪個？」金予真抬頭，直視過來的眼光讓石磊為之一顫。

「我不搬走了！」石磊心一橫，也沒仔細看金予真有什麼反應。「我有簽約，有居住正義，憑什麼要搬走？」

「知道了。」金予真皺眉。「這種事可以回家再說。」

石磊一噎，這話怎麼聽起來怪怪的？

Ω・Ω

夜幕低垂，工藝坊只剩鍵盤敲打的聲音。

正所謂上面一張嘴，下面跑斷腿，為了金予真的友善商家計劃，石磊整個下午就像顆石頭一樣滾來滾去，還明白了為什麼金予真不開會，只交代他傳遞下去。天曉得他花了多大的力氣才說服王靖、白筱倩接受工藝坊新的目標，並且配合政策清點含鎳金屬跟礦物，提高醫療鋼、金、銀的安全庫存量。

他不禁想，如果金予真沒進金工行業，改走電子競技絕對是各隊爭搶的人才，因為玩戰術的人心要髒，多適合他啊？

幸好午思齊聽話，下午沒課來工藝坊上班，聽到金予真提出的新方向，馬上問他該做什麼。

有夠乖的這孩子，老母親石磊相當欣慰，有種兒子沒白養的感覺，就把體驗課程一事交代過去。

然後師徒倆差點倒在工藝坊裡。

石磊先消化了一部分訂單，好讓王靖鑲嵌礦石，讓白筱倩刻字，接著用抗敏材料試做現有商品，還要思考新的設計跟開發訂單。

另一頭的午思齊沒那麼忙，但是思考體驗課程內容就讓他掉了好多頭髮。什麼樣的題材才能大量消耗掉工藝坊的含鎳金屬？

王靖有意修補自己跟白筱倩的關係，下班時間一到，拉著人就離開了。午思齊因為用打工換宿的方式住在言兆綱家中，一下班就去Cat Soul輕飲幫忙。就連金予真也只晚個半小時就離開工藝坊。

「還沒下班？」金予真看到石磊窩在電腦前，頭髮抓得亂七八糟，關心地問了句。

不過卡設計的石磊沒有感受到金予真的善意，只有聽見資本家無情的嘲笑聲。「我看起來像要下班的樣子嗎？」

「嗯，加油。」金予真點頭，瀟灑離開。

石磊在他背後氣歪了臉。

設計是勉強不來的，石磊努力了兩個多小時，刪掉的比留下來的多，決定告一段落，放過自己，打烊回家。

石磊很久沒有精疲力盡的感覺了，拖著沉重的腳步回到家裡，聽到浴室有嘩啦啦的水聲，正要跟午思齊說他回來了，看到客廳裡可愛的擺設全部消失，才想起現在的室友已經換成討厭鬼。

「手腳真快。」客廳收拾得乾乾淨淨，公共區域竟然找不出任何私人物品，原來放在這裡的東西都去哪裡了？不會丟了吧？

以為自己抓到金予真的把柄，石磊笑得跟偷到油的老鼠一樣，可惜高興不了多久，打開房門看到堆得跟牆似的紙箱，連走進去都費事，腦袋直發脹。

還好金予真有在紙箱上備註裡頭是什麼物品，是從房間移過來的還是客廳，省得石磊再一箱一箱打開檢查。

石磊側身閃進房間，躺在床上打電話給午思齊，不過對方沒接，只好改傳訊息。

「金予真把東西都裝箱了，你有需要再回來拿，順便看看東西有沒有丟，如果不方便可以先放我這裡，不急。」

看著疊到快要等身高的紙箱，石磊實在不想整理，但是不整理很難出去，只好拖著老命把紙箱一個個搬到牆邊放好。

還沒吃晚餐的石磊又餓又渴又想上廁所，沒想到忙了一輪，金予真還在浴室裡。憋了一肚子氣的石磊忍不住上前敲門，砰砰砰的，生氣且委屈。「金予真，你還要洗多久？」

回應他的是刷洗的聲音，石磊又敲了一次，結果一樣，只好先到廚房覓食。剛要打開冰箱，就先被冰箱門上貼著的居住公約吸引。

他皺著眉頭逐字念出：「一，個別房間屬於私人領域，未經允許禁止進入。二，浴室使用後，請刷地板並拖乾……」

「三，使用廚房請遵守先來後到。」

金予真擦著頭髮，出現在他身後。

石磊轉過身，非常生氣，手撐在冰箱門上質問：「這是什麼？」

「四，食物存放空間平均切割，不可擅取。」

石磊咬牙切齒。「誰叫你複誦啦！」

「五，禁止帶他人回來過夜。」金予真取下毛巾，認真要求。「以上五點生活公約，敬請遵守。」

「我是問你訂這個公約幹什麼，誰叫你念啦！」看就一肚子火了，金予真還念出來，他的聲音根本是一桶油。

「你剛才的問法讓我以為你看不懂，好心幫你解說，看來你國小有畢業，我安心多了。」金予真一臉慶幸，到石磊眼裡變成了幸災樂禍。

「你！」石磊深呼吸，默念「殺人是犯法的」十次，才把怒氣降下來。「你是公約投胎嗎？這麼多公約，你怎麼不去立法院？」

「謝謝，我會考慮。」金予真並未被石磊激怒，提醒他。「你不是要去廁所？」

吵架沒有膀胱重要，石磊哼了一聲，往廁所走去。

金予真慢悠悠地說：「弄濕地板記得擦乾。」

「誰理你！」石磊關門前最後一波怒吼。

金予真回房間前路過浴室，敲門告知：「不遵守就罰錢，或是請你搬走。」

有任務在身還窮的石磊：「……」

氣死人了！石磊就像一座噴發的火山，誰出現在他面前就是死，不過洗手的水滴到地板上還是得認命拖乾。如果金予真是這塊磚，他能拖到地層下陷。

石磊沒在廁所花過這麼長的時間，出來的時候金予真已經把頭髮吹乾，拿著筆電坐在客廳不曉得在看什麼了。

不知道是餓了還是氣飽了，石磊不想跟金予真說話，走進廚房打開冰箱，原本隨興冰在冰箱裡的物品都被集中放在右邊，冰箱層板中間被貼上藍色膠帶，門側也是。

金予真的東西不多，相較之下，右邊根本爆倉。

「欸，這是怎樣？」才決定不理金予真十秒就破功。石磊再次站在冰箱門前化身哥吉拉。

「四，食材存放空間平均切割，不可擅取。」金予真一邊說一邊走來，「你覺得不放心可以再拿尺量一次。」

石磊受不了，大拍額頭。「你真的有病耶，是多怕東西被人拿走啦？你要是吃到我的東西我也不會怪你，把人家當賊幹麼？」真的很不爽。

金予真沒有解釋，反而跟他說：「整理冰箱的時候發現你有幾件東西過期了，都在這裡，你再自己處理。」

「我就是喜歡吃過期食物啦，怎樣？」像一拳打在棉花上，石磊更生氣了，東挑西挑，最後只拿了一罐紅茶。

正要關上冰箱，金予真突然伸手撐住冰箱門，逼近石磊。

「你想幹麼？」石磊看著金予真逐漸放大的臉，嚇得直接退了兩步，戒備地盯著他。

結果金予真只是拿了瓶氣泡水，拿完就把冰箱關上。

「我一直以為工藝坊的組長應該是個很穩重的人，沒想到……看來是我見過的世面太少。」金予真這話嘲諷程度太高，幾乎是踩在石磊的痛腳上跳舞。

石磊不甘示弱，大步向前，露出挑釁的笑容將臉湊近金予真，想看他閃避或變臉。可惜金予真沒有表現出石磊預料中的反應，站在原地動也不動，絲毫不受影響，搞得石磊好像得不到共鳴的搞笑藝人。

可惡！他又不是丑角。

正當石磊想要退開，結束單方面的battle邀請，金予真居然在他鬆懈的時候乘勝追擊，反過來湊近他，兩人近到呼吸可聞。

石磊嚇了好大一跳，就像尾巴被點了鞭炮的貓咪，跳離了地，連忙推開金予真，結果又因為重心不穩整個人往後倒。

「小心！」金予真放掉氣泡水抱住石磊，這一瞬間，時間就像被凍結一樣，兩人眼中僅有彼此，以及躁動難安的心跳聲。

直到紅茶與氣泡水滾動而碰撞在一起的聲音響起，劃破了兩人難以明說的曖昧氛圍。

呸呸呸，見鬼的曖昧！

石磊推開金予真，後者擔心他又跌倒，直到確定他站穩了才把手收回來。

該怎麼說呢，就是很尷尬。石磊還在想要如何化解這種不上不下的局面，金予真就先出招了。

「第二次了，你是故意的嗎？」

「誰故意？」石磊呲牙，瞪了他一眼。「你才故意的！」

石磊撿起紅茶，逃難似地跑回房間。

金予真看著石磊慌亂不已的背影，連後腦勺翹起來的頭髮都特別有戲，無聲地笑了一下。

Ω・℧

送走最後一批客人，接近打烊時間的Cat Soul直接掛上「休息中」的牌子。

言兆綱結算今天的營收，程珞清洗咖啡機，其餘的員工跟午思齊就分批打掃廚房、用餐區跟洗手間。

打烊後約一個小時，員工陸續下班，程珞也回家之後，就剩下言兆綱跟午思齊兩個人。

「好了，回去吧。」言兆綱把現金鎖進保險箱，巡視完店裡的電器設備，就見午思齊抱著手機苦惱。「怎麼了？」

「磊哥說老闆把我的東西都裝箱了，要我有需要可以回去拿，不然就先放在他那裡。」午思齊對自己有多少東西並不清楚，可是全搬來言兆綱這裡又不現實，天曉得他能借住到什麼時候。可是放在石磊房間佔位置實在不好意思，石磊不會介意，但是他心裡過不去，還是先把東西寄回老家？

不過想到家人的個性，寄回去的東西能不能完善保存又是未知數。

午思齊真的受夠了人球的生活，不知道要努力到什麼時候才能有自己的家。

「先搬過來吧，家裡放不下，店裡還有倉庫。」言兆綱一個人住，還有空間分享給午思齊。「需要開車幫你載嗎？」

午思齊想了一會兒，還是希望屬於自己的東西可以跟在身邊，要是日後言兆綱後悔再作打算吧。

「綱哥，謝謝，就麻煩你了，看你什麼時候有空，我再跟磊哥說。」

「就明天吧！我請程珞開店，先幫你把東西搬過來。」言兆綱想不透自己何時變得這麼雞婆，就是看不得午思齊情緒低落。好像不拉一把，這孩子隨時可能消失。

Ω・℧

牛年犯太歲者，生肖牛、龍、馬、羊、狗。石磊覺得可以再加上自己的生肖。

上班有單身公約，下班有居住公約；上班有王靖、白筱倩追殺新訂單，金予真下派任務，回家還得跟金予真分庭抗禮，被迫改變生活習慣、搶生活空間，真的沒瘋也在發瘋的路上。

金予真喜歡在客廳用電腦，幾次走過他身後，看到他不是在處理文件，就是在看資料、電子雜誌，了解目前流行的趨勢跟生產技術。原本以為金予真只是做做樣子，確定他回家是真的都在工作，是因為隔天上班，石磊的信箱都會收到金予真篩選過的資料。

總監努力，員工就有壓力，受到多方壓力的石磊就要想辦法紓壓，而最直接也最有效的方法就是讓金予真不痛快。

石磊偶爾會下廚，忙的時候幾乎都吃外食或泡麵，他就故意買味道很重的雞排、臭豆腐、大腸臭臭鍋、蔥蒜放很重的鹽水雞回家，當著金予真的面開吃。

「看什麼看？」石磊被辣得雙眼通紅，鼻子也是，惡狠狠地說：「你要是敢限制我吃東西，我就不准你在客廳用電腦，回家不能處理公事！」

金予真沒說話，只是嫌棄地看著他，拿起杯子站起來要去廚房。

「等等！」石磊早他一步踩進廚房，義正辭嚴地說：「我先來的。使用廚房請遵守先來後到。」

「石磊，你幼不幼稚？」金予真沒好氣地說。

「會嗎？我是遵守你訂的公約耶，不然你把公約撤掉就沒事啦。」石磊見縫插針，可惜金予真不為所動，就站在廚房外面盯著他。

真讓人不開心。只是為了找金予真麻煩進來廚房，其實石磊沒事做，但這樣出去又感覺像自己輸了。

石磊假裝找東西，發現金予真添了廚房用品，像是新的成組陶瓷刀具，還有洗碗用的橡膠手套。

可能早就有了，只是他現在才看見。

「你在想什麼？」好端端的突然發起呆來，金予真實在摸不透石磊的腦袋是怎麼運轉的。

「我在想如果我用了你的刀具會不會被殺掉。」

「……你可以試試啊。」金予真不想理他，把玻璃杯放進水槽，戴上橡膠手套沖洗杯子。

「這麼講究？」石磊大開眼界。

洗個杯子而已，有必要嗎？看來金予真是位重度潔癖先生。

石磊心生一計，得意洋洋地吃完晚餐，在金予真的盯哨下洗好外食容器、分類垃圾。等一下就讓你知道我的厲害。

「我去洗澡了。」等了半個小時，石磊興沖沖往浴室裡走。

金予真不明就裡，回頭看了他一眼，隔了幾秒才想起來石磊好像沒有拿換洗衣服就進去了。

「……」他到底該留在客廳等石磊喊人，還是回房間讓石磊別那麼尷尬。

金予真陷入兩難，想想又覺得這些想法過於矯情，對石磊來說就是兩個男的，哪有迴避的需要？

過了十幾分鐘，石磊洗完出來，沒有喊人，也沒有急急忙忙走回房間的腳步聲。

金予真難免好奇，遲疑地向後看去。

就這麼一看，金予真覺得眼前像炸出了朵煙花。

石磊什麼都沒穿，僅在腰間圍了條浴巾，頸脖到腰間的線條一覽無遺，就像雕刻家下刀的藝術品，添一分則胖，減一分則瘦，形體恰到好處。

他擦著頭髮，末梢的水珠順著白晰的皮膚流淌而下，滑過鎖骨，在胸膛上停佇。這一幕像加了濾鏡，緩慢且優美。

「看什麼？」石磊故作兇狠的聲音將金予真拉回現實。

金予真本想迴避石磊的眼神，又覺得那條擦頭髮的毛巾很眼熟，繞過沙發來到石磊跟前，果真是他的毛巾。

「這是我的。」金予真想拿回來，但石磊不讓。

「借用一下而已。」石磊挑眉，見金予真有些閃躲、表情微變，暗自得意起來，邊說邊逼近他。「不是你叫我試試的嗎？」

金予真不自覺小退幾步，見石磊嘴角笑容擴大，知道對方是故意作弄他，急中生智抽了石磊腰間的浴巾。「你不會用這個擦嗎？」

石磊笑容涼了，金予真冷靜下來後也意識到了自己驚人的舉動，兩人同時往下一看……

「變態！」石磊尖叫，搶走浴巾遮住重點部位，把毛巾扔到金予真臉上，然後圍住下半身該遮的部位往房間裡躲。

石磊很想放句狠話讓自己看起來沒那麼狼狽，又覺得這樣太「中二」了。算了，這次就放過金予真，下次一定給他好看！

石磊回房後穿好衣服，縮在被窩裡瘋狂蹬腿打滾，懊悔不已，這次真的賠了小弟弟又折兵。

只是石磊不知道被他砸了一臉毛巾的金予真，迄今還站在原地發呆。

Ω•Ʊ

把所有東西都搬到言兆綱這裡後，午思齊花了大約四個晚上的時間整理。不是他東西多，而是他習慣把自己的東西藏到不會造成他人困擾的地方，所以花了很多時間思考收納動線。

言兆綱家裡不髒，但就是亂，不同功能性的東西堆疊在一起，連本人都不清楚沙發左邊那一堆跟右邊那一堆裡到底放了什麼東西，比石磊還隨興。因此午思齊特地問他介不介意連公共區域都一起整理，言兆綱當然說好。

這一聲好，竟然讓他住了好幾年的地方迎來一次大變身，地板、沙發露出原本的樣子，散亂一地的物品各歸各位，唯一的共通點大概就是歸位前不知道放哪裡，歸位後還是不知道放哪裡，找東西只能問午思齊了。

進門的玄關櫃上擺了一排顏色各異的招財貓，沙發換了暖色系的布套，放了兩個抱枕，角落裡的芳香噴霧器不斷散發淡雅的香氣，隱隱約約還聽見煮水壺沸騰的聲音。

言兆綱脫下外套，本想如同昨日隨意往沙發一扔，見到環境如此乾淨，突然下不了手，有了罪惡感。

午思齊泡了壺茶，拿了兩個杯子，用托盤端了過來。「你放沙發上就好了，我等等收，不用為了配合我改變生活習慣。」

「你還泡茶啊？」言兆綱只覺得頭大，因為職業的關係，他回家一點都不精緻，東西亂丟，也不太愛打掃，能住就行。如果午思齊對環境很講究，恐怕他們會成為意見相左的室友。

「我看廚房裡有好幾罐茶快過期了，不喝可惜，就挑了一罐花草茶，應該能助眠。」午思齊見言兆綱臉色有些難看，後知後覺想起來自己似乎踰矩了。「對不起，我應該先問你能不能泡茶的，對不起。」

「沒關係，家裡的東西你都能用。」才剛把人帶回來，還沒徹底安頓好，於情於理，言兆綱都不會讓午思齊離開，只是觀念衝突要盡早說清楚。「我在家裡很率性，東西都亂放，可能改不了。」

「你不用改呀，為什麼要改？」午思齊想不透言兆綱要改的理由。他才是外來者，要由他來配合跟付出才對。「磊哥一開始東西也不敢亂放，過兩天就做自己了，我只是看到會順手收好，沒有強迫症說一定要維持什麼樣子，如果你覺得壓力大，我就不動你的東西了。」

才剛答應對方可以整理公共區域，轉眼就跟對方說因為你整理得太乾淨我有壓力，這是打自己還是打對方的臉？

言兆綱馬上表明態度。「我是怕你看到我亂放東西，覺得心煩。」

「不會啦，一天是能亂放多少東西。」言兆綱常用的東西就那幾件，就算一、兩天不收拾也沒關係，原先屋況應該是經年累月下的成果。「你沒生氣就好了，我很怕你不舒服，我又要找新的地方住了。」

「我沒生氣，放心住下。」別說言兆綱沒有請他離開的念頭，就算有，聽到這句話也馬上打消了。天曉得他是經歷了多少次無奈的遷移，才能把搬家說得如此雲淡風輕、習以為常。

「真的嗎？」午思齊笑顏逐開，如鹿般清澈的雙眼滿懷感激地看著言兆綱，彷彿他是救世主一般。

言兆綱心軟得一塌糊塗，不再糾結為何動念把人領回家的事。緣分吧，午思齊合他的眼緣。

「對了，這些東西哪來的？你的嗎？」言兆綱掃過玄關櫃的擺設、沙發布跟芳香噴霧機。

「都是你的，我整理出來的。」午思齊帶著他導覽了一下房子，把收納的規則簡單介紹了一下。「你有好多擺設的小東西、馬克杯、明信片、沙發布跟床罩組。我不方便進你的房間，如果你想換床單的話都收在上面的櫃子裡。」

言兆綱知道自己東西很多，卻沒想過有多少，看來午思齊有一半以上的時間都花在分類跟整理這間屋子原有的雜物，實在太汗顏了。

「這周四我休假，晚上請你吃飯吧，謝謝你把我家整理得這麼乾淨。」一頓飯可能不夠，還得多請兩頓。

「不用啦，我還要謝謝你收留我，讓我打工換宿，應該是我請你才對。」少了房租支出真的差很多，金工這行業很燒錢的，要不是工藝坊提供他資源產出作品，他連畢業都很難。「不然這樣吧，這周四我煮飯，你想吃什麼？」

「也行，我都可以。」言兆綱不否認午思齊的個性很吸引他。這孩子不怕別人看輕，坦然面對自己糟糕的狀況，更不會為此低落，或覺得全世界都該體諒他，甚至懂得付出、反饋，與人交換善意。

言兆綱以為午思齊是個點滿人妻屬性的大男孩，卻忘了上帝的公平理論。

周四雖然排休，言兆綱依舊利用白天時間拜訪小農，實地確認蔬菜的生長環境，討論配送方法及數量。因為兩地往返花費了不少時間，言兆綱無法陪同午思齊採買、幫他打下手，以致於他忙了一天回到家，差不多已是開飯時間了。

午思齊聽到開門聲，從廚房迎了出來，開心地笑瞇了眼。「時間抓得剛剛好，晚餐做好了。」

言兆綱脫下外套，午思齊下意識接了過去。言兆綱一時怔忡，對著他的笑臉發呆。

「怎……怎麼了？」午思齊在他眼前揮手。

「沒事，你臉上好像沾到東西了。」言兆綱下意識指去午思齊臉頰上沾到的一抹紅，送到嘴邊，用舌頭測了一下味道。「番茄醬？」

「對，我做了番茄炒蛋。」午思齊傻愣愣地回。

「怎麼不等我回家再處理？」言兆綱走進屋裡，空氣中迷漫著熟悉的食物香氣，是他家已經很久沒有出現的家常菜味道。

午思齊掛好言兆綱的外套，跟在他身後說：「怕你太忙。」

「你要上課，還要到工藝坊上班，你就不忙嗎？」言兆綱笑罵了句「小笨蛋。」

「不說了，先開飯吧！」被罵小笨蛋的午思齊只覺得開心，像隻兔子蹦蹦跳跳往廚房走，率先端出了兩盤糊糊的燉飯。

言兆綱看到蝦仁，直覺問：「海鮮燉飯。」

「不是。」午思齊心虛地低下頭。「是蝦仁炒飯。」

正想建議下次用帶殼蝦的言兆綱：「……」

「廚房還有，等一下。」午思齊再次端出了焦黑到只剩形狀可辨的魚。「我在魚的表面抹了豆瓣醬，下鍋沒幾秒就焦了，不過味道應該還可以啦。」

更加無話可說的言兆綱：「……」

「還有兩道。」午思齊又從廚房端出一盤紅通通的番茄炒蛋，顏色是對了，但形狀不太對勁，裡面全是完整的番茄。

「這番茄是？」言兆綱看著粒粒分明的番茄炒蛋，嘴角有點抖。

「聖女番茄。」午思齊頗具信心地介紹。「老闆說很甜，甜度有八度喔！」

個人偏好牛番茄炒蛋但不知道該不該說的言兆綱：「……」

「最後一道是湯。」午思齊端出來的湯還蓋著鍋蓋，言兆綱可謂提心吊膽，不知道會看見什麼，還好是鍋正常的蘿蔔排骨湯。

「先喝湯吧！」言兆綱喊住了午思齊添飯的動作，看著這一桌菜，心裡默默安慰自己或許吃起來不一樣。

午思齊盛了兩碗湯，兩人同步喝了一口，幾秒後，雙雙變臉。

「好像……有點怪怪的。」午思齊不知道哪裡出了問題，愧疚地看向言兆綱。「我發誓剛才試味道的時候還很正常。」

「你排骨有先燙過嗎？」湯的味道有點腥，冷掉了更明顯。言兆綱用筷子撥了一下碗裡的食材，蘿蔔似乎沒削皮。

「……沒有。」午思齊的臉都快埋進碗裡了。

「沒關係，慢慢來。」言兆綱揉了揉他的頭髮。「今天就當練習，有練習有進步，至於今天的晚餐就改點外送吧。」

「好。」午思齊偷偷試了一下其他的菜。番茄炒蛋還好，魚卻外焦內生，幸好言兆綱沒吃。

情緒低落的時候就是要吃炸雞配可樂。言兆綱點了滿滿一桌，拿了支炸得酥脆的雞腿哄午思齊。

「很久沒有人陪我吃炸雞了，偶爾吃一次也不錯。」

午思齊接過來，不好意思地笑了。「對不起，浪費了好多東西。」

「這些都其次，最重要的是心意。」言兆綱支頰看他，真心實意說：「很久沒有人為我煮一頓飯了。」

午思齊頃刻間燃起雄心壯志。「我會努力，下次再煮給你吃。」

「呵呵，再說吧。」言兆綱覺得下次最好再隔個一年。這孩子還是別輕易展現廚藝比較好。

Ω‧Ʊ

從石磊跟午思齊的變化中，可以得出同居人是生活中非常重要的一環。相較於午思齊滿面春風、笑臉常開，石磊根本就像被姥姥吸乾精氣的書生。好在工作進度喜人，網站上的商品翻模順利，已經進行過了一半。

王靖正忙於聯絡原料供應商、詢價、比價、確認品質，白筱倩在幫商品拍照、修圖，再把這些當公關品送出去，也忙著找尋適合的Youtuber或直播主。兩人有事做，石磊才有喘息的機會準備新品設計的提案。

自從不小心在金予真面前暴露「小石磊」，這兩天除了討論公事不得不處在同一空間，其他時間石磊幾乎都繞過金予真走，別說近距離觀察金予真了，他還嫌兩人拉開的距離不夠遠。

石磊不是沒做心理建設，都是男的，看到又怎麼啦？金予真又不是沒有，他還怕金予真自卑呢！可是一看到當事人，所有心理建設都沒用，一切努力盡數毀於刻在腦海中那天的畫面，整個人差到不行。

金予真還是習慣在客廳用電腦，只是經此一事對石磊的關注大幅下降，只會在移動時看一下石磊的位置，確定兩人距離夠遠才會行動。

這對石磊來說應該正中下懷，他卻莫名不爽，還講不出原因。躲什麼躲啊？被看光的人是他耶！

石磊下班回家，忽視坐在餐桌前吃晚餐的金予真，打開冰箱，從他分得的區域裡艱難地翻出高麗菜、蔥，還有兩顆蛋、一碗忘了冰多久的白飯。

今天不吃外面，想自己煮，因為石磊有氣沒地方出，想亂無章法地剁點東西洩恨，只可惜他不會做瀨尿牛丸。

看著金予真的陶瓷刀具，石磊糾結了一下，還是找出自己的來用。

金予真無聲無息走了進來，把碗盤放進水槽才發出了聲音，差點把石磊嚇得靈魂出竅。

「你沒看到我在廚房嗎？」石磊沒好氣地說：「居住公約第三條，使用廚房先來後到，麻煩你出去。」

「我沒跟你搶瓦斯爐，你繼續。」金予真戴上橡膠手套，看似專注在碗盤上，其實注意力全都在石磊那裡。他就是看到石磊在廚房裡才刻意挑這時候進來的。

這兩天他一直靜不下心工作，老是想起石磊，不管是在辦公室跟他據理力爭的石磊，還是在家拚命挑釁他的石磊，抑或是毫無防備從浴室出來、髮梢仍滴著水的石磊。所以他開始有意無意地閃躲石磊，卻不曾想那麼喜歡在他面前刷存在感的人突然安分下來，恨不得拉出超長的安全距離，居然讓他相當不適應又不開心。

金予真還釐不清自己究竟怎麼了，只單純的想拉近他跟石磊的距離，畢竟他們公事上有交集，私下又住在一起，不能說培養出多好的感情，至少要有基本的默契。

不只洗碗的金予真胡思亂想，切菜的石磊也心不在焉，完全無法忽略旁邊這個高大又沉默的男人。

「嘶！」石磊一個不留神，直接往指腹劃下一刀，鮮紅的血液如湧泉般汩汩地冒了出來，正想含住止血，卻被金予真阻止。

「不要亂動。」金予真脫下橡膠手套，把石磊帶到客廳，要他坐好，再從抽屜中取出醫療手套戴上，找來急救箱為他止血、消毒。

「好痛！」石磊痛得縮手，卻被金予真拉回來，按在他的大腿上。

「忍一忍，很快就好了。」金予真低頭對石磊的傷口吹氣。「痛痛飛走了。」

石磊的心像被電了一下，呼吸也變得急促，盯著金予真為他認真上藥的側臉，故作兇狠地說：「什麼痛痛飛走了？你好幼稚。」

「對你剛剛好。」金予真小心翼翼為他包紮。「好了，暫時不要碰水。」

「可是我的晚餐……」

「等著。」金予真壓著他的肩膀站起來，在石磊的注視下走進廚房，換了手套，有條不紊地切菜、打蛋。

石磊不知道自己煮飯的時候會不會發光，但是金予真煮飯的時候看起來真的特別亮眼。片刻後，一盤香氣四溢的炒飯端到了石磊面前，還附了湯匙。

金予真問：「不需要我餵吧？小朋友。」

「你才小朋友，你全家都小朋友！」石磊馬上把到嘴邊的謝謝收起來。

炒飯意外地好吃，石磊訝異地看向再次投入工作裡的金予真，喃喃道：「還挺厲害的。」

有了美食撫慰，石磊就像收起尖刺的刺猬，露出可可愛愛的肚皮，讓人想上手擼一把。金予真不曉得分神看了幾次石磊。張牙舞爪的他很有活力，順毛安安靜靜的他依舊很吸引人。這次的意外促成了兩人見面以來，相處最和諧的一次。

正所謂拿人手短，吃人嘴軟，石磊不再繼續躲金予真，也不像之前一樣處處為難。

白筱倩覺得過了一段時間，石磊總該有進展了，午休一到，就跟王靖一左一右把他架出工藝坊。

「都一個多禮拜了，你有發現金予真什麼祕密嗎？」

「他有潔癖，還很講究，連洗個杯子都要戴手套，客廳不能放私人物品，洗完澡一定要拖乾地板，除了吃飯、洗澡、睡覺，其他時間不是在客廳處理工作，就是在房間健身。」石磊細數金予真的生活習慣，不說不知道，一說嚇一跳。「他的作息很規律，自制力超強，最晚不超過十一點睡覺，吃東西也很克制，沒看他喝咖啡或茶，只喝氣泡水。」

「誰問你金予真的作息？我要了解的是他有沒有曖昧的對象，或是有什麼異於常人的行為或習慣！」白筱倩一巴掌拍上石磊的背，要他醒醒。

「好痛！」石磊差點彈起來。「我說的這些還不夠異於常人嗎？這種作息他哪來曖昧對象？說不定再這樣清心寡欲下去都可以出家了。」

白筱倩眉頭一皺，發現案情並不單純。「石磊，你老實說，你是不是被金予真收買了？」

「我怎麼被他收買了？」石磊指著自己，嘴巴張得可以塞雞蛋。

「你剛才講他的時候一直在笑。」可能石磊自己沒注意，旁觀者可是看得一清二楚。

白筱倩耐著性子說：「你是不是忘了金予真多可惡，忘了他上班的第一天貼出的單身公告，讓我跟王靖無法光明正大走在陽光底下？忘了他把小齊趕走，差點害他露宿街頭？」

「我沒忘！」石磊大喊冤枉。「我怎麼可能會忘？」

「石磊，你就是個叛徒。」白筱倩直接把他打進敵軍陣營。「你已經忘了我們受的委屈，只記得金予真答應你的好處，難怪他只找你開會，從來不叫我們進辦公室。」

「他哪有答應我什麼好處？」石磊著急了。「我沒忘記讓金予真撤掉單身公約的事，也一直在開發新訂單，如果順利，下禮拜應該能簽下國小百年校慶的紀念徽章。」

「既然這樣，拿下這筆訂單，你敢要求金予真撤下單身公約嗎？」白筱倩放軟了態度，循循善誘。「你看你這陣子幫工藝坊翻模、開發新設計，還要催訂單跟分配工作，對內對外、承上啟下，應該足以證明你對工藝坊的重要性了吧？」

石磊慎重點頭。「我知道了，等訂單確認，我就跟金予真提。」

王靖在一旁不敢說話，不知道該為女友加油，還是為石磊捏把冷汗。

為了洗刷叛徒污名，就算這面打倒金予真大魔王的旗幟很重，石磊還是得想方設法扛下來，而且這也是身為工藝坊設計組組長該有的guts。

3

確定接下國小百年校慶紀念徽章的委託案後，石磊激動握拳，向上空揮。白筱倩正要問他發生什麼事，金予真就先一步走了過來，連帶引頸好奇的王婧、午思齊兩人都把脖子縮了回去，乖巧得像隻鵪鶉。

「鍍鎳、含鎳的清冊做好了嗎？」

金予真看著石磊問，其他人就盯著金予真，形成了一種奇妙的磁力圈。

「當然！」石磊低頭敲了幾下鍵盤。「已經E-mail到你的信箱了。」

「嗯。」金予真抬腳離開，不忘喊上石磊。「來我辦公室一下。」

不知道石磊這次從總監辦公室出來又會帶來什麼新的政策，即使沒有被喊進辦公室，其他人的緊張程度並沒有低多少。

「石磊，記住我們的計劃。」白筱倩在身後提醒。

石磊手背在身後，比了ＯＫ。

「先來說一下採購的部分。」金予真回到辦公室，立刻打開電腦內的檔案，一分一秒都沒浪費，直奔主題。「雖然金礦、銀礦跟醫療鋼的數量，包括還沒到貨的，已經達到安全庫存，但是其他礦物採購跟編列幾乎沒有進展，不是應該在這個月的最後一個星期處理完春季材料庫存嗎？」

「這個是王靖負責的，不過他的狀態不太好，至於原因……嗯，應該是受了外界變化的刺激，畢竟他也到了需要伴侶的年紀。」石磊說到最後幾乎明示了。

金予真連看都沒有看他一眼，冷冷道：「如果腦子只剩下求偶，他應該待的地方是動物園，不是精誠。」

「欸！你怎麼這樣講啦？」明明是他違反天理好不好。石磊狠狠鄙視了金予真一眼。

「我看進銷貨很多時候是白筱倩的名字，她這次沒協助王靖嗎？」金予真認真地看了進料、領料的記錄人，白筱倩出現的次數幾乎占了三分之一。

石磊摸摸鼻子。「他們在冷戰，就……嗯……不好說。」

「午思齊才剛轉正，本職還是學生，我就不說了。到底是出了多大的事讓你們連最基本的工作都忽略了？難怪原本穩定合作的公司行號都快被同業搶光，你敢說被同業搶單是我的責任嗎？」

工作疏忽是事實，被同業搶單更是事實，石磊無話可說。

「算了。」金予真不想再翻無濟於事的舊帳。「讓王靖在一個星期內把春季材料庫存補齊，老客戶應該是靠你們前老闆的人脈才維持住的，換我接手後，要再拿回來還不如開新線，這部分我會想辦法。」

「我接了新的訂單。」有隻小蒼蠅正在石磊心裡興奮地搓手手。「港潭國小百年校慶的紀念徽章，含設計費共十六萬，早上已經電子簽約了，最晚後天會匯訂金過來。」

「喔？」金予真點了下頭。「不錯，等下合約傳一份給我留底。」

石磊等了又等，等不到下文，難免失望道：「就這樣？」

「不然呢？」難道之前精誠接完訂單還有其他流程？金予真仰頭等答案。

「你不覺得我能幫工藝坊開新線接單，對工藝坊來說很有價值嗎？」儘管石磊臉皮有點厚，在老闆面前老王賣瓜還是有點害臊。「總之，我想跟你談點不一樣的。」

「每個人對工藝坊都有價值，沒有價值就不會留在這裡了。」要不是知道石磊真正的用意，金予真還以為這傢伙準備撩他。「想解除單身公約就直說，何必拐彎抹角？」

石磊順勢而為。「我想解除單身公約！」

「不可能。」金予真想也不想就回拒。「這筆訂單是你承接的，這個月會多發獎金給你，其餘的就不要想了。」

「一點商量的餘地都沒有嗎？」石磊見金予真紋風不動，不由得急了。「你也太霸道了吧。」

「我雖然是精誠的藝術總監，但你別忘了我其實是精誠的老闆，是工藝坊的最高決策者。你可以建議，不代表我一定要聽、要改變。」單身公約是金予真的底線，有誰的底線那麼容易移動的？「你幫忙接單我很高興，不過這是我的工作，由我來煩惱就行了，你還是把主要的心思放在設計上。再者，講難聽一點，十六萬扣除既定成本，還不夠付你們四個人的月薪。」

這話何止難聽一點，是非常難聽。

如果石磊是這麼容易放棄的人，他就不是石磊了，他的固執可是刻在名字裡的。

「看來總監對自己很有自信。」石磊雙手撐在金予真的辦公桌上，傾身靠近他。「敢不敢賭一下？」

金予真放下手邊的工作，抬頭回視。「什麼意思？」

「就你跟我，賭一把。」石磊摟住金予真的脖子，把他帶向自己，兩人之間的距離呼吸可聞。「這樣明白嗎？」

金予真直勾勾看著近在咫尺的石磊，看著他自信且張揚的笑臉，忽然覺得什麼都不明白的人是他，撩人而不自知。金予真推開石磊環在他脖子上的手，繼續工作。

「欸，你沒聽到我剛剛說什麼嗎？」石磊跳腳，又有一拳打在棉花上的無力感。

金予真淡然道：「有，但是我沒興趣。」

「其實是你不敢吧，怕輸給我才不敢接下戰書。」石磊雙腳一前一後，抱臂看他。

「是沒必要。」金予真說：「與其浪費時間，不如去想怎麼接單。」

「剛好就跟接單有關，這樣就不算浪費時間了吧？」石磊在掌上砸拳，志得意滿地說：「我們就比誰接的單子多，到下個月底為止，輸的人必須答應贏的人一個條件。」

金予真用膝蓋想也知道石磊要他拿出來的賭注是什麼，指著辦公室的大門說：「沒事了，你出去吧。」

「出去？你叫我出去？」石磊還是第一次被趕，像被踩到尾巴的貓咪，立刻跳起來亮爪，盛怒之下還有一點點刻意壓下的難過。「你以為單身公約限制的是我們嗎？不，是你！我不知道究竟發生了什麼事讓你定出如此喪心病狂的東西，但你一直用這種方式武裝自己，掩飾內心的脆弱，你永遠都無法前進。你真的以為自己能單身一輩子嗎？你只是怕受傷而已！」

自己單身就算了，還逼員工一起汪汪汪當單身狗是怎樣？精誠除了是一家金工工藝坊，還是一處觀光狗園嗎？

「說夠了嗎？」金予真閉眼，深吸了一口氣，握拳再鬆開。「說夠了就出去。」

「還沒！金予真，我跟你說……」

「我說，出、去。」金予真語氣驟冷，音調不強，卻讓人背脊發寒。

「出去就出去。」石磊默默收回手，有些不知所措，最後是他僅存的一點倔強，為自己保留了些許體面離開。

這真的是石磊長這麼大，最失敗的一場談判。

Ω・Ʊ

傍晚五點，就是Cat Soul輕飲即將迎來戰爭的時刻。

午思齊前腳從工藝坊離開，後腳就踩進Cat Soul後廚，穿上圍裙，成為戰鬥的一份子，幫忙備料。

「綱哥在嗎？我有事找他。」石磊晚了午思齊約半個小時過來，一來就指明找言兆綱。

「稍等一下，我幫你叫他。」程珞馬上幫忙喊人，不敢面對石磊欲言又止的眼神。

石磊向她告白後，程珞見到他難免有些彆扭，雖然之後他也沒有進一步讓人尷尬的言行舉止，可她難免會胡思亂想，下意識觀察石磊的一舉一動。

「怎麼了？找我什麼事？」言兆綱聽到石磊找他，好像有很緊急的事，一刻也不敢耽擱地從後廚快步走出。

「我想跟你借一下午思齊。」石磊一臉凝重。「很快就會還你了。」

「思齊又不是我的人。」言兆綱失笑，復而又想，要把午思齊從Cat Soul輕飲帶走，確實必須先經過他的同意。「是工藝坊的事沒處理完嗎？」

石磊先是點頭，又是搖頭，任言兆綱再聰明都推敲不出個所以然來，只能同意。

「綱哥、磊哥……等等，盤子！」

從後廚出來的午思齊才剛打完招呼就被急吼吼的石磊拖走，只來得及把順手拿出來的盤子交給言兆綱，一臉錯愕的樣子讓言兆綱笑了好久。

程珞湊上來打趣道：「你有發現嗎？自從思齊來了之後，你的笑容變多了。」

「我不常笑嗎？」言兆綱反問。

「我是說發自內心的笑。」程珞旁觀者清，從言兆綱手裡奪過盤子往裡面走去，留他一人站在原地思考。

留給言兆綱思辯的時間不多，客人開始湧進，等到他閒下來能思考其他事情，卻發現過了三個多小時了，午思齊還沒回來。

說好很快就還他，難道只有他一個人當真？

言兆綱撥了午思齊的電話，一直沒有人接，後來想想午思齊從後廚出來好像只拿了個盤子。

「我的天。」言兆綱無語問蒼天，突然想起他把午思齊撿回來的那個晚上，他跟石磊可憐兮兮坐在超商，像無人認領的小狗狗，該不會這次跟石磊出去又在什麼不知名的地方吹風受凍。還是回工藝坊了？

言兆綱嘗試撥打工藝坊的電話，一樣沒人接聽。他雖然認識石磊，可是沒有石磊的手機號碼，這兩人到底跑哪裡去了？

「今天提早打烊，大家收一收，早點回去吧。」言兆綱見最後一桌客人結帳離開，就把招牌的燈關了，沒想到切斷電源的那一剎那，又有客人推門進來。「不好意思，今天提早結束……」

言兆綱轉身，與金予真四目相對，雙雙震驚。

「學長？」金予真嘗試地喊了聲。「真的是你？」

「好久不見，原來精誠工藝坊的金予真就是你，我還以為同名同姓。」結果世界就是這麼小，兜兜轉轉，又見面了。「什麼時候回來的？」

「去年底，剛回來不久。」金予真回頭看了一眼暗下的招牌，還有忙著打掃的店員，決定不再打擾。「看來我來的不是時候，改天再來拜訪學長。」

「來都來了，坐吧。」言兆綱幫他拉開吧檯的椅子。「不喝咖啡也不喝茶的人還走進我這家店，不是心情不好就是無處可去。剛好我這裡有幾款你能喝的茶，等我一下。」

言兆綱可是咖啡手沖比賽的常勝軍，曾經有人出價一萬買他一杯咖啡，可惜金予真無福消受，幸好除了咖啡之外，他還是沖茶、煮茶的好手，還能幫金予真沖一壺淡雅的菊花蒲公英。

玻璃壺、玻璃杯，攪拌用的湯匙是陶瓷製的，連沖茶的水都用陶瓷鍋燒開，一切流程都在金予真眼皮子底下進行，所以他可以放心飲用。

「謝謝學長。」金予真依舊戴著手套，先倒了杯茶放涼。

「不客氣，但有件事要麻煩你。」言兆綱別無他法，只能求助金予真。「幫我打電話問石磊他究竟在哪。」

金予真聽到石磊的名字，呼吸一滯，但言兆綱沒發現，單純以為金予真好奇他的用意。

言兆綱解釋道：「他把午思齊帶走了，到現在還沒把人送回來。午思齊沒帶手機，我聯絡不到他的人，又沒有石磊的電話，只能麻煩你。」

「學長跟午思齊的關係很好？」

「他現在住我那裡，晚上會來店裡幫忙。」言兆綱一邊回答金予真，一邊讓員工回家注意安全。

「原來午思齊現在住學長家裡。」金予真跟言兆綱是在大學社團認識的，就算以前感情不錯，分開那麼久，沒有重疊的朋友圈，難免互動上有些生疏。「我是石磊的老闆，這麼晚了打電話給他似乎不妥，不如學長自己聯絡吧，我把號碼給你。」

「也行。」言兆綱抄下了電話，表面上不方便評論什麼，心裡還是有些想法。

都住在一起了還不方便打電話，看來金予真跟石磊的關係真的很僵。但願石磊能發掘到金予真的不容易還有他的好，不過這些都是他們自己的功課，言兆綱不會主動點破或引導。

打通石磊的電話，言兆綱表示金予真在店裡，聊完就會收店了，要石磊直接把午思齊送回家。

「這麼多年了，學長還是沒變。」很體貼，觀察入微，總會給人留餘地。

「是嗎？」言兆綱倒是沒留意，這麼多年稀里糊塗就過來了。「你倒是變了滿多。」

金予真想了想，輕笑了聲。「是因為穿了西裝吧。」

「人要衣裝，佛要金裝，但也不是那麼絕對，畢竟猴子穿上衣服也不像人。你變得沉穩多了，很有氣勢，走在路上我都不敢認。」言兆綱為自己沖了杯咖啡，動作專業優雅。「就是不知道這樣的變化好不好。」

金予真喝茶的動作一頓，抬眸問：「怎麼說？」

「工藝坊的人常來我這裡吃飯，他們描述的金予真，跟我印象中的金予真一直對不起來。」言兆綱品著咖啡，默默觀察金予真的神情。

金予真握著杯子，沉默不語，直到言兆綱咖啡都喝了一半，才小聲地問：「學長覺得不好嗎？」

「你覺得舒適就行。」言兆綱笑著說：「就問你自己滿意現在的狀態嗎？」

金予真回答不出來。別人看他光鮮亮麗，事業有成，但他如果滿意現狀，只求穩定成長，又為何會有單身公約的限制？

言兆綱收到石磊傳來報平安的訊息，知道午思齊已經回到家，就想快點把店裡的事處理好，可是又不能丟著金予真不管，就把睡翻的萬萬撈起來，放到吧檯上。

「我先去結帳，你慢慢喝，喝完早點回家休息。」言兆綱揉了一下萬萬的頭，把招呼金予真的重責大任交給毛絨絨小店長。

萬萬上了吧檯，看了一下金予真，直接摺手手睡在他面前。

金予真起先還不敢放肆，先用一隻手指順著萬萬額頭上的毛，聽到牠滿意的呼嚕聲，才放膽擼牠的耳朵跟下巴。

貓咪果真是療癒系動物。金予真一邊吸貓，一邊喝茶，像是找到了傾訴的樹洞，近乎無聲地對萬萬說：「就今天，想晚點回去。」

想減少跟石磊單獨相處的時間，減少跟石磊衝突，更不想面對他一語道破的現實。留在這裡，是他難得一次的任性。

Ω・Ʊ

午思齊下午有課，還沒中午就先趕回學校，石磊從金予真的辦公室負氣走出來時，午思齊已經離開工藝坊，沒有在第一時間參與討論，更不知道石磊是如何度過這個艱難的下午。

王靖跟白筱倩知道石磊談判失敗後，非常沮喪，也讓兩人好不容易回溫的關係再次降到冰點。

不想失去工作，也不想失去女友，但又想不出解套辦法來的王靖急得像熱鍋上的螞蟻，只能向石磊求救，把希望往他身上壓。

石磊知道自己的保證不一定有效，可是在這時候，他要是退縮了、放棄了，無疑會是壓垮駱駝的最後一根稻草。

儘管滿腦子都是金予真冷酷無情喊他出去的樣子，石磊還是強打起精神，壓抑難受的情緒安撫王靖，在白筱倩面前說盡好話，硬著頭皮發誓還會繼續抗戰下去。

只是吸了一大圈負能量的石磊需要找人告解，明白狀況又能聽他說話的只有午思齊了，連同在金予真辦公室裡發生的爭執都一五一十地說了。

「我真的覺得超對不起王靖跟筱倩的，以為接下訂單就能有話語權，就能跟金予真爭取福利，讓王靖跟筱倩這麼期待，結果失敗不說，還惹惱了金予真。」石磊挫敗地抹了把臉，難過又自責。「最慘的是我現在想不出其他辦法讓金予真點頭。」

「靖哥跟倩姊都沒有其他想法了嗎？」人助仍需自助，不能把所有的問題都丟給石磊解決吧？連組員的感情跟婚姻都要搭一把手，以後小孩出生是不是還要幫忙帶？

「除非他們兩個都離職。」然而現實層面太難了，石磊光想就頭皮發麻。「筱倩還能回去當刺青師傅，可是王靖就不一樣了，他在精誠的收入算是業界的金字塔頂端，就算他願意降低薪資期許，你想哪家金工沒有自己的王牌，請他回去神仙打架嗎？」

「如果有人來挖角，就沒有這些問題了吧？」午思齊天真地想。

「可是沒遇到一個來獵王靖人頭的啊。」石磊真想站上高處大吼一波。「我不想王靖跟筱倩離開，我還想當他們的伴郎呢！都怪金予真，沒事弄什麼單身公約，我看就跟筱倩說的一樣，金予真肯定有情傷，才會貼出這種違反天性的公約。」

不過午思齊好奇的是另外一件事。「你真的當著總監的面說他有問題喔？」

「嗯……就一時氣上心頭。我也知道這樣不是很妥當啦，就是……」石磊為了他的衝動懊悔了一下午，偏偏講出去的話跟潑出去的水一樣，都收不回來了。

「磊哥，我這麼講你不要生氣，雖然靖哥跟倩姐很無辜，總監做法也不太好，可是就算總監受過情傷才想出單身公約，起碼保護自己這點沒有錯吧？錯就錯在牽連無辜，可是你罵的都是他本人。」

石磊期期艾艾地說：「本……本來就是他的決定，不罵他……難道罵我自己？」

像打狗娃娃給狗看的意思嗎？

「我小時候成績很差，我爸都說我讓他很丟臉，說現在沒有牛了，以後我連牛屎都沒得撿。有一年我在書桌上貼加油的紙條，結果月考考卷難度變高，我的總分也就更低了，卻因為那張紙條，我被羞辱得更嚴重，說我只是做做樣子，根本不是真心想用功，牛牽到北京還是牛，每次考試都會拿紙條出來笑我。」

午思齊身體前傾，兩手撐在大腿上支頰，像說著別人的故事，沒有太大起伏。「貼上那張紙條是因為我想改變，總監貼出單身公約為了什麼我不知道，但都不是我們受到攻擊的理由。」

石磊知道午思齊跟家裡的關係不好，隻身在外都靠自己或朋友比較多，過年回家待不到兩天就回來了，這還是他第一次聽到午思齊的過往。

「那你覺得我該怎麼辦才好？」石磊虛心求教。

午思齊：「我不知道。」

兩人大眼瞪小眼。很好，又繞回原本的死胡同。

「只能繼續爭取了，不然怎麼辦？」石磊抓了抓頭髮。「頂多注意不要再罵金予真。」

「說到這個，我一直覺得磊哥很厲害，居然敢罵老闆，我看到總監一句話都說不出來。」

「……要不是知道你的個性，我真覺得你在諷刺我。」呆到深處自然黑就是在說午思齊這種人。

「才沒有。」午思齊看了一下時間，現在是Cat Soul輕飲最忙的時候。「磊哥還有事嗎？沒有的話我就先回去了。」

「不行！」石磊才不想回家面對金予真，巴著午思齊不放，已經忘了答應言兆綱會早點還人的事。「你是搬到綱哥家，不是嫁給他，還是你嫁出去後就不認我這個娘家的哥哥了？」

「我不是，我沒有，你不要胡說！」午思齊頻頻否認，在石磊委屈的眼神下，忍痛把言兆綱放一旁。「好吧，我陪你，你想幹什麼？」

石磊思索了一下腦中地圖，決定到遊戲場發洩一下負面情緒，來場射擊、賽車，打個地鼠跟拳擊機。兩人換了五百元的代幣進場廝殺，結束後又去五金行買了打火機跟仙女棒，回到剛才談心的河堤。

石磊揮著點燃的仙女棒，鬼使神差地寫了「金」字，還沒把「予」寫完，仙女棒就燒完了。正要點燃第二根，手機響了。

「你好，請問哪位？」石磊努力撐開笑容，就怕對方是工藝坊的客戶，一聽是言兆綱來電，立刻像消了風的氣球，乾癟癟的毫無活力。「是綱哥喔……我們在河堤旁邊玩仙女棒，放完就回去了……蛤？你說什麼？金予真在店裡？」

午思齊聽到是言兆綱來電，立刻拉長耳朵，湊近石磊。

「好，我知道了，會直接送小齊回家。」石磊掛了電話，把言兆綱的號碼存起來。

午思齊問：「綱哥說了什麼？他有生氣嗎？」

「沒有，聽起來就是擔心你，怕我把你弄丟了。」石磊半開玩笑地說，卻不曾想說者無心，聽者有意，午思齊是不是往心裡去。「綱哥說金予真現在在店裡，叫我直接送你回家，到了跟他說一聲，等金予真走了他就收店回去。你還要玩嗎？」

午思齊搖頭。「再玩下去，綱哥回家了我還在這裡。」

「我突然懂了什麼是嫁出去的女兒，潑出去的水。」石磊仰天嘆了口氣，可惜女兒不認他，全然狀況外。「走吧，我剛好趁金予真不在的時候回家。」

石磊把剩下的仙女棒送給來河堤散步的情侶，順利把午思齊送到家，傳訊息跟言兆綱報完平安，就直接回去了。

沒有人知道午思齊在石磊離開後又悄悄下樓，往 Cat Soul 輕飲前進。

到的時候，Cat Soul 鐵門半拉，裡頭燈還亮著。午思齊就坐在對街默默等待，沒有手機在身，卻一點也不覺得無聊，反而還有一種從來沒有感受過的滿足。

綱哥真的對他很好，收留他、關心他。雖然磊哥也很照顧他，什麼事都跳出來幫忙，可是給他的感覺就跟綱哥不一樣。但是他說不清楚，只覺得跟綱哥在一起特別溫暖，會一直想笑。

午思齊不知道自己等了多久，可能半個小時、一個小時，或只是一瞬間，直到言兆綱送金予真出來，他才回神。

言兆綱回店裡收尾，把萬萬裝籠，設定完保全走了出來，午思齊趁這時跳出來嚇他。

「綱哥！」

「思齊？」言兆綱以為自己眼花。「石磊說他送你回家了。」

「我又過來啦，來接你下班。」因為自己一個人在家太寂寞了，午思齊不喜歡。

言兆綱還沒意會過來，話不經腦就問出口：「你是來查勤的嗎？」

「查什麼勤？」午思齊呆呆地回，兩人互相注視了好一會兒，他還是一臉懵懂樣。

「沒事。」言兆綱鬆了一回氣，又有些說不清、道不明的失落。「回去吧。」

「我幫你提萬萬。」晚上沒幫到忙的午思齊想表現一下，可是言兆綱不讓。

「萬萬太胖了，你不習慣牠的重量，隔天手會不舒服。」大橘為重不是假的，萬萬的漢草不容小覷。

「好吧。」午思齊乖乖把手收回來，太想表現的他轉眼間又有了新主意。「不然回去我煮消夜給你吃吧。」

言兆綱差點腳下一滑，連人帶貓跪下。「等你煮完收拾好都不知道幾點了，吃外面吧！我們去吃關東煮。」

怕午思齊不同意，言兆綱直接牽起他的手，溫熱的掌心讓午思齊一時怔忡，抓不住心裡閃過的一絲異樣。

那股錯失的感覺似乎很重要，午思齊想找回來想清楚，可惜時機過了，怎麼推敲都不對，最後只能草草結論在言兆綱不讓他下廚的原因。

Ω•Ʊ

這不是石磊第一次跟金予真冷戰，卻是他第一次因為跟金予真冷戰而睡不好。以往都要睡到最後一刻才肯起床準備上班，這次居然提早起來等鬧鐘響，然後聽著金予真在外面活動的聲音，陷入天人交戰。

石磊猶豫了好久，不曉得換了幾百個姿勢，等到金予真都出門了，還沒打開房門出去洗漱，更別說假裝沒事跟金予真道早安，把兩人之間豎起的冰牆敲出一道裂縫。

晚上睡不好，早餐吃不下，石磊知道這是他對金予真的愧疚感在作祟，如果沒有辦法化解，他永遠在金予真的面前矮一截。

石磊面對繪圖軟體，完全靜不下心來工作，既然無法忽視這股心情，最好的方法就是面對它。大丈夫敢做敢當！石磊在眾人驚訝的眼神下站了起來，走到金予真的辦公室前，緩緩握拳，深吸一口氣之後，閉眼敲門。

「請進。」金予真的聲音透門而出，鏗鏘有力，差點把石磊好不容易鼓起的勇氣給打碎。

既然石磊下定決心要把這件事說開，就不會再逃避，縱使情緒一時之間無法平穩，他仍然堅定地推開了門。

金予真一看來人是石磊，微微沉了臉色，擔心等一下又是一場爭執，冷聲問：「有什麼事嗎？」

「昨天……我不應該那麼說你，對不起。」石磊道歉時根本不敢看金予真，怕從他的臉上看見令人不快的得意表情，因此錯過了金予真第一時間的真實反應。

錯愕、震驚、舉手無措，還有一絲拚命隱藏的羞愧。他以為石磊提到昨天，是想在兩人冷靜過後重新翻出來討論，直到他讓步同意，沒想到居然是向他道歉。

那句「對不起」像一句魔法咒語，金予真的心裡似乎有什麼東西破土而出，向下扎根，向上茁壯。

「你生氣我能理解，要怎麼處罰我都認。我並非無理取鬧，為反對而反對，只是希望你能正視我的訴求。」石磊沒有聽見金予真的回應，心裡七上八下，但他現在不能撤退，最起碼要把事情說清楚，讓金予真知道他不會放棄。「我們真心喜歡這裡，也為自己在工藝坊努力出來的成果感到驕傲且自豪，我們想留下來才會用盡辦法爭取，而且我們能為工藝坊創造價值。」

要說金予真沒有被觸動是假的，雖然不想撤下單身公約，但給石磊機會不是不可以。「你上次說要跟我比接單量，輸的人必須答應贏的人一個條件，對嗎？」

石磊一聽覺得有戲，雙眼睜得圓圓的，晶亮靈動。「沒錯。」

「照這種賭法，你贏不了。」金予真從下層抽屜取出一本活頁資料夾放到桌上，示意石磊翻看。

一看不得了，原本滿心期待又熱血的石磊瞬間涼了，裡面放的都是合約，商業合作價值平均都在十五萬以上。還有一份合約僅註明設計費，材料費另計，光是設計費就簽了十二萬。他就算現在開始衝刺，坐火箭都趕不上金予真的進度。

「裡面有幾件合作還在談，但八九不離十應該會委託我們。」金予真沉著地說：「我已經在徵現場的金工師傅，以後你就專心設計，除了競賽、新品打樣，現場的工作就交給別人處理。」

石磊還沉浸在合約的打擊中無法自拔。「怎麼可能？這麼短的時間就接觸了一、二、三……八個新客戶？」

「沒有準備我敢接手工藝坊？是人傻錢多，還是嫌錢咬人？」金予真把合約收起來，免得石磊的注意力一直被拉走。「這些案件照理說應該要交給你負責，你還要設計新品，有時間開發客戶接訂單嗎？」

「可以！」石磊不想輕言放棄，不可以也要可以。

「行，我就給你一個機會。」金予真說：「這些委託案我會負責一半，賭約則改成誰先接到合約價值超過三十萬的訂單誰就贏，時間不限，你覺得呢？」

「你答應了！」石磊高興到都快跳起來了。「你不能反悔喔。」

「我才怕你退縮。」金予真看石磊笑到雙眼瞇成下弦月，心情跟著好了起來，不禁打趣道：「三十萬的訂單並不容易。」

「開什麼玩笑？區區三十萬我還不看在眼裡。」因為根本沒看過。石磊不想在金予真面前示弱，還說得有模有樣，全然忘了剛才翻合約書的時候一臉蒼白。

「話不要說得太滿。」金予真站起身，理了理西裝，隨即繞出辦公桌。「你贏，我就撤銷公約。」

「Yes!」石磊握拳歡呼。

「但如果我贏……」

石磊瞬間緊繃，「怎樣？」

金予真走近石磊，清楚地看見他喉結滾動了一下，眼神頃刻深幽，接著貼近他的耳邊，緩慢且有力地說：「祕密。」

「哪有蓋牌的啦？」石磊覺得被整了，捂著耳朵退了一步。

「主動提出挑戰的人，也該承擔一點風險，遊戲不都是這樣玩的嗎？」金予真雙手大開，跟著退了一步。「走出辦公室之前，我可以給你反悔的機會。」

「誰要反悔，就這麼說定了！」石磊怕金予真出爾反爾，飛快地跑出辦公室，輕巧得像一隻小鳥。

只剩一人的辦公室回到寂靜無聲的清冷狀態，本該有些喧囂過後的落寞，金予真卻因為空落落了近二十四個小時的心回填了不少溫暖，竟笑了起來。

Ω・Ʊ

金予真接受挑戰讓工藝坊的員工雀躍了一整天，就算目標訂得有點出乎意料的高，都讓他們感受到了希望之光沐浴全身的滿足感。

這表示金予真的態度已經軟化了。

為了贏得勝利，王靖直接下載台灣百大企業名單，開始陌生開發，白筱倩看在眼裡，對他的埋怨便淡了幾分，也加入了陌生開發的行列。

晚上到Cat Soul輕飲吃飯，王靖還問言兆綱能不能在店裡打廣告，如果有設計需求就直接聯絡他。

雖然從Cat Soul輕飲接觸到的訂單要達到三十萬的價值，可能要連走十年的狗屎運；不過可以增加營業額，對他們來說都是增加籌碼的機會，寧可錯殺，不可放過。

看來在他們以為單身公約撤下無望的黑暗期，王靖想了很多，也願意改變與努力。

他私下跟白筱倩說：「我一定會讓妳說出我願意。」

在這段感情中，白筱倩向來是比較強勢的一方，多由王靖配合與包容，久而久之，他的聲音就越來越小，這次他對白筱倩說的話無疑是一記震撼彈，直到這一刻她才有了些踏實感。就算沒有進度，至少拿出態度。

石磊雖然想加入陌生開發的行列，但是行程表裡滿滿當當的截稿日期，他能運用的時間幾乎都塞滿了設計，還要跟金予真討論設計方向是否能切中顧客的需求。過年前閒得要命，過年後忙到人仰馬翻，不管什麼情況，石磊都想抱著繪圖板哭。

因為這些委託案，石磊跟金予真的交集變得更加密切，有時候在家裡都會聊起公事，已經沒有清楚的公私界線了，就像戰友一樣，無時無刻靠掛在對方身上。

石磊有沒有時間找新的合作契機其實瞞不過金予真，但是金予真有沒有空檔開發新客戶，石磊就不清楚了，天曉得他一人在辦公室裡都在幹什麼。

為了探查敵情，石磊幾度想偷看金予真的電腦，翻找他的信箱，可惜在辦公室裡找不到下手的時機，一有動作，金予真就會看他，那對眼睛亮得跟監視器一樣，就差沒閃紅燈而已。石磊只能把目光放回家裡，刻意在他身後走動，偷看他的筆電畫面，結果發現了一件非常讓人頭痛的事。

金予真的電腦螢幕貼了防窺片！太奸詐了！

石磊只怪自己沒有商業間諜的天分，正當他想換個路數，時機就來了，金予真的房門沒關，人也不在家。

到底要不要進去？

石磊陷入天人交戰，最後還是屈服在想贏的勝負欲裡面。

「也太乾淨了吧，這是人住的嗎？根本是家飾店的樣品屋。」石磊已經分不清楚是讚嘆還是傻眼了，金予真房間整齊到沒有東西，除了床具之外，所有日常使用的雜物統統都收了起來，一眼望去一目瞭然。

所以他把電腦收在哪裡？

石磊走近床邊，依照自己的習慣思維猜測金予真可能把公事包放在床頭旁，結果撲了個空。「什麼也沒有……」

「沒有什麼？」金予真突然在他耳後出聲。

「哇啊！」石磊真的嚇到眼前一片白，轉身的時候撞到床框，整個人往後倒。

「欸，小心！」金予真想拉住石磊，卻被他拉著往床上倒去，只來得及撐住床鋪，沒整個人壓到石磊身上。

細數兩人近距離互視，貌似沒有一次是這麼尷尬又曖昧的上對下。石磊雙手抵在金予真厚實的胸膛上，清楚地感受到他心跳聲強而有力，盯著金予真宛若星盤的眼眸，久久回不了神，像被嚇呆了一樣。

「第三次了。」金予真緊盯著石磊的雙眼，像是呢喃般說道：「這次還違反公約。」居住公約第一條，個別房間屬於私人領域，未經允許禁止進入，可是石磊擅闖，他居然不覺得生氣，還覺得偷偷摸摸的他看起來挺可愛的。

石磊羞紅了臉，而耳朵都燙到發疼，掙扎著想要爬起來，金予真不僅不配合，還反過來箍制住他，不讓他離開。

「對不起！這樣總可以了吧？」石磊自知理虧，只能低頭道歉，表情彆扭得要死。殊不知他心虛又故作鎮定的舉動，就像調皮的貓尾巴，不斷在金予真最敏感的心尖上搔動著。

金予真突然玩心大起想使壞，故意說：「不可以。」

「那你想要怎樣？」石磊有點慌，很怕金予真公報私仇，影響到兩人的賭約。

石磊心情忐忑得要命，金予真竟然還俯身而下，胸膛都快貼上他了，嚇得石磊連呼吸都不敢用力。

「我想……」金予真所有的克制力在石磊這裡全數碎成渣渣，無所謂他也不想撿了，貼在石磊的耳邊，用又濕又軟的語氣說：「吃，掉，你。」

石磊雙眼剎那間瞪得又大又圓，突然湧出一股力量讓他把金予真推開，逃出房間，一邊跑還一邊啊啊叫，似乎受到不小的衝擊。

「哈哈哈！」金予真難得放聲大笑，但緩和情緒有餘力思考後，又有了不同的觸動。他翻了個身，躺在床上，抬手捂住眼睛，嘆了長長的一口氣，好像找到了鬆口答應石磊賭約的原因。

石磊在找一個可能，而他，同樣在渴求一個契機。

Ω·℧

港潭國小的案子已經給了初稿，目前就等對方確認再做調整，石磊立刻投入下一份設計，正在找資料時金予真又將他喊進辦公室。

白筱倩小聲抱怨：「一直喊石磊進辦公室，一定是不想給他時間開發訂單，總監這人實在太邪惡了。」

「等設計圖通過，開始打樣，就換我們兩個要忙了。」王靖有些擔憂。「我們得加快速度開發，還是我們看看有什麼座談會、交流會，拓展一下人脈？」

「這也是個辦法。」白筱倩這兩天被拒絕到麻木了，甚至樂觀地認為當面拒絕說不定比電話拒絕還委婉呢！

石磊不知道王靖跟白筱倩討論出了新的方向，敲響了金予真的辦公室，推門進去，非常自然地拉過椅子坐到辦公桌前面。

「看一下這個。」金予真拿出一份企劃案示意石磊翻閱。

「這是？」石磊越看眼睛越大，忍不住驚呼出聲：「茵華國際股份有限公司？」茵華是間很有名的跨國企業，主打戶外運動與健身休閒，最有名的是登山及露營設備，還有多國專利，石磊就看過好幾次新聞節目製作了茵華的特輯。

這麼大的公司，難道金予真贏了嗎？

「這是茵華老闆麥董的委託案。」金予真看他一直停留在業主介紹沒有翻頁，大略知道是為了什麼。「就是之前給你的合約裡只談設計費，材料另計的那位麥正雄先生。」

這麼說來合約價值只有十二萬？石磊三魂七魄頓時歸位。

「我昨天才收到郵件，確認委託。這份是我初步整理出來的企劃書，你先瀏覽一下，有任何問題隨時發問，有疑慮的地方也可以修改。」金予真見他笑得見牙不見眼，什麼都寫在臉上，費了不少力氣才壓下笑意。

石磊問：「現在嗎？」

「我知道時間有點急，但三天後你得陪我去茵華開會，在那之前要把相關資料和構想準備好，前一晚讓我先看過，回家想到什麼也可以馬上跟我溝通，記下了嗎？」

石磊掏出手機同步記錄，對金予真比了ＯＫ。「沒問題。」

「之後你就是這個案子的負責人。」金予真毫無預警地宣佈，驚呆了石磊小朋友。

「我？」石磊指著自己，不敢置信。「你確定？」

就算是麥董個人委託，也是背靠茵華，把這麼大的案子轉到他手下，不怕他把麥董變成自己的人脈，從他身上拓展其他新線嗎？

金予真挑眉問他：「很困難？」

「怎麼可能？」石磊馬上跳腳否認。「不要小看我！」

金予真笑了一下，撐著下顎看他。「行，就看你表現，去忙吧。」

石磊沒有遲疑，立刻抄起企劃書離開，出去重新分配工作排程。

留在辦公室的金予真陷入沉思，這場賭局不只是他跟石磊的，更是他跟自己的。

4

Cat Soul輕飲除了餐飲，還有一大特色，就是店長言兆綱的臉。到社群網站搜尋Cat Soul輕飲，一堆hashtag下都是言兆綱的照片，各個角度都有。

今天又有幾位直播主來到Cat Soul輕飲與粉絲互動，點餐時特別註明希望言兆綱送餐，對於這類無傷大雅的要求，言兆綱向來不會拒絕，甚至大方地向直播間的觀眾揮手致意。

然而這一切在午思齊看來刺眼極了，卻不知道該如何跟言兆綱說，只能自己生著悶氣，慢慢消化。因此這天午思齊都在後廚，沒有到外場幫忙，除非言兆綱跟程珞喊他支援。

石磊下班後也來到Cat Soul，環視了一圈，沒看到他可愛的小徒弟，坐到吧檯前便對程珞問了聲：「午思齊呢？」

「在後廚。」程珞又多解釋了幾句：「店長說思齊想學煮飯，所以大部分的時間都在後廚，前面忙不過來才會叫他。你又要找他嗎？」

「沒，沒有，我只是問一下而已。」石磊跟午思齊合住過一段時間，也是見識過午氏廚藝的人，剛好言兆綱送餐回來，他就好奇問了句：「綱哥，你吃過思齊煮的東西嗎？」

言兆綱笑容微妙，一切盡在不言中，該懂的人都懂。

「我知道了。」石磊回以同樣微妙的笑容，只是言兆綱比他厲害多了，還敢讓午思齊繼續磨練廚藝，這種情操他只有甘拜下風。

點好餐，石磊掏出企劃書，爭分奪秒地努力。

程珞見他特別專心，與平常嘻嘻哈哈的模樣大相逕庭，不禁起了興趣。「你在忙工作嗎？」

「嗯，新企劃。」光是一個下午，企劃書上空白的地方就寫滿了密密麻麻的註解，還有幾張設計簡稿，不過石磊覺得還有更好的想法，才會反覆琢磨這些資料。

「很重要？」程珞還是第一次看到石磊把工作帶到這裡來，連她主動拋球了都不打回來。

「嗯，重量級客戶。」石磊嘆了口氣，好像遇上什麼難題似的，全然沒有發現程珞主動找他聊天是多好攻心的機會，滿心滿眼只有金予真交給他的企劃案。

直男思維讓程珞不由得懷疑石磊那天跟她告白是大冒險輸了。

言兆綱從午思齊那裡得知石磊跟金予真之間的賭約，見石磊反應不對勁，湊過來問道：「接洽重量級客戶還嘆氣，是因為價格沒有達到打賭的門檻嗎？」

「這個案子是金予真談下來的，不過合約價值確實沒有達到賭約門檻。」這事一直在石磊心裡盤旋不去，不管再怎麼忙都難免想起。「我實在想不透為什麼金予真會把這個案子讓給我，他不怕我認識大老闆，有了跳板可以接大單嗎？可是他敢把大老闆的案子讓給我，又表示他對我有一定的信心。綱哥，你說他到底是看得起我？還是看不起我呢？」

言兆綱思索過後問：「他有一直提醒你賭約的事嗎？」

「這倒沒有。」石磊搖頭。

「你有沒有想過，或許他根本不在乎這個賭約。」

石磊表情瞬間凝重。「什麼意思？」

「我想金……你們老闆答應打賭，多多少少有撤下單身公約的準備，會把案子交給你負責，或許相較於這場賭約，他更在乎工藝坊的發展跟員工生計，認為你更適合這件委託。」言兆綱試著分析了一下，以不挑起紛爭的角度指點迷津。「這個企劃案順利完成，不僅對工藝坊而言是好事，你也是成功的推手，就某方面來說是雙贏，你又何必庸人自擾。」

石磊嘟囔著：「怎麼感覺被你講得我的心胸很狹窄一樣。」

言兆綱笑而不語，剛才還用這種微妙的笑容回應午思齊的廚藝，現在石磊變成當事人，真的有股說不出來的鬱悶。

「我也不想這樣，整起事件都是金予真先開始的，不然誰那麼無聊跟他作對？」又不是吃飽撐著每天找人吵架，再怎麼說他也是有偉大理想跟追求的年輕人好嗎？

「是不是覺得你們總監很奇怪？」言兆綱往旁邊讓了一步，方便店員為石磊送餐。

「他就訂單身公約這點很奇怪，其他部分你說怪……也是有點，但沒有到不能接受的程度。」石磊腦袋要打結了。「不知道，好難定義。」

金予真面向太多了，真想把他送進「萬物產生器」裡分析一下神在創造他的時候到底加了什麼東西。

「如果不知道該怎麼定義，就用心去感受吧！你們接觸的時間那麼多，金予真是什麼樣的人，你很難騙得過自己。」言兆綱旁觀者清，石磊若真要把金予真定位成惡人，就不會如此糾結了。

石磊低頭，扭捏而避。

「不論金予真是嘲笑你，還是為難你，設計出讓人喜歡且滿意的作品，靠的全是你的本事，這就跟賭約無關了吧？」言兆綱發出靈魂拷問：「你會為了氣金予真，故意把口碑做差嗎？」

「怎麼可能？」石磊立刻反駁。他才不會做這種事呢！

「你只要分得清楚主次，其實沒那麼困難，再好好想想吧！」言兆綱言盡於此，其他的就靠石磊自己摸索。

「我知道了。」石磊用叉子捲起快要放涼的義大利麵，連同剛才的猜忌與煩惱一起吃進肚子裡。

他當然分得清楚主次，就算金予真在這場賭約裡坦坦蕩蕩，不屑小人作派，他的首要目標還是撤下單身公約，這個核心永遠不會變。

Ω • Ʊ

打烊後，言兆綱帶著午思齊跟萬萬一起回家，與往常不同的是，午思齊在路上幾乎沒有說話，言兆綱問他事情，他都用單音節應付過去。

回到家裡，言兆綱把萬萬放出來，就把午思齊帶到沙發上，握著他的肩膀，不許他逃避。

「你到底怎麼了？整個晚上悶悶不樂，連石磊來了都沒有出來打招呼。」言兆綱見午思齊一路迴避他的眼神，難得氣上心頭，語言不由得重了些。「剛才在店裡有其他人，我不好意思問你，現在回到家，只剩你跟我，你也不願意說嗎？」

「沒有不願意，只是我不知道該怎麼說。」午思齊的聲音小得跟蚊子似的。

「你下課過來的時候還好好的，是為了什麼事不開心？」言兆綱只能抽絲剝繭地問。「對綱哥還有什麼不能說的嗎？」

午思齊摳了一下指甲，老實交代：「我不喜歡那些直播主指定你送餐，還有要你跟觀眾打招呼，你還來者不拒。」

事出有因，原來他就是那個因。

言兆綱哭笑不得。「就這樣？」

「嗯……」午思齊委委屈屈的，整張臉皺得像顆酸梅。「綱哥對誰都很好。」

原來是小孩子的占有欲在作祟。言兆綱安撫地說：「可是住進我家的只有你，不要胡思亂想，把自己搞得不開心。」

「我沒有胡思亂想。」他想來想去就只有想一件事。午思齊定定看向言兆綱，眼神滿是認真。「我想成為綱哥獨一無二的存在。」

這一記直球把言兆綱砸得眼冒金星。「你知道自己在說什麼嗎？」

「我知道。」午思齊堅定地說：「只有成為特別的人，我的存在對你才有意義。」

言兆綱的心情很複雜。對他來說，午思齊還很小，一個人在社會上闖蕩，遇到有人伸出援手，難免有移情作用，不過他對石磊似乎就沒有這麼遠大的願望，想成為對方獨特的存在什麼的。

想成為對方特別的人，八成是因為對方在他心裡也是與眾不同的。

言兆綱自由慣了，不想背上感情的枷鎖，只要他狠一點，找個理由把午思齊趕出去，這些麻煩就會迎刃而解。

可是他捨不得。捨不得午思齊受傷，捨不得他乾淨澄澈的雙眼染上了對這世界的絕望。但是把午思齊留下來，他又不可能對人冷暴力，萬一午思齊越陷越深，移情作用成了真感情，他又付不出對等的愛該怎麼辦？

言兆綱已經不知道有多少年沒這般煩惱過了。

「綱哥，你在幹什麼？」午思齊出聲打斷了言兆綱無邊無限的發想。

言兆綱低頭一看，發現兩人的手穿過指間，交握在一起。

這就很尷尬了，一邊擔心午思齊陷入太深，一邊抓著人家的手玩得不亦樂乎，言兆綱實在不想把什麼口嫌體正直的標籤貼到自己身上。

「我只是想感受一下金屬纏繞的手指有多靈巧。」言兆綱自暴自棄地編了個理由，沒想到午思齊不僅信了，還配合他玩起了手指遊戲。

看著午思齊恢復笑容，滿眼開心地追逐著他的手指，言兆綱默默嘆了口氣，既然割捨不下，那麼就順其自然。

說不定午思齊根本沒有這層意思，全是他一個人腦嗨。

Ω・Ʊ

自從接下茵華老闆麥正雄的設計委託，石磊連續兩天沒睡好覺，張開眼睛，腦袋就開始跑設計概念、設計圖。

麥正雄要打造一款紀念袖扣，送給他擔任理事長的企業家聯誼會會員。

石磊對自己的美感有信心，但年齡層與社會階層的差距還是令他搖擺不定，不曉得這案子該打安全牌，還是多點創意。

到了要去茵華開會的那天，難得換上西裝的石磊渾身散發一種「社畜」感，神態相當厭世。

「你還好吧？」金予真難掩擔憂地看著攤在椅子上的石磊，很怕他下一秒就斷電昏睡。

「我ＯＫ。」石磊眼睛都快瞇成一條線了，猛喝一口黑咖啡提神，效果有限。

「我覺得不ＯＫ。」金予真提出權宜之計。「等等讓我來跟麥董介紹吧。」

「不行！」石磊想也不想就拒絕，上一秒沒比髮絲寬的眼睛瞬間瞪得跟鍾馗一樣大。「沒人比我了解我的設計，我要自己說。」

「那你就打起精神來。」金予真看不下去，起身把人托抱上來。「坐好。」

「你幹什麼！」石磊嚇到瞬間清醒，耳朵紅得像鮮嫩欲滴的草莓。「我的西裝都皺了。」

「你沒坐好弄皺的，不關我的事。」金予真才不負這個責任。「看你剛剛的樣子，不知情的人還以為你宿醉來開會。」

「你才宿醉。」他這三天加起來有睡足十個小時就要偷笑了。

不過睡眠不足確實會有宿醉的感覺，被金予真講一講，石磊真的很怕等等簡報的時候ㄎㄧㄤ掉。

「瞪我幹麼？」金予真無辜。

石磊趁機收拾儀容，沒多久，麥正雄就到了。

「麥董。」金予真站起來致意，與麥正雄握手。

「好久不見，你這孩子越來越帥了。」麥正雄握住金予真的手，一邊拍著他的肩膀，眉眼間全是長輩的慈愛與關懷。「還自己創業當了老闆，果真是後生可畏，英雄出少年。」

石磊悄悄看了金予真一眼，原來他能接觸到茵華的案子全因為他跟老闆是舊識啊！

金予真不卑不亢地說：「麥董客氣了，要發展成事業，還得向您看齊。」

「說我客氣，你這孩子才客氣，久沒見面就見外了。」還喊他麥董，以前都是叔叔長叔叔短的，要不是有其他人在場，麥正雄早就要他把稱呼換回來。「予真，這位是？」

「麥董您好，我是石磊。」他沒有搶在金予真後面跟麥正雄打招呼，等到兩人寒暄告一個段落，麥正雄把目光移到他身上，才兩手齊齊遞出名片，乖巧得不像在金予真面前頻頻亮爪子的那隻貓。

金予真介紹道：「石磊是這次專案的負責人，是精誠工藝坊的設計組組長，待會兒會由他來講解目前預想的設計方向跟細節。」

昨天下午確認完所有資料，金予真已提供一份給麥正雄，進到會議室後，也在茵華員工的幫助下，測試過簡報所需的設備，只要麥正雄出現，隨時都能開會。

「好好好。坐，別站著。」麥正雄對金予真似乎有股莫名的信任，連帶著對石磊都有了愛屋及烏的好感，在他身上沒有感受到任何對年輕設計師的質疑。

以往承接公司行號的合作案，與石磊聯絡的承辦人，位階最高的就到部門經理而已，這還是第一次與董事長級的人物接洽，還要當面簡報，石磊掩飾得再好，還是克制不住一些生理反應，例如手抖腳冷什麼的。

「上去吧，我幫你播ＰＰＴ。」金予真催促石磊上台的同時，在桌面下輕拍他的手背，附耳小聲說：「別緊張，像我們昨天排演那樣就好。你是專業的設計師，沒有人比你更懂你的設計。」

石磊還來不及感動，金予真又說：「失敗了也沒關係，大不了被我笑一輩子，接洽不到茵華的案子而已。」

「我才不會失敗，你等著瞧！」石磊好勝心被激起，拉了一下西裝外套，昂首闊步走上台，像隻驕傲又自信的小公雞。

金予真啞然失笑，石磊的反應真的很有趣，逗他確實會上癮。

遙控拉起會議室的窗簾，簡報開始。

台下的金予真播放不須石磊提示，就能準確捕捉到切換簡報頁面，讓石磊的情緒不至於中斷，更能完美展現出這場簡報的內容與解說的流暢。

石磊提交了三個設計稿，並預估工期給麥正雄參考，其中的龍紋袖扣因為細節比較華麗繁複，比其他兩組設計需要再多兩個月的時間。「就看麥董喜歡哪種風格，我們再做進一步的討論。」

麥正雄沒有立刻回應，會議室瞬間安靜下來。石磊不敢輕舉妄動，怕是自己表現不好才讓會議室一片沉默，在簡報中累積起來的自得與自信迅速土崩瓦解，顯得手足無措。

這時，金予真刷一聲把窗簾拉開，讓光線打破僵局。

「麥董對這三款設計案有沒有偏好呢？」金予真泰然自若地問。

麥正雄意味深長地看著金予真，淡然地說，設計案選定後會讓祕書聯絡石磊。

他們離開會議室前，麥正雄放在桌上的手機無聲亮起，石磊注意到手機主畫面的圖片是張兒童筆觸的塗鴉，頭大身體小，眼睛又突，看起來像外星人。

Ω・Ʊ

兩天後，麥正雄透過祕書回覆，選擇第三款行星概念的設計。

這個方案需要用到翡翠石。金予真為了這事喊石磊進辦公室，將列印出來的庫存表放到他面前，語氣有點冷。「王靖還沒恢復狀態嗎？」

石磊幫忙解釋：「因為月底有一年一度的礦石大會，很多供應商已經停止報價了，剩下的毛料只能從大會上採購。」

「居然拖到這時候？」金予真有些不滿。「王靖的動作未免太慢了，雖然在礦石大會能談到相對便宜的價格，可是訂量有門檻。後續延伸的庫存風險，王靖能負責嗎？」

「也不能全怪他一人，他本來表現很好的。」在石磊看來算是金予真自食惡果。「反正麥董案子要用的翡翠石料也得從礦石大會上買才有。」

翡翠進貨的源頭不一樣，加上精誠很少接到以翡翠為設計主體的委託案，沒有固定相熟的供應商，還得多方接觸，礦石大會就是很好的契機。

不過金予真不買帳。「我之前說過了，私人領域本來就不該影響工作狀態，這也是我制定單身公約的出發點之一。光是那張公約就讓他頻出紕漏，萬一真的失戀了，他是打算讓工藝坊陪葬嗎？果然從來沒有得到過，就不存在失去。」

也就不會有傷害。

「這是什麼滑坡理論？」石磊哭笑不得，這理論還是土石流等級的。

「總之，我給出來的預算就這麼多，王靖必須在預算內處理好所有原材料。」金予真下了最後通碟。「我可以給王靖機會，但我不可能一直給他機會，你叫他好好把握。」

「知道了，我會跟他說。」石磊沒忘了重點。「麥董約我明天下午三點到他公司討論，你要一起去嗎？」

「不用了，後續就讓你跟麥董聯絡，定期跟我匯報進度就行。」金予真又吩咐，「新品的設計稿我調整好寄到你的信箱了，如果銷量有衝上去，下一波做六月鳳凰花，趕畢業季。」

這次石磊提出的新品設計以木棉花為主題。木棉花又名英雄花，可以操作的素材很多。會選用木棉花主要是來自王靖跟白筱倩的啟發，因為木棉花的花語是珍惜身邊的人，珍惜眼前的幸福，同時希望王靖能成為白筱倩的英雄。

金予真接著問：「午思齊應該在新住處安定下來了吧？他的企劃案什麼時候交？

別忘了四月十一日就要正式啟用新網站，在那之前他至少要規劃十堂課，還得預留報名時間。」

石磊忙到忘記這件事，一拍額頭。「我再問小齊進度，盡快給你。」

金予真知道石磊這陣子很忙，就沒再繼續追問這件事。

隔天下午，石磊提早十五分鐘抵達茵華。金予真特別提醒過麥董這年紀的人還是習慣閱讀紙本，所以石磊把設計案細化完成後，特別將資料印出來，果真加了不少印象分數。

「為了避免訊息落差，麥董介意我錄音嗎？」石磊開啟手機語音備忘錄，詢問麥正雄。

「當然可以。」麥正雄不反對，因為公司開會大多都有錄音，甚至錄影記錄，他已經很習慣了。「予真沒跟你一起來嗎？」

石磊一板一眼地說：「工藝坊正面臨轉型，總監很忙，所以沒辦法過來，全權委託我處理，若有什麼問題我可以為您轉達，或是透過電話、E-mail直接跟總監聯絡。」

「不用緊張，我沒有不相信你，就是關心一下予真這孩子。」麥正雄有意了解金予真的近況，只是石磊狀態還很緊繃，恐怕問不出什麼來。「先說正事吧。上次你給的設計圖，我希望改一版年輕人會喜歡的款式。」

「當然沒問題。」石磊立刻記錄下來，再與麥正雄確認細節。「請問，這個款式主要是給誰戴的呢？」

麥正雄又是一陣沉默，若有所思。

石磊以為自己說錯話了，緊急修補。「如果不方便透露身分，沒關係的。」

麥正雄嘆了口氣。「別緊張，不是你的問題……其實是想到我女兒，這幾年我跟她很疏遠。我在你這個年紀的時候只顧著拚事業，對家庭不夠用心，連我太太過世前都來不及見最後一面。」麥正雄苦笑，拉了下外套，往後一躺，眼神像飄到了遙遠的地方。「她可能一輩子都不會原諒我了吧？你千萬別像我一樣，後悔再多都沒用，真的要好好珍惜家人。」

震驚於麥正雄竟向他吐露家事，石磊一時反應不過來，也不知道怎麼安慰。只得故作鎮定，先把話題拉回設計稿。「麥董，女性適用袖扣的場合不多，我們沿用同樣的設計元素做一款項鍊如何？」

麥正雄一拍大腿。「這個提議好！」

正巧這時有電話進來，石磊暫停錄音，等麥正雄接完電話才繼續。結束通話後，麥正雄把自己的手機遞給他。「你看，這是我女兒送我的第一份父親節禮物。」正是主頁面那張兒童塗鴉，麥正雄特地把原圖按出來，完整的圖片上用注音符號寫著父親節快樂。

「我女兒說這是她最好的外星人朋友，叫小艾利恩，說小艾利恩會幫她保護爸爸，所以送我這幅畫。」

石磊低頭端詳，讚揚道：「畫得真好。」

「是不是？」難得有機會可以炫耀女兒，麥正雄特地讓手機亮了許久才按熄螢幕。討論接近尾聲，石磊準備關掉錄音時，麥正雄又開了新的話題。

「予真最近還好吧？」

石磊被問得一愣，下意識說：「還……還不錯。您也知道他的個性很自律，生活中沒有多餘的東西，沒有多餘的話，一心只有工作；只是他太冷了，跟我們員工之間還有點距離。」

「怎麼會？」麥正雄很意外。「在我印象中，他很貼心、很好溝通，上次來開會的時候，我注意到他很關心你，這中間是不是有什麼誤會？」

「是嗎？」石磊只記得金予真損他，說他宿醉。

「還是我幫你們調解？」麥正雄看得出來金予真很重視石磊，要是石磊真有什麼誤會，又不肯跟金予真說開，導致兩人漸行漸遠就糟糕了。「你也知道上了年紀的人最喜歡看別人和和氣氣的，予真是很好的孩子，我不騙你。」

「這不太好吧？萬一總監以為我到外面告狀，自尊心受損怎麼辦？」石磊開玩笑說：「我可不想他再訂什麼公約了。」

「公約？」麥正雄問：「是公司規定嗎？」

「何止，還有居住公約呢！」真要細數金予真的缺點，第一個就是公約魔人。石磊說：「我跟他現在是室友，不能進彼此房間，還要劃分冰箱區域，他還不准我把個人物品放在客廳，明明這點就沒寫在公約裡。他好龜毛喔。」

「真的？」從沒見過金予真這一面，麥正雄興致盎然。「你繼續說，還有什麼？」

會議最後來了個髮夾彎，成了金予真吐槽大會，麥正雄聽得直發笑，頻頻稱讚石磊觀察入微。不止聽的人入了迷，說的人也慢慢放下包袱，連單身公約的事都說了。

Ω・Ʊ

從茵華離開已經過了下班時間，石磊婉拒了麥正雄的晚餐邀約，趕著回家先把討論出來的細節整理好。正所謂打鐵趁熱，會議結束後幾個小時內的效率是最好的，石磊關進房裡修改企劃案、設計圖，一邊聽錄音確認記得的沒錯，一邊尋找靈感。

石磊一投入工作就渾然忘我，渴了、餓了都可以自動忽視，但他也有不得不暫停的時候，比如現在……膀胱要炸了。

才剛站起，頭頂的燈啪一下就熄了。石磊以為燈管燒壞了，決定上完廁所再回來處理，走出房間才發現客廳一樣是黑的，燈也打不開。

「不會吧？這時候停電？」石磊暫時管不了那麼多，摸黑走到浴室，發現門鎖住，差點氣到尿出來。「金予真，你還要很久嗎？我要上廁所，很急！我快死了……」

膀胱的壓力讓石磊一刻都忍不了，整個人趴在門上面拚命地敲，急得淚眼汪汪，沒留意到門鎖打開的聲音，就這麼往前撲了下去。

預期的狼狽與疼痛沒有出現，反而撞上了一堵厚實溫熱，還帶著水氣的胸膛。

照理說石磊應該要收回手，跟金予真離得遠遠的，可是金予真的身材實在讓石磊羨慕，讓人忍不住想摸一把。

原來男人也可以用胸是胸、腰是腰來形容，不過好像有什麼東西？長長一條，有點突，摸起來溜溜硬硬的。

「你怎麼向前、向後都能倒呢？」金予真無奈的聲音從石磊上方傳了過來。

石磊抬頭正要反駁，電來了。燈火通明，視線暢然無阻，兩人在浴室門口抱成一團，其中一個還沒穿衣服。

四目相對，氣氛詭譎，連「尷尬而不失禮貌的微笑」都派不上用場。

「摸夠了嗎？」金予真低頭看著石磊擱在他腹部的手。

「啊！」石磊嚇得收回了手，往後彈開一段距離，臉紅心跳，耳朵紅得像染了晚霞。

「你幹麼不穿衣服啦？」

「你不是急著上廁所？」金予真還是第一次沒把地板拖乾就出來了。本以為停電，石磊不會瞧見他異於常人的地方，偏偏人算不如天算。「你先進去吧，等下我還要用。」

怕身上的水滴到地板，金予真就站在浴室門口的腳踏墊上，抱臂環胸，明明只圍了條浴巾，石磊竟然覺得這樣的金予真帥爆了。

天啊，他一定是太忙了，忙出幻覺。

就在石磊要關上門的瞬間，留意到了金予真身上的疤痕，原來他剛才摸到觸感不同的部分就是這些增生性疤痕。

金予真到底出過什麼事？背部、腹部大面積受傷，真難想像那時候的他是怎麼撐過來的？一想到這裡，石磊的心竟克制不住地疼了起來。

初步調整好設計圖，石磊正在猶豫明天再跟金予真說，還是現在就找他講清楚。思考再三，石磊決定先找金予真討論。因為這件事情他一直很在意，遲遲放不下，不快點確定下來，恐怕晚上睡不好。

金予真洗完澡後就在客廳看雜誌，石磊一出房間便能找到他。

「我想跟你商量麥董的事。」石磊握住手機，忐忑地問：「你現在有空嗎？」

金予真放下喝沒兩口的氣泡水，示意石磊坐到他旁邊。「說吧。」

「你先聽這個。」石磊播放了會議錄音，到麥正雄詢問金予真的近況後停止。

「設計上有什麼困難嗎？」金予真大概了解了這次的修改內容，對石磊的專業能力又多了一份肯定。

不過石磊要跟他講的不是這個。他把錄音的進度條拉回麥正雄談論女兒的部分，這才是他的重點。

「我想幫麥董修補家庭關係，你能幫我聯絡到他的家人嗎？」

金予真不敢相信自己聽見了什麼。「石磊，不要開玩笑。」

「我看起來像開玩笑嗎？」石磊想了很久才決定這麼做，並非一時興起。「我是認真的。」

「認真也不行。」金予真直接否絕他的想法。「你聽好，我們跟麥董的交集只有這個委託案，不要做多餘的事，別人不見得會感激你，相反的，你很容易惹禍上身。」

「我知道你的顧慮，可是我真的放不下。你也認識麥董，難道就忍心看他孤伶伶的一個人嗎？」石磊想到麥董哽咽的樣子就難受。「做人不能這麼冷血！」

「他現在只是我們委託案的客戶，我們必須跳出來看。」公私不分只會造成更多的難題與混亂，還有後續無窮無盡的問題。金予真聲色俱厲地說：「你有沒有想過，冰凍三尺非一日之寒，麥董跟他女兒的心結不是一、兩天，也不是一、兩件事造成的，你有什麼辦法能在短時間內化解？」

「所以我需要你幫我。」石磊想拉住金予真的手，卻被金予真閃開。

「石磊，你清醒一點。你要用什麼立場調停麥董的家務事？他拜託你了嗎？」金予真往後梳了一下頭髮，不敢相信才放石磊獨自接洽麥正雄，回來就多了個狂妄的想法，到底是誰給他的勇氣？「就算我認識麥董，也不代表我有權或自以為能改變什麼，我們跟麥董的交集就只有這個委託案，不要做多餘的事。」

「這不是多餘的事。就像你說的，我跟麥董的交集只有這個委託案，他還拉著我說那麼多，說到都快哭了，他已經在跟我求救了！」石磊實在無法置之不理，就算是他自作多情，後面惹得麥正雄生氣，也比什麼都不做來得好。

「你……」金予真撫額，深吸了一口氣，盡量心平氣和地問：「你會不會想太多？」

「如果我們每個人都這麼冷漠，人跟人之間只剩公事，這個世界會變得多可怕？傷心難過的時候總想著有誰可以幫幫我，但是別人傷心難過的時候你為什麼不伸出援手？」石磊再次嘗試拉著金予真的手，這次成功了。「麥董一直跟我說你是個很貼心的人。」

金予真下意識否定。「我不是。」

「你是！」石磊篤定地說：「我相信你是。」

回來聽錄音就在想金予真何時關心他了，明明是個暴君，後來發現金予真在工作上給了他很多指導，只要不是原則性錯誤，很多事情睜一隻眼閉一隻眼。

其實他知道王靖跟白筱倩的關係，只是沒有說破。王靖前陣子狀況不好，耽誤工作，金予真還給了他兩次機會改善。把午思齊趕出去之後，也默默關心他是否有新的住所，月中就多發了一筆租屋津貼給他。

金予真沒想到向來在他面前張牙舞爪的石磊會這麼說，一時語塞。

「我相信你，所以才來找你幫忙。」石磊雙眼盛滿懇求。或許他自己不知道這樣的眼神對金予真的影響有多大。

金予真冷眼回了句：「如果我不幫呢？」

「我就自己單幹。」石磊堅定不移。「我會自己想辦法聯絡麥董的家人。」

「我始終想不透你為什麼老做這種做吃力不討好的事？」金予真萬分疑惑，工藝坊裡的人還不夠他擔心嗎？還是工作量不夠大？

「我媽說我爸走的時候，她是靠我撐下來的，她都撐得很辛苦了，更何況是麥董？我跟我爸感情很好，他一離開，我還是覺得有很多話沒有跟他說，為什麼沒有再對他好一點？我不希望麥董的女兒以後也後悔沒有跟爸爸和好，然後一輩子怪自己為何那麼任性。」石磊說到鼻酸，低頭吸了下鼻子。「你知道嗎？帶著遺憾留下來的人很痛苦的。來不及說的話，來不及修補的關係，永遠都來不及了。」

金予真見石磊想起父親，悲傷湧現，不自覺放軟了態度。「你確定不會耽誤到企劃案的進度？」

「放心，我要做就一定會把所有事做好，絕對不會顧此失彼，丟了精誠的臉。」石磊抬起頭來，雙眼迸出的光芒亮得好像黑夜裡的燈塔。

一下生氣，一下難過，一下又活力四射。金予真不禁興起了惡趣味，想逗逗石磊。

「如果我以總監的身分阻止你做這件事呢？」

「那我就以專案負責人的身分，提出修改企劃的請願，把這件事加到企劃案裡。」石磊瞇起眼，就等金予真的回答再決定要拍手還是咬他一口。

「既然如此，就走程序吧。」金予真算退了一步，讓石磊有發揮的機會。「三天內，給我修改後的企劃案。」

「知道了。」石磊拿起手機，正要把這件事記下，無意間點開錄音，金予真卻不許他關掉。

「後半部還有不少內容沒聽，繼續放。」

「後面沒什麼好聽的，都是我跟麥董閒聊的話題，忘了關錄音而已。」後半部是金予真吐槽大會，最好是能放給當事人聽啦。

金予真一看他眼神飄忽，語帶心虛，直接奪走手機，把進度條拉到後面。

石磊的聲音清楚地從手機裡傳出來。「雖然金予真很龜毛，要求多，臉又臭，但是他人還可以啦，麥董不用擔心我們相處不來，至少我還沒咬他。」

這是後面聊開了才講的話，石磊已經能自在地跟麥正雄開玩笑了。

「想咬我？」金予真不意外兩人會聊起他，只是石磊說的話實在讓人不自覺發想。

「咬你妹啦！」石磊奪回手機，飛也似地跑回房間，關門上鎖。

可惡！他在金予真面前真是丟臉丟到家了。

Ω•Ω

年後一個月，精誠工藝坊進入了比旺季還要可怕的忙碌期，每個人都上緊發條，無時無刻備戰。

金予真同意了麥正雄的特別企劃後，把石磊手上還來不及處理的案件接回來做，同時還要拜訪客戶、聯絡新案，不是開會就是在畫設計圖，馬不停蹄。

石磊不用說，滿心滿眼都是麥正雄的案子，還有下個月即將上市的新品。他得先試做調整，確認效果符合理想，再教給工藝坊新僱用的金工師傅。

前陣子因為情緒低落被兩次黃牌警告的王靖，現在除了確認參加礦石大會的供應商名單，預約見面時間，就是在跟百大企業名單搏鬥。

因為網站閉站而業務量減少的白筱倩為了不被電腦取代，在金予真的要求下，每天練習不同比例結構的花體字，有中文、英文、日文、韓文，甚至還有梵文佛經。

午思齊則是接手現有的體驗課程教學，並且在金予真設下的時限內，交出新的課程課綱。他的業務量最少，但加上學校課業、打工換宿，反而是工作密度最高的人。

金予真從辦公室走了出來，路過石磊位置時在他桌上貼了張便條紙。「這是麥董女兒的聯絡方式，我已經跟她約好後天晚上七點吃飯。你這裡準備得怎麼樣？」

「錄音我整理好了，剩下的還沒。」石磊確認了一下桌曆的日期，提筆在上面註記。

「來得及嗎？」金予真問。

「可以。」大不了熬夜。石磊看了一眼金予真，戴手套、拿公事包，危機感突然作響。「你又要出門？」

「約了客戶。」金予真知道石磊在擔心什麼。「你放心，就算合約談下來價值也低於三十萬。」

「那就好。」石磊鬆了口氣，揮手趕人。「慢走不送。」

金予真彈了下石磊的腦袋瓜，在他忿忿不平的眼神中離開工藝坊。

「他們兩人何時這麼好了？」白筱倩在旁目睹全場，低聲詢問王靖。

之前就隱隱約約覺得金予真跟石磊相處模式不一樣，直到剛才看見金予真俯身跟石磊說話，臨走前還親暱地彈了石磊的額頭，才終於證實了這個猜測。

「日常交流多了，又住在一起，不熟才奇怪吧，石磊又不是慢熱的人。」王靖不覺得有什麼問題，現在石磊走進總監辦公室的次數說不定比去茶水間還多。

石磊沒空注意其他人，忙到腳不沾地的他隨即打開另外一件設計圖，整理材料跟器械。

午思齊問：「磊哥，你拿銅線做什麼？」

「做銅纏繞。」尖嘴鉗在石磊手上繞出了朵花來。「很久沒做了，希望手感沒跑掉太多。」

「你忘記可以問我。」午思齊對銅纏繞最有把握，推著椅子坐到石磊旁，陪同研究。為了簡化銅纏繞的步驟，石磊不斷改善作品結構、步驟以及連結方法，做到虎口都起水泡了，幸好成品效果還不錯。

Ω・℧

第一次跟麥正雄的女兒見面，在金予真的建議下，石磊不敢太急躁，全程讓金予真掌握談話節奏，第二次見面才敢釋出想法跟建議。

過程有點坎坷，不過路是石磊自己選的，哭著也要爬完，半途而廢比不作為更讓人氣憤。

「就說冰凍三尺非一日之寒，又被拒絕了吧。」金予真對著在他身邊拖著腳步的石磊說。

「沒關係，我多臥冰幾次，一定會有鯉魚跳出來，就不信融化不了她的態度。」就算這次失敗，沒能讓麥正雄的女兒與父親和解，至少要把這層冰砸出裂縫。

「連臥冰求鯉都出來了，下一步是什麼？老萊子娛親嗎？」金予真輕笑了聲，卻沒等來石磊的反擊。

「怎麼不走了？」

石磊就落在他身後，垂著頭，看起來有氣無力。

「你還好吧？」金予真回頭關心，手才搭上石磊肩膀，他就突然整個人往地上倒去，嚇得金予真連忙抱住他。

「石磊？石磊！你聽得到我說話嗎？」

金予真輕拍石磊臉頰，驚覺他皮膚燙得嚇人，額溫偏高還盜汗，二話不說將人攔腰抱起，到路邊招計程車趕往醫院。

5

石磊病情來勢洶洶，到醫院時已經燒得迷糊，眼睛都快睜不開了，體溫一量接近四十度，把金予真嚇得不輕。

緊急退燒快篩，確定石磊得了B型流感，在醫院折騰到半夜近一點。所幸B型流感引發的不適症狀較A型流感輕微，併發症機率較低，無須住院。

石磊領了醫囑，就在金予真攙扶下回家休息，為了不落下工作，還自費選了單次口服抗病毒藥物。

「我能自己走啦……」石磊的聲音悶在口罩裡，聽起來軟綿綿的，一點魄力都沒有。

「你現在跟喝醉的人說自己可以走直線有什麼兩樣？」金予真一手架住他，一手開門，把人扶進去後，又盯著他脫鞋、穿室內拖。

「你怎麼老愛說我喝醉？」他看起來很茫嗎？石磊不服氣。「都去過醫院了，藥也吃了，不要把我當小孩子啦。」

「算你好運，沒有嚴重到要住院，不舒服怎麼不說，燒到差點在街上暈倒，逞什麼強？」金予真又氣又心疼，一閉眼就是石磊倒下的畫面，驚魂未定。「小孩子都比你聽話！」

「非常時期啊，你以為我願意喔？」石磊嘟起嘴，特別委屈。「我都生病了你還罵我？」

「這叫罵你？」金予真瞇起眼，考慮直接罵他一頓，讓他體會一下什麼是真正的罵。「先坐好，我去關門。」

石磊乖巧地坐在沙發上，抱著金予真在藥局買的東西，因為生病而水潤迷濛的眼睛隨著他四處移動，看他鎖好門，進廚房兌熱水，從櫃子裡的急救箱拿出耳溫槍，然後走回他面前。

「握好。」金予真把溫水塞到石磊手中，替他量了耳溫，蹙眉道：「還是有點低燒。你先喝點水，我再扶你回房間睡覺，明天休息一天，別去上班了。」

「不想喝，我在醫院已經打了很多食鹽水了。」石磊把溫水塞回金予真手裡，像個孩子一樣鬧起小脾氣。「我還沒洗澡，全身是汗怎麼睡？而且還有一堆工作沒處理，麥董的設計圖只差一點點就能收尾了，還要檢討今天會面的內容，我不能請假。」

「不差這一天。」金予真把溫水放到桌上，起身想把石磊抱起來。「我是老闆，我說了算。」

「你這個暴君！」石磊毫無招架之力，只能在金予真的懷裡扭得像條泥鰍。「我不要回房間，我要洗澡！洗澡！」

金予真拿他沒辦法，只好把人帶進浴室。「你生病了，只能擦澡。」

「為什麼不能洗澡？」石磊不開心。

「沒有為什麼。」金予真不打算跟石磊講理了，說再多他都聽不進去。「我去幫你拿衣服，你乖乖坐著不准動，知道嗎？你敢偷開水洗澡，我就把你綁起來。」

一通威脅之下，石磊不敢輕舉妄動。

過沒多久，金予真拿了套棉質衣服，還提了個水桶回來，挽起袖子開始服侍大爺。

在浴缸蓄好熱水，分了一些到水桶內，把石磊剝得只剩內褲，讓他坐著泡腳，再從臉開始幫他擦澡。

「力道太大跟我說。」金予真仔細幫他清理，專注的模樣特別好看。「抬手。」

石磊聽話抬手，抬完一邊換一邊，目光不自覺黏在他身上，隨著他的手遊走，不曉得是生病的關係，還是金予真西裝長褲，而他全身只有一條四角褲的緣故，整個人紅撲撲的，皮肉看起來相當可口。

金予真怕他冷，擦完上身就把浴巾披到石磊身上禦寒，接了新的熱水後，單膝下跪幫他擦腿、膝蓋，嚇得石磊抓緊浴巾，抿緊嘴唇。

他的病情是不是加重了，為什麼心跳得那麼快？臉也好熱，渾身無力。

金予真把石磊的腳移出水桶，擱到自己的腿上擦乾，再幫他穿上拖鞋才放到地上。

「那裡要幫你擦嗎？」金予真指著石磊被四角褲擋住的部分。

「這裡我自己來！」石磊立刻用手擋住，深怕金予真下一秒就動手剝他。「你轉過去，不准偷看。」

石磊以為自己很兇，殊不知聽在金予真耳裡軟綿綿的，金予真幫他滌好毛巾就轉過身去了。

「我說好了你才可以轉頭喔！」石磊偷偷摸摸褪下了內褲，把私密的部位擦過一次後，嫌棄地把用過的毛巾放到洗臉台上，飛快地套好內褲跟長褲。

「好了。」石大爺又提要求。「我還要洗頭。」

金予真萬分無奈，也只能幫他沖濕頭髮，替他搓頭皮、沖泡沫，再幫他擦乾。

「欸？這不是你的毛巾嗎？」石磊驚呼出聲，沒想到金予真居然拿自己的毛巾幫他擦頭髮。

「都幫你擦身體、洗頭髮了，還差一條毛巾嗎？」金予真抽掉石磊身上的浴巾，把衣服套到他身上，把人架回房間吹頭髮。

坐在床上的石磊，視線正巧對在金予真的肚子上。他的襯衫濕了部分，就黏在身體上，把肌肉線條原原本本地印了出來。

石磊病了之後，腦袋有點空，全憑直覺做事，手就摸上去了，還抓了兩把。

「別搗亂。」金予真把他的手撥開，沒多久又放了回來，來來回回兩次，跟病人計較沒意思，就隨便他了。

石磊頭髮短，很快就吹乾了。金予真扶他躺上床，替他蓋好被子，還在他胸口輕拍了兩下。

「好了，病人就該有病人的樣子，睡覺。」

石磊仰視著他，房間的圓頂燈就在金予真頭上，暈染了他的輪廓。他話不過腦地說：「金予真，你在發光。」

「我禿了嗎？」

「噗嗤！」石磊差點笑到滾下床。身體雖然受累，但因為金予真的反應，心情上很輕鬆。

「好了，快點睡覺。」金予真壓住他的肩膀，不讓他亂動。「閉眼睛，再講話就把你綁起來。」

石磊哼哼兩聲，實在撐不住，沒幾秒就入睡了。

確定石磊睡著後，金予真才輕手躡腳收起吹風機，用保溫瓶接了熱水放在床頭，進浴室洗澡。

怕石磊病情反覆，金予真處理好自己的事之後又進了石磊房間，原本蓋在他身上的被子已經踢到腳邊，衣服上拉，露出白白的肚皮。

金予真笑了，這傢伙睡相可以再差一點。他上前幫忙拉好衣服，結果石磊一直扭著說熱，又想把衣服往上扯。

「乖一點。」金予真握住他造反的手，卻沒想到反被石磊握住，拉過去貼住他的臉。

「涼涼的……」

金予真盯著他看了好一會兒，想抽回手又捨不得，見他握了手就安分，便把一隻手留給他，另一隻手替他蓋好被子，坐在床頭守著。

「麥小姐，麥董真的很愛妳……」石磊夢裡還惦記麥正雄的事，囈語出聲。

「你對誰都這麼好嗎？」金予真像是說給自己聽。

午思齊、王靖、白筱倩，這些朝夕相處的同事與戰友就算了，連見過兩次面的麥正雄都成了他肩上的責任？

「我才不會輸……金予真……」石磊在他掌心裡蹭了蹭，像隻撒嬌的小貓咪。

「對我就兇巴巴，連作夢都要計較。」金予真想彈他的鼻子出氣，手指都貼到鼻尖了卻捨不得下手，最後點了點他的鼻子。「算了，大人有大量，我不跟你計較。」

真要說起來，石磊也不是沒有對他伸出援手，是他們交集太短，只是擦肩而過的陌路人，連名字都來不及留下。

Ω・℧

五年前

金予真拿著路人送的當代工藝設計展門票，意興闌珊地檢票入場。他是無意間路過此處，正巧遇上有人臨時無法看展，送票給他，而他在碩士班的指導教授正好是這場展覽的榮譽顧問，前幾天也想送票給他，但他拒絕了。看來冥冥之中自有註定，這場展覽非看不可了。

這場展覽由是金工珠寶設計協會主辦，讓各家工藝坊展示最新設計或主打產品，再透過媒體採訪增加曝光度。為期兩天，期間會有人物專訪、作品走秀及明星站台等等，成功媒合過不少企業與工藝坊異業結盟。

情緒低迷的金予真抱著可有可無的態度走過每一攤展位，走馬看花，什麼都記不進心裡。

他來的時候是第二天下午，通常展會到第二天下午就沒什麼人了，在展場裡走動的同業比一般民眾或企業代表還多，各家工藝坊派出來解說跟接待的設計師說了太多同樣的話，看得出來已沒有多少熱情，就等閉展。

因此，那道嘹亮又熱情的聲音變得特別醒目。

「歡迎大家參考精誠本季的新企劃，以綠葉為主題，就算是配角也可以活得很燦爛喔！」

金予真不免好奇，接近精誠工藝坊的展位，就聽見這句讓人發噱的介紹詞。

「您好！有興趣了解我們這次的設計嗎？」有兩個人率先金予真走了進去，金予真就站在一邊看著那名精神飽滿的接待人員為他們介紹。

「我是精誠設計師石磊，這次設計主要為了突顯綠葉的重要性，所以你們可以看到所有作品都是不同的葉子造形。這是茉莉花的葉子，這是葡萄的葉子，當然我們也有做一些比較常見的設計，像楓葉、幸運草、荷葉這種。」

金予真的目光也隨著介紹移動，然後停佇在石磊沒有介紹，但設計者寫著石磊的作品。

這是一組手環設計，選用的植物是龍葵。

金予真對龍葵的印象很深刻，小時候奶奶曾指著田邊的龍葵對他說，這種菜吃起來苦，但是你會一直想念這個味道。

他那時候不懂為什麼吃起來苦還會想念，長大了才明白有些人、有些事就跟龍葵一樣，明明帶著苦味卻讓人割捨不了。

「這次採用的材料以鈦金屬為基底。鈦金屬屬於抗敏材料，可以大幅降低配戴者金屬過敏不適的情形。」

聽到石磊的解說，金予真再次抬頭看向他。

石磊似乎感知到了不同，同時回過頭來，恰巧看見金予真站在自己的作品面前，不由自主地對他露出了燦陽般讓人移不開眼的笑容。

突然有句話飄過金予真的腦海——你的笑，是生活最好的解藥。

原本低迷的情緒因為石磊的笑容一掃頹喪，金予真又多看了幾眼石磊的作品才抬腳離開。

逛了一圈，金予真便覺得無趣，再次陷入了自我懷疑，好像除了公司跟家裡，他無處可去，生活沒有重心。

「找到你了。」石磊突然拍了下金予真的肩膀，笑嘻嘻地出現在他後方。「我剛才找不到你，沒想到過來上廁所就看到你站在這邊。」

「你找我？」金予真費解。「為什麼？」

石磊搔了搔頭，不好意思地說：「我看你好像不開心，本來想送你一份小禮物的，可惜我現在身上只有這個，希望你不要介意！」

金予真看他遞出了一瓶冰冰涼涼的阿薩姆紅茶，好像剛從自動販賣機取出來。

「雖然只是一瓶簡單的紅茶，但是這個牌子真的很好喝。心情不好的時候吃點甜的可以緩解喔，我保證。」石磊見他不接，拉過他的手想強制他收下，結果傻眼。「你有戴手套耶，會弄濕……」

「沒關係。」金予真連忙握住紅茶瓶身，很怕石磊將他的善意收回去。「謝謝你。」

「不客氣，一點小心意而已。」石磊再次笑瞇了眼。

不得不說，他的笑容真的很療癒，金予真嘴角不自覺跟著上揚，儘管只有一點點，卻令他的心情截然不同。

石磊打量了一下他，好奇問：「你是珠寶鑑定師嗎？」

「不是。」認真說來，金予真跟石磊的角色相去無幾。「你喜歡金工設計嗎？」

「當然喜歡，雖然這一行有點辛苦，但是看到自己的作品從紙本躍現成為實體，有人欣賞，甚至願意配戴，我就很開心。」石磊側頭反問：「你是懷疑自己不喜歡金工嗎？」

金予真難掩驚訝，沒想到石磊竟如此敏銳。

「……應該吧。」金予真嘆了口氣。「我找不到方向，但除了設計，又不知道自己能做什麼。」

「這就很難辦了，我想像不出來不喜歡金工是什麼樣子。」這對石磊來說是難解的謎。「如果你不清楚該往哪個方向走，你就往上爬呀。」

石磊指了指天上，笑出一口白牙說：「爬得夠高，一覽眾山小，不就每條路都看得見了嗎？你就能知道自己要往哪裡走了。」

這句話，醍醐灌頂。

「謝謝你，我知道了。」金予真一夕間茅塞頓開，從此腦海裡多了一個人，一個名字。那個在展會上對他笑、送他紅茶，還開導了他的男孩，石磊。

Ω・Ʊ

晚上十點多，言兆綱跟午思齊正在回家路上。

今天店裡來了幾名直播主，想請言兆綱對鏡頭說幾句話，怕午思齊不開心，他首次婉拒了對方的請求，然而午思齊還是心事重重了一晚上。

「又因為什麼不開心了？」言兆綱終於逮到機會問，順便自證清白。「我今天可沒跟直播間的觀眾打招呼。」

「啊？」午思齊迷迷糊糊的，不懂言兆綱這話的意思。

「我看你今天晚上都不怎麼笑，發生什麼事了？」

「磊哥生病了，今天沒來上班，總監跟他一起待在家裡。」午思齊自責地說：「磊哥都忙到生病了，我卻連課程都還沒想出來要上什麼，就覺得自己好沒用。」

「你還嫌自己不夠忙嗎？」要不是怕午思齊住在他那裡不安心，每天晚上看到他來Cat Soul報到，都想讓他回家休息。「你不是想了幾個方案了嗎？都不適合？」

「消耗不了太多庫存，要把工藝坊含鎳的原料用完，我得開一學期的課。」八個月，每個星期三小時。午思齊無比沮喪。「我還跟磊哥說這個禮拜可以完成，下周一就能開放報名了。」

「唔……我想你們總監應該不指望你把庫存消化完，只是想要利用開課的方式，培養你的企劃能力、實作經驗，還有面對顧客的應變能力及口條，然後庫存隨便你用，不用擔心成本問題。」他知道金予真將體驗課程交給午思齊，但好似從來沒有認真催促過必須拿出什麼實績。「就當學個經驗，好或不好都是成長。」

「我沒什麼信心。」午思齊很怕自己的想法不被接受、不被喜歡。「綱哥第一次的時候會不會緊張？」

「什麼第一次？」言兆綱被這問題嚇得不輕，幸虧他了解午思齊不時語出驚人的習性，才沒往不好的地方想。

「就像開店啊，第一次幫客人製作餐點之類的，就是把你自己準備了很久的東西呈現在別人面前。」午思齊快把衣服下擺摳破了。「我很怕被否定。」

「誰不怕被否定呢？重新站起來需要的勇氣很可觀，不是每個人都有，但是因為害怕而裹足不前，二十年後，你還是現在的午思齊。」言兆綱望著月色說：「不知道你有沒有聽過一句話，不進步就是最大的退步，因為在你身後的人會不斷超過你。」

午思齊跟著抬頭，眼睛眨也不眨地看著言兆綱。「綱哥會陪我嗎？陪我一起前進。」

言兆綱說：「現在可以陪你。」

午思齊不滿意這樣的答案。「以後不陪嗎？」

「以後的事以後再說。」人生變幻難測，誰知道今天關係好的兩個人會不會在明天分道揚鑣。「你只要記得一期一會，珍惜你現在擁有的，不要留下遺憾。與其擔心表現不好，不如思考自己如何在與客人重疊的時間裡，帶給對方不同的體驗。我就是用這樣的心情開店、準備料理、煮茶煮咖啡。」

「一期一會？」午思齊琢磨這四個字。「我跟你也是嗎？」

「是。」言兆綱直言。「我跟萬萬也是。」

「我不想跟你分開。」午思齊緊張地拉住言兆綱的手。「可以不要分開嗎？」

言兆綱看著被午思齊勾住的手，心尖一顫，說不出拒絕的話。「那就努力不分開。」

「好。」午思齊一掃陰霾，重拾鬥志。

「不過現在不是思考這個的時候。」午思齊真的很怕被拋棄，但這缺乏安全的內在，只能花時間慢慢補全跟填滿。

言兆綱感慨地說：「其實不是每個進來Cat Soul的人都會變成熟客，他們很可能只進來一次。對他們來說，那是第一次，也是唯一的一次，就算他們點的飲料跟餐點我已經做過了很多遍，也不可能每次都完全一模一樣。所以每次相遇，嚴謹來說都是彼此的第一次，我們就是透過這些無數次的第一次讓自己變得更好，並且提醒自己無論再經過多少次，都要像第一次一樣用心對待，知道嗎？」

「知道！」午思齊點頭，又不免生出些許好奇。言兆綱對每個人都這麼溫柔，他對另外一半又會是什麼樣子？「綱哥，你第一次談戀愛是幾歲啊？什麼感覺？」

「你真的想知道？」言兆綱挑眉問。

後知後覺的午思齊笑笑的沒有回應，低下頭去，決定把他開啟的話題就此帶過，不想聽言兆綱的情史。

午思齊沒有把手放開，言兆綱也任由他牽著，兩人走得很近，步伐慢條斯理，月光拉長了他們的影子，譜出了歲月靜好的味道。

Ω・Ʊ

第三次來到茵華開會，石磊不復緊張，熟門熟路地把設備架好，把紙本設計稿放到麥董等等要坐的位子前，全然不需金予真動手，甚至連動口都省了。

麥董一到，發現金予真也來了，特別開心，要他們這次一定要留下來吃晚餐，轉頭就吩咐祕書訂餐廳。

經過兩次討論與改稿，差不多能定下最終設計，等蠟雕打樣確認立體效果，再來做進一步調整。

這次修改依照麥董要求設計了女款，項鍊取下來還能收在底座上，成了一組星系，不僅好收納，還能成為裝飾。

「好，這個想法好！」麥正雄開心得直拍手，跟金予真說：「你撿到寶囉。」

「是啊！」金予真看著台上剛結束簡報的石磊，並不否認。

石磊不知道金予真跟麥正雄說了什麼，只知道他現在要說起自作主張的那件事。

「其實我們還準備了另外一項設計案要給麥董。」石磊看向金予真，後者馬上為他換了張新的投影片，內容就是麥正雄女兒畫的那張外星人。

「這是……小艾利恩？」麥正雄看不出石磊葫蘆裡賣什麼藥，來來回回看著他跟金予真，想要一個答案。「你為什麼會有這張圖？」

石磊從台上走了回來，拿出放在會議桌下多時的紙袋，從中取出了一個小盒子遞給麥正雄。

「圖是您女兒提供的。」石磊又說：「盒子裡是您女兒委託我們設計的作品。」

麥正雄震驚，連忙打開，盒子裡躺了個銅纏繞的墜飾作品，外形看起來就像女兒畫的小艾利恩。「這……這是怎麼回事？」

「是我擅自主張，跟總監要了麥小姐的聯絡方法。」石磊見一向和藹可親的麥正雄變了臉色，有風雨欲來的姿態，馬上跳出來承擔責任。

不過金予真並不打算放石磊一人面對，跟著說：「如果我不同意，石磊也拿不到麥小姐的電話，麥董若對這件事不滿，是我思慮不周，我向您道歉，請您不要誤會石磊，他是真的為您設想。」

「金予真……」石磊不敢相信金予真會把問題攬到自己身上，把功勞過給他。

「所以這真的是荳荳做給我的？」麥正雄到現在還不敢相信。

「嗯，石磊找了麥小姐很多次，這個銅纏繞就是麥小姐親自盯著石磊折的，花了一個下午，重折了很多個，才折出麥小姐滿意的作品，也就是您現在手上拿的這個。」金予真解釋了那麼多，主要是想讓麥正雄明白這份禮物傾注了愛與重視。

石磊看見麥董手機螢幕時就有這個想法，先依照記憶畫出設計圖，練習銅纏繞找回手感，在取得麥小姐的同意後，兩人根據設計圖再做細節修正。石磊當天回家，虎口都腫了。

「不可能，荳荳怎麼會同意？」麥正雄仍然不敢相信。

「我讓麥小姐聽了錄音。」石磊說：「就是第二次會議時，您跟我說的話。」

「可是荳荳到現在都沒聯絡我……」連他每天傳給她的早安圖、晚安圖都沒回。

「應該是麥小姐不知道從何開口才一直沒聯絡您，那時候我們請她打通電話給您，她也拒絕了。」金予真拍了拍石磊肩膀，示意接下來的事由他負責。

「不過我們有請麥小姐錄了一段話。」石磊拿出手機，在麥正雄期盼又擔憂的眼神下，點開錄音檔。

「爸，我是荳荳。」

這句語之後，是一陣沉默，要不是手機上仍有未盡的音軌，麥正雄還以為錄音到此結束。

「很久沒見面了，我也不知道要跟你說什麼。」

麥正雄聽到女兒這麼說，心裡難受得要命，連苦笑都撐不出來，但接下來的話讓他差點克制不住淚水，喜極而泣。

「我送你的禮物，你應該收到了吧？雖然我對你還是很生氣，但媽媽叫我不要恨你，我們能有今天都是你拚命換來的，所以……這次清明連假我會回家，到時候再一起去看媽媽吧。」

「好……好……」麥正雄握住女兒送他的小艾利恩紅了眼，卻笑合不攏嘴。

金予真與石磊相視而笑，擊掌歡慶，懸在頭上那把無形的劍終於消失，換成了絢爛的煙花。

Ω・℧

跟冷戰多年的女兒終於破冰，麥正雄高興到恨不得買下報紙全幅廣告、商場LED廣告牆連播一周喜訊，成了大功臣的石磊在飯桌上自然逃不過勸酒。

金予真沒喝，聽麥正雄說他對酒精過敏，還知道他對氣泡水情有獨鍾，飯桌上就他的飲料最特別。

知道麥正雄開心，石磊不想掃興，陪喝了幾輪，再由金予真攙扶回家。

被金予真笑了兩次，這次石磊真的喝醉了，隔天起床頭痛得要命，也過了平常出門上班的時間。

金予真早就出門了，八點多傳了封訊息到他手機裡，問他醒了沒，不舒服今天就在家休息。

還惦記著要處理蠟雕，石磊根本待不住，更何況他跟金予真的賭約還沒分出勝負，怎能金予真出門奮鬥了，他還在家裡耍廢。

到了工藝坊，辦公室裡只有午思齊一人。石磊好奇問：「王靖跟筱倩呢？」

「靖哥去見供應商，倩姊好像去談案子，據說是生技廠更名，要換公司門口的迎客石碑，需要設計字體。」午思齊一見到石磊就忙了起來，一下倒水，一下掰藥片，然後水跟藥片放到石磊桌上。「這是總監幫你準備的解酒藥，可以緩解頭痛，如果你沒有吃早餐，我那裡還有麵包。」

「金予真不在嗎？」為什麼不自己拿給他？而且幫他準備解酒藥，又傳訊息叫他在家休息，是在玩哪齣？

「總監把藥給我就出去了。」午思齊那時候擔心死了，還以為金予真是為了課程企劃來找他。「對了，新課程的企劃已經寄到你的信箱了。」

「好，我等一下馬上看。」石磊吃了藥，盯著空包裝看了好一會兒才丟進垃圾筒裡。

「欸，我問你喔，如果你要答謝一個人，會怎麼做？」

「要看對方是誰耶。」午思齊未答先猜，「你要答謝總監嗎？」

石磊尷尬。「這麼好猜？」

「最近值得磊哥感謝的只有總監了。」雖然單身公約引發眾怒，但金予真的實力以及為工藝坊帶來的改變卻不容忽視，而且任誰都看得出來他對石磊很特別。

「好吧，瞞不過你。」石磊也懶得強辯，直接問：「你有什麼想法嗎？」

「我一般都是請人吃東西，盛大一點就親自下廚。」

「下廚？」石磊聲音直接拔高八度，午思齊親自下廚不是報恩是報仇吧？

「有問題嗎？」

「沒有，只是想到我廚藝滿普通的。」石磊搔頭乾笑，趕快把這件事情帶過。「不過你說的這個確實是個好辦法，你也知道金予真那個人生活簡單，物質慾望極低，除了工作沒有特別偏好，我還真想不出來送什麼才能不被他當垃圾。」

坐而言不如起而行，石磊最不缺的就是行動力，看完午思齊寄來的課程企劃，花了點時間討論，協同修正，原本滿腦子都是蠟雕的他決定提早下班買菜。

石磊的廚藝很普通，家常菜還會一點，但要感謝金予真，總不能炒盤高麗菜，煎顆蛋淋醬油就上桌吧？

為了展現誠意，石磊請媽媽遠程教學，滷了一鍋加了蛋的紅燒肉，炒了菠菜、高麗菜。接著清蒸了明蝦，他抖著手開背去蝦線，再下豆腐跟鮭魚頭煮了味噌湯，關火後再撒了把翠綠的蔥花。味道不保證，但擺出來確實是一桌好看的宴席菜。

金予真回來的時候，石磊正在廚房收尾，動作很大，還不時聽到他自言自語。

回到房間放好外出用品，換上休閒服，金予真才剛步出客廳，就與端著熱湯的石磊四目相對。

「什麼時候回來的？怎麼都沒聽到聲音。」石磊把湯放上餐桌，金予真才仔細看了一眼桌上的菜色。「你回來得正好，可以吃飯啦。你先去洗手，我去盛飯。」

金予真看著石磊像個小妻子一樣忙進忙出，突然有點恍惚。這種有人等他回家，為他料理三餐的畫面似乎距離自己非常遙遠，今天卻近在眼前。

石磊添好飯回來，發現金予真還站在原地，直接用肩膀碰了下他。「怎麼還站在這裡，去洗手吃飯啦。」

「為什麼突然煮了一桌？」他一開始以為石磊招待朋友來吃飯，還想迴避一下，躲到Cat Soul坐一會兒。

「就……謝謝你這陣子幫我的忙，剛好麥董的事告一段落，我也比較有空。」石磊擺好白飯，佈好筷子，先一步落坐。「你不洗手就算了，坐下來吃吧。」

金予真面有難色，欲言又止，石磊正想問清楚，他又進了浴室洗手，一洗還好幾分鐘。

石磊有些傷，一看到金予真走出來，不等他說話就先搶白。「是啦，這些菜色比不上外面那些高級餐廳，好歹也是我從小吃到大的口味，也特地請教我媽，至少不是暗黑料理，你有什麼好怕的？還是你怕我搞鬼？拜託，就算我常常跟你嗆聲，也不會用這種方法害你好嗎？」

「我不是怕。」金予真實在不想把自己的弱點攤開來講，但是不講石磊又難過，只好全盤托出。「我是過敏。」

「過敏？蝦嗎？」石磊不疑有他，馬上把蝦換到自己面前來。「你不要吃蝦就可以了吧？」

「不是，是這些都不能吃。」

「你騙誰啊？」五道菜都不能吃？其實是他煮的飯不能吃吧！石磊氣都氣飽了。

「不想吃就不要吃，誰稀罕！」

忙了一下午的他真是個笨蛋！之後再為金予真下廚他就不姓石！

石磊準備把菜收回廚房，卻被金予真攔了下來。

「我說的是真的。」金予真無奈，想說吃一些應該沒關係，頂多出些疹子，就當著石磊的面夾了一筷子的菠菜，嚼沒幾口就吞了下去。

石磊全程緊盯金予真。長這麼大沒聽過誰對菠菜過敏，一方面又害怕萬一金予真體質特殊，真的對菠菜過敏該怎麼辦。他緊張地問：「你還好吧？」

「還……」金予真一開口就發覺不對勁，甚至難以呼吸，扶著餐桌險些就要倒下。

「金予真，你還好嗎？你怎麼了？你不要嚇我！」石磊就這樣看著金予真痛苦地喘氣，面紅耳赤。「你不要怕，我馬上叫救護車！」

Ω·Ʊ

「對不起……」

金予真才剛轉醒，就聽見石磊帶著鼻音的道歉聲。

「我不知道你對鎳過敏，那桌菜你真的沒有一樣能吃。」石磊相當自責，到現在還在發抖。「對不起，我剛以為害死你了……」

「你不用自責，我也不知道會這麼嚴重，以往只是出點疹子而已，擦個藥，忍忍就過了。」金予真力氣還沒恢復，連抬手都困難。

「醫生說你應該刻意避免接觸含鎳物品一段時間了，加上最近勞累過度，身體抵抗力下降，才會出現激烈的過敏反應，建議先觀察四十八個小時。」石磊當時才明白過來。「難怪你一直戴著手套，還要把工藝坊變成友善店家，連冰箱的東西都要跟我分得一清二楚，你為什麼不一開始就說你有鎳過敏？」

鎳不只存在金屬中，日常生活中也有很多含鎳的食物，例如茶葉、豆類、鮭魚、帶殼海鮮、洋蔥、菠菜、巧克力等等。

金予真未免活得太辛苦！

「對不起，都怪我脾氣太衝了，以為你針對我。」就算現在金予真對他破口大罵，石磊都不敢回嘴一個字。

「笨蛋。」金予真懶得解釋了，尤其是對名字裡帶四顆石頭的笨蛋說。

「呵呵。」石磊只能陪笑，見金予真狀態好了一些，就開始在他耳邊嘰嘰喳喳，怕他無聊。「是說你工作能力那麼強，居然有這種弱點，根本就像超人怕克利普頓石一樣，你也是從克利普頓星來的嗎？」

金予真愣住，神情有一瞬空白。

「你沒看過超人嗎？」難道金予真是漫威掛的？石磊搔了搔頭，解釋道：「超人來自克利普頓星，克利普頓石是他母星的殘骸，超人只要碰到克利普頓石就會失去超能力，你說跟你的情況是不是很像？」

「呵呵。」金予真冷著臉笑了兩聲，直接砸了石磊的哏。「我是道道地地的地球人，不是鎳星人。」

語閉，金予真閉上眼，不想理會石磊這隻呱呱叫的呆頭鵝。

「怎麼生氣了？」金磊丈二金剛摸不著頭緒，叫了幾聲金予真都得不到回應，只能乖乖閉嘴，當個安靜乖巧的陪床。

他有哪句說錯了嗎？

Ω・Ʊ

為了表示負責，金予真住院觀察兩天，石磊就在醫院陪護了兩天。即使金予真活動自如，三餐由醫院配送，石磊仍然堅持。

看著平常西裝筆挺、氣勢逼人的金予真穿著病人服躺在病床上，手背插著軟針，有時候還會回血，儘管金予真面色不改，石磊還是心疼得要死，更是自責。

金予真過敏，除了一開始的過激反應，身上也起了不少紅疹，醫生給的口服抗敏用藥本身就有嗜睡的副作用，加上金予真作息向來正常，十點多就轉夜燈休息了。石磊怕打擾他，乖乖把手機跟電腦收起來，縮在陪床椅上靜靜看著金予真朦朧的側臉。

他不知道著了什麼魔，伸出手指，細細描繪著金予真的輪廓。

「對不起……快點好起來吧……」

然而這短短兩天，石磊就深刻體悟到了為什麼人家是老闆，他是打工仔。

從拿到筆電的那一刻開始，金予真眼裡只有工作，打針、吃藥、抽血，眼睛都沒離開過螢幕。聯絡客戶、供應商、下游廠商，不是在敲鍵盤就是在打電話，好不容易把堆積的工作處理完，金予真還不願意休息，不管看新聞、影片，都會隨手記錄素材，把單人病房升級為另一間總監辦公室。

石磊甘拜下風，除了抱著筆電一起工作，他的用途只剩下盯著金予真喝水上廁所。

「午思齊的企劃這樣就可以了，叫他把課綱傳到網站上，後天開放報名。」金予真試算了一下需要的原料量。「讓白筱倩聯絡學校，把剩下的庫存捐出去，再聯絡會計師事務所，看需要什麼文件一併辦理。」

「好。」石磊應了下來，再次出現了其實他是金予真祕書的錯覺。

「明天早上可以辦出院，我會直接去拜訪客戶。今天晚上你回去睡吧，明天再幫我拿套西裝過來。」金予真看了一下時間。「八點多了，你先回去吧。」

「你一個人可以嗎？」石磊不放心。「不然我現在回去拿也可以。」

「不用了，我手沒斷腿沒殘，有什麼不可以的？」金予真睨了他一眼。「倒是你，陪床椅好睡嗎？還想再躺一晚？」就算單人病床的陪床條件稍好一點，都沒有自己的床舒服吧？他就不信石磊昨天晚上有睡好。

「反正再睡就一個晚上，忍忍就過了。」石磊不否認他睡起來全身痠痛，但是相較於金予真的過敏反應，這根本不是問題。

「回去睡。」金予真不打算跟他商量。「別讓我說第二次，你不回去，我就跟醫院請假架你回去。」

「暴君！」石磊只能乖乖收東西，一邊收一邊確認：「你一個人真的可以嗎？會不會我回去睡，你今天晚上就熬夜？」

「你看過我熬夜嗎？」家裡作息最糟糕的人是石磊不是他。「要麻煩你明天帶過來的東西，我等等再傳訊息跟你說。」

「好吧。」石磊收拾好自己的東西，再把金予真換下來的髒衣服拎走，離去前依依不捨地說：「我走囉，真的走囉。」

「嗯，過馬路小心車。」金予真隨意揮了一下手，重心都在眼前的電腦上。

石磊一步一回頭，見金予真鐵了心不讓他留下來，沮喪又難過地走出了醫院。

不想回家的石磊中途拐進Cat Soul想吸貓，一進門卻先被言兆綱帶走。

「聽說你們總監住院了，還好嗎？」

「小齊跟你說的？他對你真的沒祕密耶。」言兆綱根本就是除了第一線員工外，對工藝坊消息最靈通的人。「總監會住院，其實是我害的。」

石磊把前因後果說了一遍，但沒有提到金予真對鎳過敏的事，只說不小心煮到了他的過敏源。

「我也不知道哪裡說錯話了，是因為金予真不喜歡超人嗎？」石磊到現在還拼湊不出答案。

「你是金工師傅，應該知道很多金屬常識，對鎳過敏並不陌生吧？」言兆綱突然攤了份菜單到石磊前面。「不知道是否有學過鎳過敏需要避免哪些食物？」

才在醫院上過一輪課，此時的石磊對鎳過敏的記憶正鮮明，沒多久就看出了菜單裡的乾坤，右下角有一區被他忽略許久的分類，食材全部選用低過敏源。

「為什麼綱哥會知道……」他應該沒有講到關鍵字才對。

言兆綱不急著挑明，反而先講了段故事。

「我大三那年，社團舉辦迎新會，有個新入社的學弟不小心吃到過量的含鎳食物，引發劇烈的過敏症狀送醫急救。他是個能力很強的人，分組作業的時候，大家都想依靠他，但是因為能吃的東西很少，聚會時大家就會自動把他忽略，看似很受人歡迎，卻是個社交邊緣人，知道他有這體質的人都會戲稱他是克利普頓星人，低級一點的甚至會揶揄他內褲怎麼沒外穿。」

「靠！」石磊忍不住爆粗口。「你那個學弟該不會是金予真吧？」

言兆綱再次露出了似笑非笑的招牌表情。

「我的老天爺啊！」石磊像可達鴨一樣拍了一下自個的腦袋瓜，追悔莫及。難怪金予真聽到克利普頓石跟超人馬上變臉，他怎麼一直在踩金予真的痛腳啦！

「所以當我決定要開店時，就把這個納入考量，希望有過敏體質的顧客也能安心點餐，打造一個可以跟朋友舒適聚會的場所。」言兆綱把菜單收回來，改送了一杯現沖的冰咖啡。

「所以綱哥真的是金予真的學長？」他們好像在言兆綱面前講了很多次金予真的壞

話。石磊摸摸鼻子，心虛得很。「你為什麼不早說啊？」

「我不想介入你們之間的紛爭。」言兆綱直白的說：「不過現在看來，你們關係和緩不少，都會開玩笑了。」

「呵呵。」石磊扯了兩下嘴角，感覺膝蓋痛痛的，有中箭的感覺。「既然綱哥是金予真的學長，應該知道不少他以前的事情吧？」

「就知道一些，不算多。」畢竟只在社團裡有交集，不同級不同系，很多事只是聽說。

石磊原來想問金予真身上的疤，又不確定言兆綱是否知道他身體的祕密，問題到了嘴邊就改了一個方向。「他那時候有女朋友嗎？」

言兆綱臉色微變，打了個啞謎。「說真的，有時候還是不要知道太深比較好。」

「你這麼說我就更好奇了。」石磊兩隻手指拉出了約眼睛縫的距離。「就透露一點點，一點點就好。」

「想知道就去問你們總監，看他願不願意跟你說。」言兆綱口風很緊，絲毫不漏。

午思齊從後廚走了出來，一見到坐在吧檯處的石磊，立刻過來打招呼。「磊哥，你怎麼過來了？總監出院了嗎？」

「明天早上才能出院，不過醫生說指數都穩定下來了，別擔心，是超過出院時間才延到明天早上辦的。」石磊多少有被金予真同化，看到午思齊就聯想到工作。「總監說你的課程企劃通過了，明天上線，後天開放報名，記得先處理喔。」

「好，我知道了。」聽到企劃通過，午思齊很開心，就怕表現不好。「嚴格說來這才是我的第一堂課，怎麼辦，我好緊張喔。」

「別緊張，你一定可以。別忘了你做的萬萬吊飾在Cat Soul的官方帳號上，可是累積了兩千多個讚。」言兆綱握住午思齊的肩膀，為他加油打氣。

石磊覺得自己得了眼紅病。「為什麼同社團的學長學弟，個性差這麼多？」

不像某隻暴君只會威脅他。

午思齊滿頭問號。「什麼學長學弟？」

「你說巧不巧，我們的暴君總監是綱哥大學社團的學弟。」六度分隔理論還沒用完，他們之間的關係網就建立好了。

「真的嗎？」午思齊真的嚇到了。「我還以為總監的年紀比綱哥大耶。」

「噗哧，」石磊差點噴咖啡。「這個好笑。」

都怪金予真臉太臭，不能怪午思齊。

「對了，綱哥，今天衣服換我洗喔，你不要趁我洗澡的時候偷洗衣服。」午思齊從後廚出來就是為了提醒言兆綱這件事。

說好家務輪流，言兆綱都用順手當藉口，偷偷做完了。

「好。」言兆綱無奈，只能點頭。

「那個……我先回去好了，我也要替金予真洗衣服呢。」石磊看他們兩人和樂融融，突然很想為自己唱一首〈多餘〉，然後用了個很爛的理由逃離現場。

不知道為什麼，看到言兆綱跟午思齊的相處模式，就有點酸，有點羨慕，不自覺地套入了他跟金予真。太可怕了，他是被什麼病毒入侵了嗎？

Ω•℧

因為愧疚感作祟，石磊連著兩天對金予真言聽計從，不只白筱倩看不下去想打人，連金予真都受不了石磊的殷勤，手指抵住他的額頭，惡狠狠說：「在我回來之前趕緊給我變回正常。」

「你才不正常！」石磊氣得跳腳，超想狠咬金予真指著他的那根手指頭。

就是因為這句話石磊氣了一下午，下班拉著王靖、白筱倩就往Cat Soul跑，逗著萬萬玩了一會兒氣才消。

「你在幹麼？」白筱倩踢了一下石磊。「你沒看到程珞在吧檯嗎？」

「有……有啊！」石磊被踢得莫名其妙，一臉無辜。

「去跟程珞聊天啊。」白筱倩恨鐵不成鋼，差一點就要把石磊捆到程珞面前。

「要聊什麼？」以前石磊看到程珞會害羞，想接近但不得其門而入，現在一樣不曉得要開啟什麼樣的話題，但卻少了些雀躍跟憧憬還有動力。

「隨便聊什麼都比你在這裡騷擾萬萬好。」貓都不能幫狗脫單了還能幫他脫單？白筱倩急著把他往櫃檯的方向推。

石磊沒辦法，只能在白筱倩的催促下，到櫃檯跟程珞尬聊：「那個……妳在沖咖啡喔？」

程珞抬頭，發現是石磊，笑著回應：「對啊。」

石磊真的不知道該說什麼，手一直在搓褲縫。「妳平均一天要沖幾杯啊？」

「沒算過耶，起碼有五十杯吧。」程珞說：「大部分的人會指定店長負責，如果店長不在就不買的人也不少。你想學嗎？」

「沒有，金予真又不喝。咳咳咳！」石磊被自己脫口而出的話嚇到了，關金予真什麼事啦？

「你還好吧？」程珞關心問，順手倒了杯水給他。

「謝謝。」石磊餘驚未定，不懂自己為何下意識會想到金予真，太可怕了。

「磊哥，你在這裡喔。」午思齊外送回來，看到石磊站在櫃檯前，訝異一問。「你有先回家嗎？」

為了來Cat Soul幫忙，午思齊比他們早離開，並不知道石磊他們下班後過來這裡吃飯。

「沒有耶，怎麼了？」石磊不解，覺得午思齊的問題好奇怪。

「我剛才去你家附近外送，發現有警車停在你家巷口，好像有民宅遭小偷了。」午思齊有點抱歉。「我本來想打電話給你，可是我沒帶手機。」

「遭小偷？」石磊這兩天過得有點迷糊，也記不起來門窗到底有沒有關好。他沒什麼貴重物品，但是金予真櫃子裡放什麼東西他就不清楚了。

「我還是回去看一下好了。」石磊不放心，決定回家看一眼，跟王靖、白筱倩說一聲後，就往回趕。

一到巷口，不只有警車，還圍了不少看熱鬧的民眾，其中有位大姊認得石磊，見到他回來，急急忙忙地說：「石先生，好像是你家遭小偷。警察現在在上面，你快點回家看看。」

「我家？喔，好，謝謝！」石磊嚇傻，三步併作兩步往家裡跑，越跑心就越慌。

一開門，客廳裡站著兩名波麗士大人，下班回來的金予真，還有氣急敗壞、兩眼噴火的……

「媽？」

6

「抱歉，抱歉，這一切都是誤會。」石磊滿懷愧疚地對警察解釋，一個是他的媽媽，一個是他的室友，因為兩人沒見過面才會鬧烏龍。

遇上這種事，警察除了口頭勸誡也不能做什麼，沒多久就收隊離開。

「不好意思讓你們白跑一趟，謝謝，兩位慢走。」石磊送人出門，差點虛脫，但是送走警察後，還有一關要過。「媽，妳怎麼要來沒先通知我？」

藍娟沒好氣的說：「我哪次來有先通知你？」

「說的也是。」都拿鑰匙自己開門進來打掃煮飯，午思齊第一次看到他媽媽還以為是他請的鐘點阿姨。

「我來了這麼多次，還是第一次被當成小偷，差點被警察抓走。」說起這個藍娟就有氣，一世英名險些毀於一旦。「有小偷會拎著大包小包上門嗎？」

「阿姨，抱歉，我不知道妳是石磊的媽媽，看到妳在石磊的房間翻東西才會報警。」

金予真沒想到第一次見到石磊家長是在如此窘況下。

「問也沒問就報警，我看你明明會講話啊。」藍娟酸了回去。

金予真實在沒輒，以眼神向石磊求救。難得看到金予真有應付不來的事，石磊覺得新鮮極了，並沒有立刻出手幫他轉移炮火。

「石磊。」金予真小聲喊他，竟有幾分可愛。

「咳！」他是鬼迷心竅了嗎？居然覺得金予真可愛！「那個，媽……」

「你閉嘴！」藍娟直接下封口令，「這是我跟他之間的事。」

石磊用手指在嘴巴上比叉，一臉愛莫能助地看向金予真。

看來石磊的個性絕大部分遺傳自母親。

「我很抱歉，不知道我該怎麼做，妳才願意原諒我？」金予真不恥下問、態度誠懇，讓準備好要大吵一架的藍娟無招可接。

遇到高手了！

石磊太懂這種一拳打在棉花上的無力感，忽然想拍拍他媽媽的肩膀，安慰並不是只有她遇上。

藍娟看著金予真，卻對石磊問：「你室友什麼時候換人了？之前那個可愛的小朋友呢？」

「農曆年後換人的，哎，這個問題不重要吧……」石磊現在才想起來金予真的身分，偷偷在藍娟的耳邊說：「媽，他其實是我老闆。」

「什麼你老闆！你當我沒見過你老闆嗎？」藍娟沒注意音量，金予真自然聽見了。

「阿姨，我先自我介紹一下。我叫金予真，是精誠工藝坊現任負責人。」金予真身上沒有名片，只能想其他方法佐證。「如果妳有王靖或白筱倩的聯絡方式，可以向他們求證，或是請石磊到商業司網站查詢公司代表人。」

「所以你真的是磊磊的老闆？」藍娟往後一仰，半信半疑地問石磊：「為什麼你老闆會住在這裡？」

「因為這間房子也是他的……」石磊氣虛，有點不敢面對藍娟。

「你說什麼！你再說一次？」藍娟沒聽清楚。

金予真幫石磊回答：「原本工藝坊營運困難，已經轉賣到我手上，連帶這間房子的產權都在我的名下。」

「所以……他才是屋主？」屋主報警抓她聽起來好像合情合理……才怪！藍娟氣得掐住石磊的耳朵。「你怎麼沒跟我講，看你媽出糗很好玩嗎？」

「痛痛痛！媽，我沒有！」石磊痛到軟了腳，藍女士真的沒在客氣的。「金予真救我！」

「你怎麼可以直接喊老闆名字？我平常怎麼教你的！」藍娟打了一下石磊，撥了撥頭髮，比川劇變臉還厲害，立刻換了張新臉孔，對金予真好聲好氣地說：「抱歉抱歉，都怪磊磊這孩子沒說清楚，害我誤會你了，你不會開除我家磊磊吧？」

「媽！」石磊叫屈，又換來藍娟一巴掌拍在他肩上。

「沒事，阿姨別多想，我處理方式也不對。」金予真看石磊委屈地揉肩、揉耳朵，特別心疼。「石磊從過年後就很忙，前幾天還生病掛急診，所以忘了跟妳說也是情有可原。」

「老闆真是通情達理，還讓磊磊繼續住在這邊。看你才大磊磊沒幾歲就開公司了，果真年輕有為，肚量非一般人能及，放到古代一定是宰相以上的大人物。」

「媽，誇張了喔。」石磊聽到都快吐了。

藍娟又要出手教訓兒子，金予真早有準備，先一步把人拉到身後護著。

「石磊能力出眾，才剛幫我完成一件大案子，對我來說，他很重要。」

不知道金予真這句話是經過算計，還是真心所想，石磊為此感到震撼與悸動，傻愣著一時之間回不了神。

「磊磊哪有你說的那麼好。」藍娟客套回了一句，其實心裡樂開了花，當媽的怎麼不喜歡聽見有人誇獎兒子呢？「我這次帶了很多東西過來，還有早上才蒸好的芋頭粿，裡面加了香菇跟蝦米呢。餓不餓？我煎給你們吃。」

「媽，他對鎳過敏，不能亂吃東西啦。」石磊想起來仍膽顫心驚。「前幾天才剛出院，觀察了四十八個小時。」

「是喔？那我找找他能吃的東西。」藍娟說完就要去翻她帶來的行李。

「不用麻煩了。」金予真趕緊阻止。「阿姨剛來就好好休息，明天放石磊一天假，讓他好好陪妳。」

「不用了，你不是說他很忙，耽誤到工作就不好了。」藍娟不想成為石磊的負擔。

「我來過很多次，這附近很熟，不用擔心我，就是過來幫石磊煮幾天飯、整理房間。」

「可是，媽，妳可能要住外面……」他們有居住公約。

金予真迅速回頭捂住石磊的嘴，兩人瞬間離得很近，差一點點就能撞上。

「噓！」金予真要石磊安靜，像哄小孩似的拍拍他腦袋，再轉回來跟藍娟說：「石磊怕我不習慣，不過沒關係，阿姨就放心住下來。」

石磊在他身後瞪大了雙眼，又驚又喜，看來金予真訂下的公約並非牢不可破。

今天能讓金予真主動開口留人住宿，明天讓他廢止單身公約、同意員工戀愛也不無可能。看來老媽臨時到訪還真給他帶來了大大的禮物！

Ω・Ʊ

以往跟午思齊住在一起，藍娟過來暫住，石磊都會跑去跟午思齊擠一間，讓藍娟睡他的臥室。現在跟金予真同住一處屋簷下，又有公約當攔沙壩，石磊已經做好在房間打地舖的準備。

洗完澡出來，石磊擦著頭髮想進廚房倒水喝，路過客廳發現沙發上放了一組床具，眼珠子都快掉出來了。

「我是親生的耶，居然趕我出來睡客廳。」石磊到廚房咕嚕咕嚕地灌了兩杯水，抹著嘴巴進房間拿出他蓋的那件棉被，一到客廳就看見藍娟從金予真的房間走出來。「妳怎麼進人家房間啦？」

「予真叫我睡他房間，說是跟我賠禮。」才沒多久，藍娟就親切地喊上金予真的名字。「磊磊，你跟了個好老闆呢。」

「所以沙發上的枕頭棉被是金予真要用的？」石磊的世界觀都被顛覆了，心跳得特別用力。「他人呢？」

「在房間換床單、被套。」藍娟忘不了剛才踏入金予真房間時的驚詫，不由得稱讚道：「這孩子衛生習慣很好，很少看到男孩子房間像他一樣乾淨，地板亮得都能照臉，被子疊得整整齊齊，檯面上沒有任何雜物。」

「妳乾脆說是樣品屋就好了啊！」石磊往後一跳，躲過藍娟的攻擊。「我讓他睡我的房間。」

「我也叫他睡你的房間，他說什麼你剛忙完大案子，還生了場病，想讓你好好休息。」藍娟跟在石磊身後，並沒有阻止他，反而樂見其成。

「他怎麼不想想自己才剛過敏發作，正缺抵抗力？」石磊嗤之以鼻，一把抱起沙發上的床具走回自個房間。

金予真出來時，沙發已空無一物，藍娟對他比了比石磊的房間，為他解答。

「阿姨先睡了，你們年輕人也早點休息。」藍娟道了聲晚安，接下來的事就讓年輕人自個商量去。

金予真走進石磊房間，就看到石磊跪在地上鋪床，頭髮半乾。

「你不用忙了，我睡沙發就好。」金予真看不下去，直接取來吹風機。「你先過來把頭髮吹乾。病才剛好，小心又感冒了。」

「你怎麼比我媽還囉嗦？」石磊接過吹風機，胡亂吹了一下頭頂就關了起來。「好了。」

「哪裡好了？」金予真打開吹風機，主動幫石磊吹頭髮。「頭髮不吹乾，小心以後偏頭痛。」

上次金予真幫他吹頭髮，他病得歪七扭八，沒有太過實質的感覺，如今病好了，金予真修長的手指再次在他髮間穿梭，石磊卻希望自己病了，這樣就無須猜測他心跳加速、又開心又甜蜜的原因是什麼了。

「這樣才是好了。」金予真揉了一下石磊的頭髮，確定觸感蓬鬆又有熱度才放過了他。「聽說頭髮軟的人心腸也軟。」

這句話在石磊這裡完全成立，刀子嘴豆腐心。

「我媽說頭髮軟的人帶財。」石磊摸了一下自己的頭髮，分不出來是硬是軟，但口袋裡沒什麼錢倒是真的。「好了，我要睡覺了。床給你睡，晚安。」

話一說完，石磊就鑽進棉被裡，不給金予真反悔的機會，還附贈了一句狠話。「你要是想回客廳睡就先踩過我的身體！」

金予真早就被磨得沒脾氣了，更別說石磊縮在被子裡，露出一雙眼睛盯著他，彷彿一有出門的舉動就會衝上來撕咬他。

「知道了，晚安。」金予真除了妥協，別無他法。

留了夜燈，睡在滿是石磊氣息的床上，金予真本以為自己會失眠，不曾想一閉眼就睡了過去，特別安穩。

反觀石磊因為地板太硬，怎麼調整都不舒服，翻來覆去睡不著覺，最後轉回來看著熟睡的金予真，對著他的側臉發呆。

「睡得真好，還以為你會嫌棄我的床呢。」

沒想到盯著盯著，石磊的眼皮就重了起來，不知不覺睡了過去，要不是睡前喝了兩大杯水，說不定能一覺到天亮。

石磊揉著眼睛去上廁所，睡得迷迷糊糊的他壓根兒沒意識到床已經讓給別人睡了，一回來就直接往上躺，直到金予真抱住了他，把他的瞇瞇眼嚇成銅鈴。

「靠，我忘記了！」看著金予真要是再近一些就能親上他的臉，石磊的瞌睡蟲立刻離家出走，雙頰像燙了蒸氣，又紅又熱。

小心翼翼挪動金予真擱在他胸前的手，石磊大氣都不敢喘一聲，深怕把人吵醒換來兩人尷尬，金予真的反應卻不如他的意，不僅把他束得更緊，腿還勾上來。

這就過分了喔！

「你是無尾熊嗎？金予真！」石磊脫不了身，氣得牙癢癢的但又不敢動作太大，鬱悶死了。

就在他好不容易掙脫了一小部分，獲得了一手一腳的自由，金予真像陷入惡夢般發出了絕望的囈語，又將石磊擺脫桎梏的手腳重新圈了回來。

「不要……為什麼要走？」金予真眉頭緊鎖，痛苦難當，明明是輕聲夢囈，石磊卻聽出撕心裂肺之感。「不要離開我……不要走……」

金予真給石磊的形象一直是強大而不可欺的，先前即使過敏住院，依舊是座巍峨不倒的山，而今困在夢中的他卻脆弱得不堪一擊，令人鼻酸。

「好，我不走。」石磊輕輕撫上金予真的眉眼，想化開這片盤踞在他心頭的烏雲。花了這麼長的時間終於抓到金予真的把柄，石磊竟然高興不起來，只覺得透骨酸心，還有一絲絲壓抑不下的嫉妒。

看來白筱倩猜得沒錯，金予真就是因為前任的關係才會設下單身公約，不然抱得這麼緊，還喊著不要離開他，最好對象會是一條狗！

真想看對方條件多好、眼光多高？居然金予真這麼好的男人都不要，什麼道理？

Ω・℧

常年在老家生活，藍娟已經習慣早起，三餐自己做，所以來石磊這裡住也會順手為兒子準備早餐。

考量到金予真體質特殊，她還特地提早半個小時起床，上市場挑選適合的食材，甚至提了六公升的桶裝水回來煮飯。

石磊從浴室出來的時候，藍娟正在煨地瓜粥。

「起床啦，過來幫我把菜端到桌上。」藍娟一看到兒子便指使他幹活，見他一臉菜色，不由得問：「怎麼了？昨晚沒睡好？」

「沒……沒有啦，有睡好。」就是睜開眼睛那一刻嚇到魂飛出來而已。

石磊揉著屁股，不想回憶起早上那一幕，端著藍娟準備的早餐就往外走。

一轉身，不想面對的「真相」就出現在他眼前，接過他手上的九層塔煎蛋跟涼拌小黃瓜。

「你還好吧？要不要坐著休息？」金予真一臉擔憂地問，很怕石磊受傷不說。

都怪他早上不清醒，按掉鬧鐘後發現石磊就躺在他懷中，乖巧得像個小天使，純潔乾淨。他還來不及細想石磊是何時睡上來的，就撐著手一直盯著他看，捨不得眨眼，總想著再等等、再等等，一等就是等到石磊張開眼睛。

石磊嚇了好大一跳，下意識伸手推他，結果沒推動，自己反而滾下床，摔到屁股。雖然鋪了棉被，但根本沒什麼厚度跟彈性，石磊痛了好久，一早就在發脾氣。

「我沒事，你不要再說了！」石磊回廚房把剩下的乾煎里肌肉跟蘋果切片端出來，路過金予真時還警告了他一句。「不准跟我媽說，不然我就……」

石磊沒手可以劃脖子，只好跺一下地，再輾兩下。「懂嗎？這就是你的下場。」

金予真差點笑出來，趕忙點頭說：「懂。」

「燙燙燙！快走開。」藍娟端著陶鍋出現，打開鍋子，裡面的粥還在冒泡。

石磊想不透。「哪裡來的陶鍋？」

「早上買的啊，這樣小真吃起來才安心。」藍娟雙手扠腰，一臉得意。

「小……小真？」石磊以為他幻聽了，看金予真的表情，好像他們是兩個都幻聽了。

「小真叫起來比較親切。」藍娟詢求金予真的意思。「你介意嗎？」

「不介意，阿姨開心就好。」

「狗腿。」石磊嗤了聲，先一步坐好，然後又被打了。

藍娟：「去拿碗。」

「不用，我去就好。」金予真看了眼石磊委屈巴巴的樣子，轉頭時忍不住笑了出來。

怎麼會可愛成這樣子呢？

拿回餐具，藍娟盛的第一碗粥就放到金予真面前。

石磊瞪大雙眼，嘟著嘴抱怨：「媽，妳到底是嫁給姓石的，還是姓金的？現在誰才是你兒子啊？」

「這樣你也要計較？石石石石，你今年幾歲啦？」藍娟笑了，下一碗就盛給他。

「不要叫我石石石石啦！」石磊白眼都快翻到後腦勺了。

金予真好奇心被勾起。「石石石石？」

「講到這個我還是很想笑。」藍娟不顧石磊阻止，硬是把他的糗事說給金予真聽。

「他小時候剛學認字，有天回來突然指著他的名字說自己應該叫石石石石才對，把我跟他爸笑得差點翻過去。」

「妳現在就快翻過去了。」石磊一臉厭世，沒想到今天又重溫了一次自己的黑歷史。

「真可愛。」金予真發自內心讚嘆，真想看看那時候的石磊。

「是吧？」藍娟也是無比懷念。「時間過得真快，轉眼間都這麼大了，快三十了還是羅漢腳，你到底有沒有女朋友？」

「我……我現在以事業為重，女朋友不急啦。」石磊偷偷看了金予真一眼，見他沒有反應，心裡就有點怪怪的，不舒服。

「喔，那我換個方式。」藍娟喝了一口粥，幽幽地問：「告白又失敗了嗎？」

金予真拿筷子的手頓了一下，悄然握緊。

「什麼告白？妳不要胡說八道，我沒有。」石磊喊冤。

「你不是跟我說咖啡廳有個女店員長得滿漂亮的，叫什麼承諾？我還以為你打電話問我怎麼煮菜是為了跟她告白耶。」藍娟突然覺得自己白開心了一場。

「媽，人家叫程珞。而且我煮菜不是為了她，是為了他！」石磊指向金予真，一臉無奈地說：「我那時候不知道他鎳過敏，所以才害他住院。」

金予真抬頭，柳暗花明又一村的驚喜，讓他原本頹靡的神情都亮了起來。

「幸好小真沒事，過敏可大可小，我以前在醫院看過太多嚇人的例子，以後你們都要注意點。」藍娟是退休護理師，現在偶爾會到社區跟國小當義工。「小真，我看你年輕有為又帥氣，異性緣應該不錯，能不能教我們磊磊幾招，或是幫他介紹，不然他從小到大喜歡的女孩子都不喜歡他，每次告白都失敗，說什麼我只把你當朋友……」

「媽，放尊重點好嗎？」講得他好像歷盡千帆卻沒有艘船搭得上。「我被拒絕是因為正緣還沒出現，這叫時機未到。」

「你爸在你這個年紀都結婚了，你看看你，沒人照顧，連衣服都不會摺。」藍娟覺得還是寄望金予真比較實在。「小真，多幫磊磊物色一下，就當娟姊拜託你。」

「什麼娟姊？媽，要點臉好嗎？」石磊差點被地瓜籤謀殺。「我才不要平白無故小他一輩。」

「很抱歉，我可能沒辦法。」金予真面有難色。「我自己也沒有跟女孩子交往過，恐怕幫不上忙。」

「你也沒交過女朋友喔？」藍娟備感失落。「你條件這麼好都沒到女朋友，我家磊磊這個普攏拱就更沒希望了。」

石磊沒有跳出來反駁，反而在思考一個問題。金予真沒有交過女朋友，那麼昨天晚上讓他難受囈語不要走的對象如果不是狗，難道……

會是個男的!?

Ω・℧

午思齊親自設計的銅纏繞課程自上線後，一天內就累積了六個人報名，四個人完成繳費，算是相當不錯的成績。大家都為午思齊感到高興，唯獨本人恐懼加深，愁容滿面。

石磊怕再這樣下去學生沒跑，老師就先蹺課了，靈光一閃，便跟午思齊說：「上課地點改在Cat Soul，你會比較安心嗎？」

「可以嗎？」午思齊像落入井中，突然看見垂降而下的繩索，雙眼迸出的光芒全是絕處逢生的希望。

「我幫你跟金予真爭取。」石磊見午思齊眼神黯淡了些，隨即祭出法寶。「娟姊現在來我那裡住，金予真很聽她的話，真不行我就叫娟姊跟他講。」

「娟……姊？」午思齊黑人問號，她誰？

「我媽。」石磊忍住翻白眼的衝動。「她要金予真喊她娟姊，說這樣比較親切。我阻止不了，就跟他一起喊了。」

「啊？」這發展實在太出乎意料了。午思齊錯愕地問：「總監跟阿姨相處得這麼融洽喔？」

「總之，等我的好消息。」石磊拍拍午思齊的肩膀，叫他安心，下一秒立刻跑去敲總監辦公室的大門。

金予真的回覆不好不壞，只說給他一天時間準備。石磊不知道他要準備什麼，既然沒有當場拒絕，表示還有運作空間，就接著去忙了。

雖然金予真還沒同意，一下班，石磊還是跟著午思齊來到Cat Soul，想先探探言兆綱的口風，免得掃除了工藝坊的內部問題，最後卻在言兆綱這裡碰了壁。

石磊先打電話通知藍娟。「媽，我晚上不回去吃飯，有工作。」

「你跟小真一起嗎？」

「沒有啊，就我一個。」石磊覺得莫名其妙。

「小真剛才也跟我說晚上要談合作，我還以為你們一起呢。看來你們工藝坊換了負責人之後，生意真的變得很好耶，小……」

「好，好了，就這樣，掰掰。」石磊怕再說下去，藍娟又要歌頌金予真了，按呢毋通。

確實金予真接手精誠後，工藝坊的委託案就沒斷過，即使關網沒有平台收入，業績仍然一路長虹。

沒有賭約的前提下，石磊還可以陪藍娟吹捧一下偉大的金予真，可惜不是。

一進Cat Soul，言兆綱就在吧檯後方，午思齊像隻小兔子，一蹦一跳地跑去跟他說話，被摸了摸頭才找起萬萬。

「萬萬不在，住院了。」言兆綱一看就知道午思齊在幹什麼，加上今天很多客人問，便直接解釋。

「我早上出門還好好的啊，發生什麼事了？」午思齊緊張地問。

「不愛喝水，尿路結石，醫生說得住院三天打抗生素。」早上看萬萬來來去去貓砂很多趟，又上不出來，覺得不對勁才帶去看醫生，幸虧發現得早，不然很容易引發急性腎衰竭或尿毒症。

「這麼嚴重？」居然要住院三天，太遭罪了。午思齊說：「真讓人操心，看來要多放些水碗才可以。」

「是啊，另一隻也很讓人操心。」言兆綱意有所指。

「還有一隻？」午思齊以為言兆綱又多收編了貓咪，左顧右盼。「在哪？」

「遠在天邊，近在眼前。」言兆綱提示道：「我上個月在公園撿到的。」

「公園？」午思齊想了好久，才在言兆綱戲謔的眼神下意識到這隻貓是他。「我不理你了，我要去後面幫忙了。」

「今天後面不用你。」言兆綱把人攔下來。「程珞今天沒班，小店長又住院，你可以留在外場幫我嗎？」

午思齊怎麼可能說不？「你等一下，我去換衣服。」

石磊在旁目睹全場，原本排休的程珞就站在石磊身側，一臉詭譎的姨母笑。

「妳今天不是沒班嗎？」言兆綱此時才注意到程珞。

「偶爾也想來當店長的顧客，享受一下被服務的感覺啊。」程珞撥了一下頭髮，滿意地說：「我要不是休假，小齊齊能到外場，跟你站在同一個地方嗎？」

「淨想些有的沒的。」言兆綱控制不了員工的想法，只是程珞最近奇怪的笑容越來越多了。「幫我顧一下，我去後面看看。」

程珞點頭，一見言兆綱離開吧檯，馬上興奮地對石磊說：「你有沒有一種感覺，就是店長跟思齊在一起，氣氛就會特別不一樣？」

石磊想不明白。「哪裡不一樣？」

「店長特別愛逗思齊，看見他就會笑，就是那種春光明媚的笑。」程珞熱切地看向他。「你懂嗎？」

「呵呵。」可以說不懂嗎？

石磊反應還好，但並不影響程珞急欲分享的興致，拉著他說了不少平日對言兆綱及午思齊的互動觀察，直到兩位當事人從後廚出來才停止。

言兆綱看向大門，總覺得方才匆匆一瞥的背影，像極了金予真。

為什麼來了又走？

言兆綱目光移向石磊，還有在他旁邊的程珞，略有所思。

Ω・℧

剛從礦石大會回來的王靖並沒有急著回家，反而繞過來工藝坊，把蒐集到的資料先整理起來，寄給金予真及石磊。就在他關上電腦，收拾好隨身物品準備離開時，白筱倩出現了。

「就知道你會回來這裡。」白筱倩靠在門上，側頭問：「礦石大會還順利嗎？」

「嗯，不足的庫存已經補齊了，麥董那裡要的翡翠有看到一批種水不錯的，就是價格還沒談好。」王靖有點不敢看她，說要給她機會說出我願意，卻一直拿不出實績，王靖說不自責、不心虛都是假的。「妳怎麼還沒回家？」

「沒人在家，一個人太無聊了。」這幾天白筱倩不斷在想，究竟她是想結婚？還是想跟王靖在一起？

最後得出的結論是如果不是這個人，似乎步入禮堂也沒什麼意義，真要把感情磨平了，單身公約撤下又有何用？只是便宜了後面的人。再說，金予真規定員工不得結婚、談戀愛，沒說員工不能生孩子，她急著結婚最大原因不就是怕年紀太大生不出來嗎？

「本來今天要去Cat Soul慶祝小齊課程開門紅，以為你趕不回來，我就沒去了。」白筱倩看了下錶。「現在過去應該還來得及，走吧。」

王靖見白筱倩主動遞出橄欖枝，哪有不接的道理？兩人相攜走往Cat Soul，之間的隔閡也隨著解開的心結，慢慢淡化，逐漸找回以往相處的節奏與甜蜜。

「等一下！」白筱倩果斷地把王靖往後拉，躲進暗處。「你看，那是不是金予真？」王靖推了一下眼鏡，瞇起眼辨認。「好像是。他站在Cat Soul前面幹什麼……欸，他走了！」

「一定有鬼。」白筱倩當機立斷，撥電話給石磊，一接通便問：「你知道金予真去哪嗎？我剛在Cat Soul門口看見他……」

Ω・Ʊ

金予真最後還是進了Cat Soul。不是石磊喊他回來，而是言兆綱，因為他就是金予真晚上要談合作的對象。

石磊以為金予真還在考慮，沒想到他說的準備時間是拿來擬合約草稿用的，還跟言兆綱約好時間要討論借用場地及供應餐點的細節。

金予真在石磊的眼裡又發光了，就像一塊大金磚，讓人好想咬一口測試看看純度。

租借場地的費用算進成本，等於午思齊規劃的銅纏繞課程基本上沒賺錢，金予真仍然大方地租了五次場地。

了解完前因後果，金予真鐵血無情的形象，在同樣做過課程教師的王靖、白筱倩心裡，有了大幅度的動搖。更別說午思齊了，能在Cat Soul開課，原本的擔憂全被大展拳腳的熱血取代。

「你既然同意了，為什麼不先跟我說，這樣我就可以跟你一起來啦。」石磊見他們討論好合約，約好簽約時間後，就拉著金予真的衣服說。

金予真睨了他一眼，淡然地說：「不怕壞了你的好事？」

天曉得他在Cat Soul門口看見石磊與程珞有說有笑時，內心撕裂的痛楚有多劇烈。

有什麼比石磊喜歡女生，而他喜歡石磊還要糟糕的？他對石磊動了心，卻只能止步於此。發現自己心意的時刻正是悲劇的開始，多麼諷刺？

「什麼好事？」石磊小小的腦袋頂著大大的問號。「你說我自己來找綱哥談的事嗎？我還沒來得及跟他說呢。聽說萬萬住院了，你知道萬萬嗎？就是綱哥養的貓，我第一次聽到這名字以為叫汪汪，就一直對牠汪汪叫，你說好不好笑？」

言兆綱旁觀者清，發現金予真是因為得知石磊對程珞的心意才會黯然離開，可石磊也並非對金予真無感，從金予真進到Cat Soul之後，眼裡再也沒有其他人。可惜當事人互不知情，說不定連自己的心都沒摸清楚，放任兩人再蹉跎下去，那張單身公約只會越黏越緊。

言兆綱突然插話：「予真，有件事我想問問你。」

「學長請說。」

「如果我想追思齊，你同意嗎？」

這記震撼彈跟核爆沒兩樣，不只金予真措手不及，石磊、王靖、白筱倩全數被剝奪了語言能力，像被MIB的記憶消除器照射過一樣呆愣，午思齊更像核心處理器過熱的電腦，動都沒辦法動，機體還頻冒熱氣。

唯一反應過來的是差點被糖撐死的程珞，就說言兆綱跟午思齊有曖昧！如果這種濃度的甜不是愛情，全世界都是人工糖精！

金予真定了定神。「這是學長的自由，我無從干涉。」

「要是思齊答應，你會資遣他嗎？」言兆綱問出重點，眾人屏息以待，緊張到不是握拳就是掐旁邊的人。

所有問題都是為了引出單身公約的鋪墊。

金予真看了眼引頸期盼的石磊，還有雙眼放光的程珞，從來沒有一刻像此時慶幸自己訂下了單身公約。只要公約還在，只要石磊還是工藝坊的員工，他就沒辦法跟別人光明正大在一起，就算石磊真的奔向屬於自己的愛情，也不會在他的眼皮子底下，日日夜夜戳痛他的心。

「只能跟學長說聲抱歉。」金予真雙手握拳，貼放在大腿上，目光落於桌面，漠然又不近人情地說：「如果你跟午思齊在一起，我會獻上祝福，但是午思齊不能繼續待在精誠，這是我的堅持。」

也是他最後的倔強。

金予真知道這一席話並不受人歡迎，便藉口先行離開，用盡全身力氣支撐著，不讓別人看出他腳步凌亂。

Cat Soul氣氛一陣低迷，各有所思。

「沒想到綱哥喜歡我們家小齊齊。」白筱倩率先打破沉默。「要是金予真有喜歡的人就好了，我就不信他能繼續堅持。」

「這下該怎麼辦？」王靖相當焦慮，「以後總監會不會一直盯著思齊？」

「讓他沒時間盯就好了。」又有個計畫在白筱倩腦中迅速成形。「不如我們幫金予真介紹對象好了，讓他自打嘴巴。綱哥，你是金予真的學長，你知道他喜歡什麼類型的嗎？」

「不行！我不同意！」石磊居然第一個跳出來反對。想到金予真跟別人卿卿我我，對別人笑、幫別人吹頭髮、抱別人睡覺……

「為什麼不同意？你不覺得這方法很好嗎？」白筱倩都開始在腦中列名單了。

「一點都不好。」石磊氣急敗壞，很怕白筱倩付諸行動，找人接近金予真。「妳別忘了我跟金予真還有一場賭約，不需要用這種方法。」

「這場賭約我們有多少勝算，雙管齊下不是很好嗎？」白筱倩仔細打量了石磊一番，「你為什麼反對，有什麼私心嗎？」

「我？我能有什麼私心？就是單純覺得這樣不好，萬一金予真喜歡上對方，發現對方接近他另有目的，說不定他一氣之下所有員工都不要了，不是得不償失嗎？」石磊堅決反對，甚至氣紅了眼睛。

「石磊說的沒錯，我也不建議用這種方法。」言兆綱出言緩和。「不要把感情當成手段，心裡才不會有負擔。」

白筱倩仔細想想，認同了言兆綱的觀點。「好吧，這件事就當我沒說。」石磊這才放下心來。

Ω・Ʊ

Cat Soul 打烊後，店裡只剩言兆綱跟午思齊兩人。

「我整理好了，可以回家啦。」午思齊背著包包，從員工休息室走出來。

言兆綱就坐在吧檯處，拍了拍身前的椅子。「過來坐，我有話跟你說。」

午思齊乖乖爬上高腳椅，雙眼晶亮地看著言兆綱。

「今天我跟予真說的話，你不要放在心上。」

聽到這句話，午思齊全身血液都冷了。「什麼意思？」

「我只是想試試予真的態度，並不是真的想碰感情。」本來他想拿石磊當突破口，但目前的跡證看起來，這個選項可靠度太低了，石磊也不會配合他，才會改成午思齊。

「我不希望你誤會。」

「所以是假的？」午思齊神色空白，眼淚突然大顆大顆地掉。「你不喜歡我？」

午思齊的哭法嚇到言兆綱，他慌了手腳。

「不是不喜歡，是沒有往那方面想。」臨時找不到面紙，言兆綱只好用手為他擦眼淚，不諱言說：「我不相信愛情這種容易逝去的東西，寧可當個遊子，也不想在任何人身邊停泊。其實我能懂予真的想法，只是他的做法比較偏激，把防護罩延伸到所有領地，連帶影響了你們。」

午思齊聽不進這麼多，只把關注力放在言兆綱身上。「你從來都沒有想過定下來嗎？」

「可能有吧，記不清楚了。」言兆綱捨不得午思齊難過，但又不能放縱他在依賴裡繼續沉淪。「你還年輕，還會遇到很多人。」

「可是我只喜歡你啊，再多人都不是你！」他的心裡已經裝了言兆綱，誰都不能取代他。

午思齊搭在言兆綱身上，踩住椅子的腳架，傾身吻住他，認真誠摯地說：「難道我們不能談一場不分手的戀愛嗎？」

「思齊，我……」言兆綱別過頭去。他沒有信心不給午思齊帶來任何傷害，與其賭那千分之一的機率，不如從一開始就別點頭。「很抱歉。」

午思齊眼底的光徹底熄滅了。還以為他有了家，不需要再四處飄泊，每天都有人抱他，跟他說早安，原來這一切只是場夢。他還是孤孤單單一個人。

「你不用道歉，是我不夠好，才會讓你連嘗試的勇氣都沒有。」他不是死乞白賴的人，還要求著別人愛他。午思齊抹了把眼淚，跳下椅子，轉身離開。「我會搬走，也會請總監取消場地租借，以後也不會再來了。」

「不行！」言兆綱著急地追了上去，拉住午思齊不讓他離開。「你現在要去哪裡？又能去哪裡？」

午思齊扯回自己的手，甕聲甕氣地說：「已經不關你的事了。」

「你住在我家那麼久，叫了我那麼多次綱哥，什麼叫不關我的事？」言兆綱很少發脾氣，卻因為這句生分的話，胸口像是有把火在燒。「我們不談戀愛，難道不能繼續當朋友嗎？」

「你明明知道我喜歡你，留我住在你家，留我在Cat Soul工作……」午思齊深吸一口氣，努力把眼淚鎖在眼眶裡。「你不覺得噁心，我替你覺得噁心。」

言兆綱太習慣當好人了，對誰都溫柔，殊不知他的溫柔對此刻的午思齊來說，是場凌遲的刀刑，他不想因為暫時死不了而抱持希望留下來，期待言兆綱能替他上藥，而不是再給他一刀。

「你不用擔心我。我會找到一個我喜歡，他也喜歡我的人。他不會嫌棄我笨、嫌棄我黏，會給我一個地方回去。他可能會覺得我煮的東西不好吃，聽到我要煮東西就嚇死，然後點外送或是牽著我的手去外面吃。我們可能會吵架，但我們會學會和好。我的要求不多，應該有人給得起這些來換我的喜歡，而你，也可以過你想要的生活。」

午思齊拍了拍胸口，這裡痛得好難受。「綱哥，再見，謝謝你。」

只可惜沒看到萬萬，沒辦法跟牠道別。

午思齊看了言兆綱一眼，果決地走出門外，回去收拾行李。

「思齊！」言兆綱大聲喊著，卻不見午思齊回頭。

以往不管他在哪裡喊午思齊的名字，沒多久就能看見午思齊蹦蹦跳跳來到他眼前，笑得一臉燦爛。

「思齊！」他又喊了一聲，反而加速了午思齊離開的腳步。

一想到日後再也見不到午思齊，他就一陣恐慌。

如果拒絕，連朋友都沒得做，生活裡少了這個愛笑愛撒嬌的男孩，不知道他又會被誰撿回家，或者因為受傷就此不再相信別人，他要的這種自由就真的自由嗎？

他會一直想著午思齊，心都綁在他身上，哪裡又有自由可言？而且午思齊真的不值得他鼓起勇氣跨出一步嗎？

他不喜歡午思齊嗎？一個努力留在他身邊，把所有的喜怒哀樂都捧到他面前的人。他怎麼可能不喜歡！

言兆綱追了上去，一把抓住午思齊往自己帶，一手按住他的後腦，側頭親了上去。不同於午思齊單純貼唇親吻，言兆綱像發了狂的野獸，恨不得將午思齊拆吃入腹，不停吸吮追逐，不准午思齊有任何逃離迴避的舉動。

這一吻，把午思齊胸腔裡的空氣都榨乾了，兩人分開的時候，午思齊不只眼眶泛紅，一路到脖子都是粉嫩嫩的。

「我不會嫌你笨，不會嫌你黏，我不只會點外送，帶你出去吃飯，我還能為你下廚。我們可能會吵架，但是我們一定會和好。一旦我拿自己的喜歡換你的喜歡……」言兆綱按住他的脖子，額頭抵著他，語氣輕喘。「你就沒有後悔的機會了。」

午思齊笑出了淚花，雙手摟上言兆綱的脖子，什麼委屈都沒了。

「我才不會後悔呢！」

他想一輩子跟言兆綱在一起，一直一直走下去。

Ω・Ʊ

從Cat Soul回來後，金予真的情緒持續低迷，藍娟以為他工作不順利，只能催促他早點休息。

等石磊洗完澡回房間，金予真已經睡了，睡的還是地鋪。床套、被單統統換過一輪，吹風機就放在床沿，提醒石磊記得使用。

「金予真，你睡了嗎？」石磊蹲下來搖他手臂。「地板很硬，起來睡床啦。」

「不用了，你睡吧。」金予真的聲音從棉被傳出來，悶悶的不是很清楚。「你昨天不是睡不好才爬上床的嗎？」

「胡……胡說八道，我是上完廁所太習慣才躺上去的。」石磊炸毛，半是抱怨半是辯解。「而且我想下去，是你抱著我不放……」

「你說什麼？」金予真露出眼睛，並無睡意。

「沒事。」石磊想把金予真拉起來，可惜噸位不同，金予真紋風不動。「起來啦，要是被我媽知道我讓老闆打地鋪，信不信明天晚上你蓋的棉被就是我的皮。」

「沒那麼誇張吧。」金予真棉被裹得更緊。「你別跟阿姨說就行。」

「你以為我藏得住嗎？」石磊努力挖人。「起來啦！不然我叫我媽過來了喔！」

金予真最終只能妥協，在石磊的監視下換了地方睡。

「這才像話。」石磊吹乾頭髮，收吹風機準備熄燈的時候，發現床邊牆壁上貼了原本在冰箱上的居住公約，第一條跟第五條被劃了紅線。他抬手摸了一下，不僅貼得平平整整，用的還是無痕膠帶，頓時覺得無語。「這樣你也開心？」

金予真回應他的是一句晚安。

「你要睡了喔？」石磊鑽進留有金予真體溫的被窩，想起今天發生的事，就有一股衝動想跟金予真聊天。「欸，你真的都不會想談戀愛嗎？家裡也沒人催你？」

金予真沒有說話，好像真的睡過去一樣。

「你為什麼會設單身公約啊？」石磊卻沒有就此收手，繼續問：「跟你身上的疤有關係嗎？」

「不關你的事。」金予真咬牙迸出這幾個字，明顯不想多談，更不想石磊再問。

「哪裡不關我的事了？」石磊竄出被窩，趴在床沿上盯著他。

都不知道他背上責任有多重，現在不只王靖跟白筱倩，連午思齊都有脫單可能了。被程珞一洗腦，言兆綱想追午思齊在石磊心裡的難度，不過就是一句話——我喜歡你，跟我交往吧！——聽起來真讓人羨慕。

金予真轉頭，就著小夜燈看著石磊寫滿苦惱的臉蛋全是愛而不得，忍了一晚上的不甘終於爆發了。「你就這麼喜歡程珞？」

「程珞？」石磊一臉茫然。「這跟程珞什麼關係？」

「我告訴你，我不會讓你如願的，我沒那麼好心。」金予真坐起身，居高臨下瞪著石磊，那種瀕臨崩潰的絕望像一條束緊脖子的草繩，讓人窒息且痛苦。

「你怎麼……」石磊怕金予真食言而肥，本想拿賭約跟他吵，可是看他像隻走投無路的困獸，馬上化為心疼。「金予真，你還好嗎？」

石磊坐不住了，急急忙忙爬上床，沒留意到金予真手腳的位置，一個不穩就往他身上跌，好巧不巧就這麼陰錯陽差親上了他。

兩人同時瞪大了眼，卻沒有人在第一時間推開對方，金予真甚至悄悄攬上了石磊的腰，想讓這份錯誤多停留一會兒。

至於石磊，他早就嚇傻了。不是因為他誤打誤撞親上金予真，而是他親上金予真之後居然一點反感都沒有，心動得特別厲害，還感受到了未曾有過的滿足，像懸而未決的問題終於獲得解答一般。

為什麼他會在乎金予真，為什麼他會緊張金予真，為什麼他不想白筱倩替金予真介紹對象？

因為他想要成為金予真的對象！

夜深人靜，萬籟俱寂。

石磊不知道金予真睡著了沒，反正他自己是失眠了。翻了個身，想換個姿勢入睡的石磊，忍不住看向床上熟睡的金予真，一盯，又不知道幾分鐘過去了，直到金予真皺眉，像又陷入了惡夢當中才回過神來。

「沒事，我在這裡。」石磊手指輕觸他的眉心，溫柔地推揉著。「不要再做惡夢了，沒事的，夢都是假的。」

見金予真穩定下來，石磊才爬回自己的被窩，雙眼不離金予真，就怕他隨時掉入惡夢的糾纏。

金予真翻了個身，背對石磊，然後在他看不見的地方睜開了眼睛，目光清亮得很，沒有絲毫睡意。他偷偷按住方才石磊碰過的地方，原本難消的怒火頃刻間就熄滅了。

金予真不由得勾起嘴角，慢慢閉上了眼。

Ω・℧

每年清明，藍娟跟石磊都會提早為石父掃墓。石父的塔位並未放在老家附近的納骨塔，而是供奉在離石磊工作比較近的地方。會這樣安排，主要是石父離開時，石磊才剛上大學，藍娟覺得他還小，便一路照顧他到大學畢業，之後才按照石父遺願搬回老家。老家已安了牌位，就沒有將石父的骨灰一併遷回，這樣石磊想爸爸了，還可以過來看一看。

祭拜完石父，藍娟化了冥紙，回程路上問了石磊：「你跟小真吵架了？」

石磊神色惶惶地說：「沒有啊。」

「不然是發生什麼事？當我沒看出來你們今天早上都不跟對方講話嗎？嚴重到連心都沒帶出來，還找錯你爸的塔位。」要不是念在場合不對，她早就動手教訓了。

「沒什麼事啦。」石磊根本不敢講。

他喜歡上金予真，男的，帶把！所以才在他爸的塔位面前抬不起頭來，不是他找錯塔位。

「不管你們之間有什麼衝突，找到和解的機會就不要死鴨子嘴硬。」藍娟實在擔心自己兒子的臭脾氣不僅不肯道歉，還不肯接受對方道歉。「道歉不是認輸，而是想讓這段關係存續。我看得出來你很在意小真。」

「妳妳妳……妳看得出來？」石磊嚇得出了滿手汗。「妳看出什麼來了？」

「你很喜歡喝紅茶，但是冰箱裡一罐都沒有。」

石磊結巴，「不……不是，是我……我喝完了還沒補貨。」

「冰箱裡的東西都是小真能吃的，含鎳食物那麼多，為什麼你可以全部避開呢？」

藍娟早就發現了。「客廳裡也沒有放洋芋片、捲心酥、巧克力脆片，你不是最愛吃這些零食嗎？」

金予真入院那兩天，石磊回家幫他收拾換洗衣物跟日常用品，順便把冰箱裡的東西清過一輪，麻煩認識的社區大姊分送給鄰居，那時候的他還沒有意識到自己的心意，沒想到就此留下把柄。

「冰……冰箱裡的東西都是金予真的，我……客廳裡不能放私人物品，零食吃完就……就沒補了。」石磊說得心虛，全程不敢看藍娟。

「快點跟小真和好吧，不然我在中間看了也難過。」藍娟拍了拍石磊的肩膀，沒再追問。

「我也想啊！」石磊小小聲地說。

回到家，就看見金予真坐在客廳，困難地伸手抓背，肩頸泛起一片紅點。

「金予真！」石磊立刻脫了鞋飛奔到他旁邊，用指腹幫他抓背，用揉按的方式減少皮膚受損的機會。「你吃了什麼？怎麼又過敏了？」

「不知道……」金予真有些放不開，想閃躲石磊的碰觸，可惜他人坐著，石磊站著，沒有贏面。

「醫生不是要你記錄吃了什麼，你居然說不知道？」石磊氣到不打自招。「冰箱食材都清過了，你還可以吃錯東西？」

「誰叫我是克利普頓星人，外星人看不懂地球的語言。」金予真冷冷地說。

石磊氣焰頓時熄了，幫金予真抓背的力量跟著弱了下來。「對不起，我不應該開這個玩笑。」

金予真愣了一下。「學長告訴你的？」

「嗯。」石磊怕他生氣，趕緊自清：「他只有跟我說這件事，其他的綱哥要我自己問你。」

金予真沉默，石磊也沒有趁勢探問，因為任何事都沒有此刻的金予真重要。

「你有吃藥嗎？藥膏呢？擦了嗎？」石磊左顧右盼找藥袋，發現就在金予真的大腿旁。「我幫你擦背部，等等再拿毛巾包冰塊幫你敷一下，不要抓了。」

「不用了，我吃了藥，等一下就好。」金予真看到藍娟在場，不想掀開衣服。

「藥效什麼時候發作都不知道，擦個藥應該比較舒服。」石磊看出他的顧慮，把他趕回房間。「你先回房間，我幫媽把東西收一收再進去幫你。」

一心一意撲在金予真身上的他，並沒有注意到藍娟審視的眼光，還特別粗神經地拿了件舊衣服要藍娟幫忙剪裁，要把家裡的金屬握把統統都包起來。

「金予真的狀況太嚴重了，看來不只吃的東西要注意，連接觸的東西都要小心。媽，妳幫我一下。」石磊翻出剪刀跟針線給藍娟後，就急急忙忙趕回房間。

藍娟握著手裡兒子交代給她的作業，若有所思。

一進房間，發現金予真的紅疹更明顯了，手臂上也一片通紅，石磊看了非常難受，彷彿自己也起了過敏。

「我幫你抹藥膏吧。」石磊剛靠近想拿藥袋，金予真就飛快地收了起來，藏到自己身後。「你幹麼？不癢了？」

金予真垂下目光。「嗯，不癢了。」

「睜眼說瞎話。」石磊才不相信，但是金予真防得很緊，就是不讓他拿到藥袋，氣得石磊理智線啪嚓一斷，直接抱住金予真，掛在他胸前取藥。「我就不信我拿不到。」

金予真一時片刻反應不過來，等他意識到發生了什麼事，手已經環在石磊腰上，捨不得推，捨不得放。

能讓金予真攔腰抱住，石磊是既害羞又開心，幸好金予真看不到他的表情。

「咳，我幫你擦藥吧。」石磊想跟金予真多靠近一些，就著互摟的動作慢條斯里地為他抹藥膏，更不忘替自己謀取更多福利。「以後你不舒服就跟我講，我幫你擦藥。」

金予真沒有回應，但腦子裡都在想石磊所謂的以後。

他們能有以後嗎？以後又會是什麼樣子？

「好了。」動作放得再慢都有結束的時候，石磊旋緊藥膏，不捨地退開，金予真卻慌張地把他拉了回來。「你……」

金予真無法解釋自己的行為，他的腦袋已經亂成一鍋粥了，留下石磊全是反射行為，源自於不想讓他離開的執念。

不知道該如何面對石磊疑惑的神色，金予真自暴自棄靠在他的肩膀上，不去思考自己究竟想離石磊遠一點，還是近一點。

相較於金予真的迷惘，石磊的情緒就清楚多了，他很高興，甚至有種金予真也喜歡他的錯覺。如果真的喜歡該有多好呢？要克服的難題就少一道了。

石磊靠在金予真的肩膀上，不想在這個難得的溫馨時間想掃興的事，有花堪折直須折，就好好享受他懷抱的溫暖，為自己累積能量。

7

人都是這樣的。什麼都沒有時，總是想著擁有一點點就滿足，等嘗到了甜頭就恨不得能拿到更多。石磊當然不例外。

發現自己對金予真有不同的感情，原以為不會有什麼進展，陷入單相思又可能被厭惡的機會很高，還想不清楚下一步該怎麼走，轉眼間就抱在一起了。

想放，又不捨得放。明知道是條難走的路，仍然想闖一闖。

晚飯過後，金予真慣性在客廳處理工作、看書，藍娟怕打擾到他，就回房間處理石磊交代給她的作業，改舊衣服包覆家裡的手把。

石磊倒了杯氣泡水，放到金予真面前。「給你。」

金予真順著馬克杯看向石磊的手臂，一路看上石磊的臉，疑惑道：「這麼貼心？又想跟我商量什麼事了？」

「才沒有，只是順便而已。」石磊坐到金予真旁邊，一直盯著他看，欲言又止，眼神一會放，一會收。

金予真不否認是有點想冷處理跟石磊之間說不清道不明的情愫，但不代表可以全然忽略石磊帶給他的影響。

「你到底想說什麼？」金予真一個字都看不進去，索性把書收了起來，側頭對石磊把話挑明。

「我……」石磊摸了下鼻子，心虛地說：「想跟你聊聊。」

金予真躺上椅背，「聊什麼？」

「就是……你怎麼看綱哥跟思齊的事？」

金予真明顯怔愣了下，隨口說：「我怎麼看重要嗎？反正午思齊一旦戀愛，不管對象是男是女，都照工藝坊的規定走，該離開就是要離開。」

「我不是跟你聊單身公約的事，是你……會排斥男生跟男生之間的感情嗎？」石磊左右手各伸出一隻手指，交叉互勾，然後扭了扭。

金予真閉眼，深呼吸，壓下內心翻湧的猜測。「你接受也好，不接受也罷，沒有人規定你一定要贊成或反對，不用問我的想法。」

怎麼可能不問他的想法？石磊就是想知道金予真對同性之間的感情觀，不然他要怎麼拿捏相處的尺度？他可不想自己沒談成戀愛，卻因為騷擾老闆而被趕出工藝坊。

石磊只好縮小問題範圍，直搗核心。「我只是想了解，換成是你，會接受男生的追求嗎？」

「你問這個做什麼？」好端端的，臆想他有男性追求對象幹什麼？金予真不由得起疑。「有男的在追你？」

「才……才沒有！」石磊差點嚇成沖天炮往天花板竄，慌張中拿起桌上的馬克杯猛然地灌了幾口。氣泡水本身就嗆，衝上鼻子那瞬間，石磊整顆頭都快炸了。「嗷嗚……」

「你還好吧？」金予真傾身上前，扶住石磊的肩膀。

「嘶……」那股氣衝過去後，石磊才後知後覺地發現金予真跟他靠得很近，又緊張又害羞，手腳都不知道該擺哪裡了。

「下次別喝那麼大口。」金予真拍了拍他，便坐了回去。

石磊恨不得挖個洞把自己埋起來，太丟臉了，決定先離開一陣子冷靜完再回來。

「磊磊。」藍娟的聲音突然傳了過來化解了石磊的尷尬。「過來看一下這樣好不好？」

「我幫你倒杯新的。」

「妳做好了嗎？」石磊回頭一望，發現藍娟拿著幾個布套成品就站在房門口等他，立刻放下馬克杯往她走去。

金予真跟著他一同回頭，看到石磊跟藍娟一起走回房門才轉了回來，無意間瞄到桌上的馬克杯，想起這是石磊喝過的氣泡水，心隨意動地拿了起來，像著了魔似的，就著石磊喝過的地方，輕輕地抿了一口。

他現在能做的，不過就是在別人看不到的地方，小小放肆一下。

Ω • Ʊ

Cat Soul輕飲店包場舉辦金屬纏繞體驗課程，在活動開始前一個星期在粉絲頁上設了置頂公告，店內、店外同步貼了實體通知，當天仍有不少顧客撲空，詢問能否當場報名。

為了讓空間看起來乾淨開闊，Cat Soul採一整面落地玻璃窗，有不少人得知今日不對外營業，仍站在騎樓外觀望內部動靜，石磊見機不可失，就在門口分發課程表。

午思齊正在檢查材料跟設備，難免緊張，頻頻回頭看向在吧檯區裡沖咖啡的言兆綱，王靖負責學員簽到、提供新品資訊，期間不斷暗示午思齊收斂一些，以免金予真半路突襲，抓了現行。

可惜小情侶自成真空帶，接到王靖暗示的只有Cat Soul幫忙帶位的員工。

石磊發完手中的課程，一進來就看見王靖五官歪斜的模樣。「你臉抽筋？」

「你才臉抽筋！」王靖把石磊拉到身旁，小聲說：「你看思齊，沒事就轉頭，你說他們是不是在一起了？」

「我不知道，說不定在曖昧期。」石磊這陣子光想自己的事腦容量就不夠用了，所以沒關心言兆綱跟午思齊的進展。當然其中不乏私心，怕聽見午思齊幸福，會一邊為他高興，一邊為自己落淚。

到了表定時間，午思齊站到展示檯前，聲音微顫地說：「大家好，我是教師午思齊，感謝大家報名這次的體驗課程。」

石磊率先鼓掌，學員們跟著獻出掌聲，換來午思齊有些害羞的笑容。

「現在請大家看一下手邊的材料跟工具。一般我們在處理工藝纏繞會優先選擇銅線，由於銅的質地較硬，對初來者來說不那麼容易上手，因此今天選用錫線來做戒指。」

「不好意思，打擾一下。」王靖舉手打岔。「有位學員現場報名。」

「好……」午思齊看向王靖，沒想到跟在後面過來的人是言兆綱，直到他坐進臨時加開的座位，才相信現場報名的人真的是他男朋友，眼睛都笑瞇了。「沒關係，才剛開始。」

親身感受午思齊的雙重標準，石磊只能微微扯動嘴角表示尊敬。

「在我們正式開始上課之前，再次提醒各位，今天使用的金屬材料有經過電鍍處理，如果配戴金屬會過敏的人，可以向現場的工作人員索取手套。過程中有任何不適，也請各位及時反應。」午思齊在說完注意事項後，才請學員按照指示，拿起分類好的材料。

雖然報名表單上都有清楚註明，有些人還是會忽略這些訊息，現場不可能退費，只能先備好物理防護。

午思齊說話語速不快，聲音又輕又軟，加上這次的課程從無到有全是他一手策劃，講解得就更詳細了。

不過說得再仔細，底下都是沒有經驗的初學者，耳朵學會了，手就是學不會，午思齊逐桌觀看學員的情況，每桌都要逗留一段時間才能離開。

到了言兆綱這桌，午思齊發現他一點進度都沒有，訝異地問：「綱哥，你怎麼沒有做啊？哪裡不懂嗎？」

「哪裡都不懂。」言兆綱在他耳邊小聲說：「只記得看你了。」

「我教你吧！」午思齊暗自竊喜，用了很大的心力才讓嘴角不要上揚得那麼明顯，拿起工具教言兆綱折錫線。「就是這樣，綱哥你試看看。」

「好。」言兆綱先托住午思齊的手，再從他手裡接過器材，眼神全程盯著他已然有些緋紅的臉蛋。

午思齊不敢笑得太明顯，逗留了幾秒就走向下一桌，觀察學員操作的情況。

「發什麼呆？」石磊肘頂兩眼無神的王靖，見他轉過頭來，一臉被雷劈到似的，嚇了一跳。「怎麼了？發生什麼事了？」

王靖伸出顫抖的食指，指向言兆綱跟午思齊。「你沒看到嗎？漫天粉紅泡泡。」

「有嗎？」石磊看不出門道來，都快盯出蚊香眼了。

午思齊繞回言兆綱這桌檢查進度，正要離開，言兆綱抓住了午思齊的手，將他才剛折好的錫線戒指套到午思齊的無名指上，眨了下眼說：「老師給我打幾分？」

石磊跟王靖互看了一眼，各自深呼吸，這要是讓金予真看見還得了？

「怎麼辦？」王靖無聲地用口形問。

「你等一下提醒思齊注意一點，我去門口守著，要是金予真出現我就打pass給你。」

石磊拍了拍王靖的肩膀，走到先前學員報名的地方坐著，順手翻了一下學員名冊。「慕囚良，這是什麼奇怪的名字？」

爸爸是金庸跟古龍的粉絲嗎？

這次體驗課程來了三位男學員，石磊抬頭看了一下，其中兩位明顯是陪女朋友來玩的，另外一位坐在最後一排最後一個，午思齊正巧走到他旁邊，臉色有些奇怪。

「你的作品……很有特色。」午思齊看了他折繞出來的戒指，雖然有戒指該有的形狀，就是太大了，戴在大拇指上都會掉下來。

他可能做來送人，不是自己的尺寸，午思齊不好批評什麼，正要建議他調整細節，他便把工具跟作品放下，態度漫不經心。

「你們老闆呢？到了嗎？」

午思齊被問傻了，雖然他是這期體驗課程的教師，卻是工藝坊資歷最淺的菜鳥，只能以眼神向場外的石磊、王靖求救。

王靖站得最近，率先走了過來。「發生什麼事了？」

「這位學員想找總監。」午思齊手足無措地說，因為聲音太可憐了，不少學員都抬起頭看他，其中目光最炙熱的莫過於某位言姓男子。

王靖聞言，立刻接手過來，禮貌性問道：「請問有哪些不妥當的地方？我可以為您解決。」

「你解決不了，這是我跟你們老闆之間的事。」話還沒說完，他便站了起來，往石磊的方向走去。「自我介紹，我叫慕囚良。看你應該是這裡最有話語權的，打電話給你老闆，說我到了。」

石磊上下打量慕囚良，不曉得是他講話方式太欠揍，還是本人長相影響，總覺得這個人有些匪氣，難道金予真在外面惹了麻煩？

「有事可以直接跟我說。」石磊提筆將學員名冊上的慕囚良圈了起來，再抬頭露出職業笑容。「如果真的是我們家老闆才能處理的事，我再轉給他。」

「你能幫你老闆談生意？」慕囚良不這麼認為。「打電話給他吧，我跟他約好了三點在這裡見面，你讓他有空提早過來。」

石磊看了一下時間，才兩點不到，這個人是真的想來談生意，還是來找麻煩的？

「好，我會跟老闆說，請你先回座位上等候，或是到另外一側，我請店員先為你準備餐點？」儘管石磊不想理會慕囚良，該有的客套還是得擺上檯面給別人看，免得工藝坊落人口實。

慕囚良轉頭往石磊所指的另一處方向走去，石磊請店員帶位點餐，然後讓王靖及午思齊安撫其他學員，繼續上課。

石磊走出店門外，打了通電話給金予真。「喂，有個叫慕囚良的人找你，說跟你約了三點談生意，問你有沒有空提早來。」

另一端的金予真似乎不意外。「我知道了，我現在過去。」

「等一下，你真的要提早來喔？」石磊有點不開心。約好三點提早到是個人行為，為什麼還要金予真配合？這就算了，金予真還答應？他什麼時候這麼好說話了？「慕囚良是誰？他跟你有什麼關係嗎？」

所有在金予真這裡有特殊待遇的人都讓石磊覺得危險。

「沒關係，只說有份特殊的訂單，在委託之前想了解我們有沒有能力接。我覺得有點奇怪，才會約在Cat Soul，而不是辦公室。」

「你說的對，他真的有點奇怪。」石磊開始告狀。「他居然是這次的學員，課上到一半就說叫你們老闆過來，我看他根本就是來找碴的，你等下小心點。」

「知道了。」金予真正要掛電話，就聽見石磊試探性地發問。

「你……在外面有仇家嗎？慕囚良看起來有點顏色。」

金予真：「什麼顏色？」

「黑色。」石磊斬釘截鐵地說：「他看起來就不像好人……喂？喂！金予真！」

居然掛他電話！

石磊氣呼呼地又打了一通，金予真直接拒接，氣得石磊差點原地爆炸。

「狗咬呂洞賓，算了，不跟你這隻汪汪計較。」石磊忍住咆哮的衝動，想了想，改打電話給白筱倩。

工藝坊目前不在Cat Soul裡的核心人物就只有金予真跟白筱倩，金予真在過來的路上，等一下說不定會發生一些事情，若是白筱倩缺席，事後知道一定會怪他知情不報，不把她當自己人。

Ω・℧

精誠工藝坊包場Cat Soul，將空間規劃一分為二，一邊是上課區，一邊是用餐區。這期的學費包含飲料及餐點，上完體驗課程就能到另一旁的用餐區享用甜食，在學員用餐的過程中，石磊還會趁機介紹即將推出的新品設計。

不過慕囚良的出現讓計劃產生變化，為了隨時注意金予真跟慕囚良，他把新品推廣的機會讓給了午思齊，強行把這隻無辜可憐的小鴨子趕上架。

金予真跟慕囚良坐在靠牆的位置，離上課區、用餐區都有一小段距離，石磊他們不方便靠得太近。

「這慕囚良到底是什麼人？」白筱倩一直盯著他看，始終覺得陌生。

「金予真說他有什麼特殊訂單。」石磊遇過各式各樣的顧客，慕囚良可列在奇葩榜第一名。「往往這麼有自信的客人……」

「想不到傳言竟然是真的。」王靖打斷了石磊的話，恍然大悟。

石磊側頭，瞪大眼睛。「什麼傳言？」

「我在礦石大會上聽說有個神祕人，想以高價委託特殊訂單，但是沒有人知道訂單內容是什麼，堅持要約好時間才談。」

「我們經手的客戶誰不是約好時間再談的？」石磊忍不住吐槽，越看慕囚良就越不順眼。「高價？是多高價？特殊？又是多特殊？委託就委託，賣什麼關子？」

「就是。」白筱倩亦有同感。「這麼不可靠的情報，為什麼會引起注意？連你都可以在礦石大會上聽到風聲。」

「我一開始也覺得很奇怪，什麼情報都不明確，為何有那麼多人關注？據說慕囚良身分不單純，是背靠大公司出來做研調的，談下來後面應該會跟一筆大單。」

「難怪金予真相信了，我還以為他為了接訂單把腦子放冰箱裡了呢。」石磊總覺得事情沒有如此簡單，但又說不出個所以然來，八成是對慕囚良的偏見造成的。「不管能不能接到後面的大單，別把我們整得太慘就行。」

行業競爭激烈，為了爭取訂單，他們必須付出很多時間成本，但不一定能回收，以慕囚良現有的行為分析，並非一門好談的生意。

相較於石磊憂心忡忡，金予真倒是淡定得很，拿出ipad點開精誠簡介影片，以及所有旗下設計師的經歷、作品、獎項。

「你參加的體驗課程是由我們最年輕、資歷最淺的師傅負責的，他目前在學，除了體驗課程外，還沒有正式對外接單，所以沒有放上他的訊息。」金予真沒有過多地追捧工藝坊的成果，在影片播完後，就給了慕囚良另一份紙本資料。「這是我們工藝坊的報價單，你可以參考一下。我想你應該還有接洽其他的金工公司，如果你對精誠有信心，願意委託我們，歡迎隨時跟我們聯絡。」

「有點意思。」慕囚良知道外界積極聯絡他，是為了背後那張隱形的單子，他以為金予真找上他也是為了同樣的原因，但是金予真的態度相當耐人尋味。

他不敷衍，卻也不熱情，有種得之我幸，失之我命的感覺。

「你們工藝坊行不行，試了才知道。」慕囚良沒有接過報價單，反而豪氣地說：「我會指定材料跟概念，你直接做個成品讓我看看，不管滿不滿意，我都會給錢。」

「哇靠，他是財大氣粗還是人傻錢多啊？」白筱倩驚呼，突然覺得慕囚良成了一頭毛蓬蓬又肥滋滋的羊。「大公司都這麼花錢的嗎？」

「怎麼可能？大公司錢卡得更緊好嗎？都是層層審核上去的，哪有一句話說做就做。」石磊警戒心越來越重，總感覺慕囚良來意不善。

金予真反而沒有場外人員的擔憂，打開ipad裡的委託單，準備記錄，「請說。」

「主石，紅紋石；金屬，純銅；效果，舊化。」慕囚良說話像擠的一樣，也虧金予真能面不改色地應對。

「設計概念是？」

慕囚良停頓了下，放緩了語速。「對方不知道，卻等在原處的愛。」

「希望設計的項目是什麼？」金予真將ipad轉向他，指著其中一條設計項目，內容有項鍊、戒指、耳環、手環、胸針，以及其他。「前面這些的報價含設計費、材料費跟師傅工錢，其他項目依照尺寸另外報價，基礎設計費是三萬。」

「我多加一個零，三十萬。」慕囚良傾身向前。「這不是玩笑，訂單成立後，我會先匯一半，你們確認收款後再動工。」

「三十萬？」石磊不可置信。「這傢伙瘋了嗎？直接跳十倍是想做什麼？藝術裝置？」

「什麼三十萬？」送走所有學員的午思齊終於有空加入組隊，一來就聽見這筆數字，在王靖的補課下知道前因後果，午小朋友嚇得眼睛快跟鍾馗有得比。「三十萬都能付我一年的底薪了。」

「你幫我做個掛飾，能隨身配戴的那種。」慕囚良打開手掌。「大概我掌心大，兩週取件，行嗎？」

「稍等一下。」金予真收回ipad，調出另一個範本檔案，著手修改。「這是合約內容，你看一下。因為你要求直接出成品，所以設計圖跟修改次數我刪除了。」

慕囚良看完合約，接過筆簽名之際，抬頭加碼。「我還有個條件。」

金予真：「什麼條件？」

「我要指定設計師。」慕囚良挑眉。「由你親自負責這筆案子。」

「等一下。」石磊聽到這裡，立刻衝了上來。「我才是精誠的主力設計師，這案子應該由我負責。」

慕囚良並未理會他，全程只跟金予真交流。「不答應，我就不簽。」

「可以。」金予真拉住石磊的手，暫時將他安撫住。

慕囚良簽好合約，收到金予真E-mail過來的電子檔後，約定好入帳後兩個禮拜到Cat Soul拿成品。

「你怎麼可以接這筆訂單？」石磊等慕囚良一走，立刻坐上他的座位，劈頭質問金予真。

「為什麼不能接？」金予真把簽好的合約放到石磊面前。「賭約，我贏了。」

眾人一驚，這才想起金予真與石磊的賭約就是三十萬。

「怎麼辦……」王靖像天塌了一樣，臉色瞬間白了一度。

「贏了又怎樣，反正我還會找其他方法讓你取消公約。」金予真不說，石磊都忘了這回事，光想著慕囚良的委託腦袋就不夠用了。「你為什麼同意接這筆訂單？你不覺得他給你的設計概念跟單身公約很矛盾嗎？你根本是自打嘴巴！」

「這是兩件事，彼此又不衝突。」金予真收起ipad，並不意外石磊在輸了賭約之後，仍然沒放棄撕下單身公約的決心。「誰說工藝坊規定員工單身，就不能接關於愛情的委託案？照你這麼一說，沒談過戀愛的不就沒有進入金工設計的資格？沒看過豬走路也吃過豬肉。」

「是沒吃過豬肉也看過豬走路！」石磊下意識糾正。

金予真順著他的話說：「你看過豬走路？」

「這不是重點！」石磊爆跳如雷，恨不得打開金予真的腦袋幫他重新排列一下。「你根本就不相信愛情，怎麼可能設計出打動人心的作品？你知道什麼叫『對方不知道卻等在原處的愛』嗎？」

金予真陷入沉默，在場也沒有人敢發出聲音，石磊這下才意識過來自己話說得太硬，似乎讓金予真下不了台。

「慕囚良的設計概念，我懂，所以這個案子應該由我負責。」就像他跟金予真的關係一樣，就算金予真回頭，也看不到他的喜歡。「金予真，你還沒準備好，這個案子我來設計，你指導。」

「你又如何知道我不懂愛呢？」金予真拒絕石磊的建議。「合約已經簽了，既然我答應慕囚良由我親自負責，就不會做出偷天換日的事。這事就這麼定了。」

「金予真！」石磊見他要走，馬上像條小尾巴跟了上去。「我是認真的，如果你真的想爭取慕囚良背後的大單，這個案子由你負責只會完蛋！」

金予真驟然停下腳步，石磊差點剎車不及撞上他，兩手就貼在金予真的背上。

「要是我做不出來，或是慕囚良不滿意……」金予真側頭後看，與石磊視線穩穩相接。「我們賭約重啟。」

石磊愣住了，倒是一旁的王靖跟白筱倩不斷暗示石磊，要他答應。

「好吧……」在金予真堅持、場外倒戈的情形下，石磊就算反對也興不起什麼風浪來，只能先退一步，看金予真最後能交出什麼作品來。

Ω・℧

你根本就不相信愛情，怎麼可能設計出打動人心的作品？

金予真刪除電腦裡那句他打了不知道幾次的設計概念，每當他打下最後一個字，石磊駁斥他的話就會在腦海響起來。

對方不知道，卻等在原處的愛。

這句話，可以指暗戀，也可以指分手後仍然淡化不了的感情。如果以暗戀為主題，不會做舊化效果，所以金予真考慮從後者著手。

他不清楚慕囚良偏好什麼風格，只知道他畫出來的設計圖充斥著絕望，像是骨頭裡長出來的藤蔓，或是塵埃中開出的花，做成配飾隨身攜帶恐怕無法帶來正面的能量。

如何在對方不知道的情形下，數十年如一日的等待，還不肯放棄？除了習慣，金予真能想到的只有恨。

有多少愛，就有多少恨。不過以這個為出發點，與自尋死路有什麼差別？

金予真看著螢幕，腦子跟畫面一樣空白。

人生所有經歷都是設計者的養分，但也有可能是累積在設計者體內的毒素，無法自行代謝。

愛會消失，也會轉移，哪裡有一成不變還等在原處的愛？

金予真難得煩躁到坐都坐不住，索性關掉電腦，嘗試先放空腦子、排清思緒，將個人情感獨立於設計之外，以第三人的角度來看待這件委託案。結果一整天下來，時間全浪費了，不管金予真要做什麼，總會被慕囚良的案子干擾，等在原處的愛不斷在腦海裡迴旋，揮之不去。

金予真的狀態是肉眼可見的差，一回到家，跟藍娟一照面，還來不及說什麼，藍娟就嚇得往他小碎步跑了過來。

「你怎麼了？不舒服嗎？」藍娟個子不高，伸長手還搆不到金予真的額頭，金予真迷迷糊糊彎下了腰，讓藍娟測他的額溫。「沒發燒，是不是餓太久了？廚房剛收好，不過替你留了點飯菜，先進來。」

藍娟的手很小但很溫暖。她把金予真推到餐桌旁，轉身進廚房端出預留的晚餐。

「謝謝娟姊。」金予真接過碗筷，雖然沒什麼胃口，但不忍拒絕藍娟的好意，多少還是吃了一些。

「今天很忙嗎？很少看你這麼晚回來。」藍娟坐到金予真對面，二話不說直接賣兒子。「你是老闆，不要什麼事都壓在自己肩膀上，有事讓石磊處理，我看他每天都比你晚出門早回家。」

「媽，我也很忙的好嗎？」石磊衣服都沒穿，頭頂毛巾就從浴室衝出來反駁，髮梢滴水就算了，身上滿是水痕，狼狽得很。

他聽見金予真回來的聲音，急急忙忙沖乾淨身上的泡沫，褲子一套就出來了。

「你身體怎麼沒擦乾？」藍娟壓桌子站了起來，走近石磊後，立刻開啟親媽嫌棄模式。「你在幹麼？都幾歲了？滴得到處都是水，等一下有人滑倒怎麼辦？浴室是不是也沒拖乾？」

「嗷嗚……」石磊肩膀中了一巴掌，差點沒跳起來，還沒來看見金予真就被藍娟塞回浴室裡。「媽！」

「你爸來了也沒用，衣服穿好，把頭髮擦一擦，浴室拖乾了再出來！」藍娟就守在浴室門口，直到石磊乖乖聽話，不再伸出試探的腳才走回餐桌前。「小真，你慢慢吃，吃完休息一下再洗澡。」

「嗯，謝謝娟姊。」金予真低頭吃飯，在藍娟的注視下，眼神不敢亂瞟，卻不能阻止他的思緒騰飛。

藍娟的行為有股說不出的怪異，只可惜他太累了，滿腦飛絮，抓不住一個。

慢條斯理吃完飯，金予真戴上橡膠手套在廚房洗碗。石磊擦著頭髮，狀似無意地晃了過來，探頭問：「那個……慕囚良的案子，你想好方向了嗎？」

金予真頓了一下，「來看我笑話？」

「誰看你笑話，我是這麼無聊的人嗎？」石磊不喜歡金予真質疑他的態度，這讓他很難受、很委屈。「我是關心你好不好，再怎麼說你都是精誠的老闆，設計出來的東西沒有靈魂，以後誰敢委託我們？」

金予真毫不客氣地反擊。「難道你就有經驗，你不是沒交過女朋友嗎？」

「至……至少我相信愛情啊！」母胎單身的人難道就沒有發言權了？石磊不甘示弱地說：「起碼我有喜歡的人。」

金予真差點摔了手上的碗，原本就已經低落的心情又再蒙上一層灰。他冷笑說：

「真可惜，這次的設計我不想從暗戀入手，你那點經驗，不好意思，不夠看。」

「你又有什麼經驗？你說啊！你不是一樣沒有交過女朋友嗎？難道你……」

「磊磊！」一直在旁偷偷觀察兩人的藍娟，突然插入他們如同小學生般的爭吵，上前拉過石磊。「你跟小真說話怎麼都不知道分寸？小真，磊磊腦子時常關閉，你別跟他計較。」

「媽！」石磊抱屈，可惜沒有他說話的餘地。

「我們只是對工作有些意見分歧，沒事。」金予真笑著跟藍娟解釋，看著藍娟把石磊帶離廚房，心裡的怪異感更上了一層樓。

洗過澡，金予真又抱著筆電在客廳工作，茶几上散放著打草稿用的紙筆。

石磊像個過動兒，一下進廁所，一下到廚房倒水，沒多久又去開冰箱，沒一會兒便翻找起家裡的零食，再故作自然地繞到金予真身後，探頭探腦。

金予真的筆電螢幕有貼防窺片，石磊只知道他有打字，具體記錄什麼內容不清楚，而桌上的草稿紙全是毫無意義的線條，感覺是畫來發洩用的。

「欸，十一點了耶，你不睡嗎？」這幾天同睡一間房，石磊不僅對金予真的作息瞭若指掌，生理時鐘也逐漸向他靠攏。

「你先睡，我再處理一下。」金予真雙眼不離螢幕，似乎在蒐集資料。

石磊碰了個軟釘子，只好先回房間躺下。支著手，看著空蕩蕩的床舖，一股無名火就冒了出來。

「孤軍奮戰，我就看你能逞強到什麼時候。」石磊氣呼呼把自己捲成蠶蛹，生氣之餘，還有些酸澀。

金予真對石磊糾結的情緒毫不知情，看著一件又一件被自己否絕掉的設計，難得質疑起自己的實力，無法冷靜的他起來走動，順手開了冰箱，翻出了連自己都忘了是什麼的零食，隨意吃了兩口。

「肚子餓了？」睡到一半覺得口渴的藍娟正要出來喝水，看著金予真站在冰箱前木然地嚼著食物，就覺得有些心疼。「娟姊幫你煮點東西？」

「不用了，就是忙累了，起來動一下，我不餓。」金予真比了比客廳。「我先忙，娟姊早點休息。」

「好。」藍娟看著金予真高大的背影，目光深幽，一口氣還沒嘆出來，就見石磊鬼鬼祟祟開了一小縫門，直勾勾盯著金予真看。

她的兒子從小就被親戚鄰居誇獎眼睛又圓又大像會講話，大大滿足了身為母親的虛榮心，然而現在看見養得白白胖胖的兒子眼裡全是對另一名男人的擔憂，又氣又捨不得，藍娟真恨不得此刻瞎了。

「小真。」藍娟一開口，就看見作賊的石磊嚇得像見鬼一樣飛速關門，嫌惡地閉了閉眼。「都快一點了，明天還要上班，先去睡吧，不然我叫磊磊出來幫忙。」

「不用了。」金予真連忙拒絕，一看時間確實過了午夜，決定先把錯亂的思緒放一放，收拾起茶几上的資料。

藍娟倒了杯溫水回房，路過客廳時跟金予真道了晚安。金予真笑著回應，但只匆匆抬了個頭，並沒有留意到藍娟複雜的眼神。

等所有東西都整理好，金予真回到房間才查覺到身體有些異樣，背部泛癢。

他怕吵醒石磊，躡手躡腳翻找著前次留在這裡的藥膏，脫了上衣，艱難地抓癢、抹藥。

「我來吧。」石磊接過藥膏，跪在金予真身後。

金予真聽到他的聲音，身體明顯一僵，側過頭不說話。

上次擦藥還能抱著他呢。石磊難過地想，動作卻十分輕柔緩慢，好像金予真背後起的不是疹子，而是皮開肉綻的傷口。

「你的疤……」這次石磊第三次摸到金予真身上的疤痕，卻是他第一次問出口。「怎麼受傷的？」

「忘了。」金予真穿上衣服，倒頭就睡。「謝謝，晚安。」

石磊一手拿著藥膏，一手還舉在空中，看著金予真拒絕對話的後腦勺，除了嘆氣，難道還能把他挖起來回答問題嗎？

「小氣鬼，不講就不講。」這麼嚴重的傷最好能忘，八成是想忘卻忘不了。

石磊滾回自己的被窩，總覺得自己能推測出些什麼，但敵不過睡意，才剛有些解謎的靈感就陷入黑暗中。也因此錯過了轉過身來，一直注視著他的金予真。

Ω・Ʊ

為了即將推出的新品設計，石磊一早就進車間跟師傅討論成品細節，接近中午才回到辦公室。坐下沒多久，眼神就慣性往金予真的辦公室飄。

不知道慕囚良的案子進行到什麼程度了，金予真到底能交出什麼作品來？石磊既擔心又好奇，隨便找了個理由就去敲金予真的門，但是連敲了兩次都沒人應。

在石磊要開門進去時，從洗手間出來的王靖一看到，便說：「總監出去了。」

「出去？」石磊對金予真的行程不是很了解。「都接了慕囚良的案子了，還有心思跟其他客戶見面喔？」

「不清楚，不過總監出門的時候臉色很難看，跟我熬夜三天沒睡的狀況差不多。」王靖因為心虛，不太敢主動湊到金予真面前刷存在感，卻是他們當中最常觀察金予真微表情的人。

「我就知道，誰叫他要逞強。」石磊嘴上嫌棄歸嫌棄，早就為金予真心疼死了。「算了，我們先去吃飯吧。筱倩呢？」

「去買小火鍋了。」王靖心虛地笑了，一看就知道小火鍋的世界裡沒有石磊這個人。

誰知道單身公約貼出來，全工藝坊核心人員就剩他一人單身。

不對，還有金予真。

如果他能跟金予真湊一對，那人物關係鏈可不就串了起來，成了個圈？

等等！若他真能跟金予真在一起，不管賭約最後誰贏，單身公約都名存實亡了啊！

石磊豁然開朗了三秒鐘，一想起藍娟，火又熄了。

不想留在辦公室受虐，石磊到巷口的自助餐隨便夾了些菜，食之無味地當午餐吃完了。下午又到車間盯進度，找了個空檔跟理由想回來找金予真，豈料上午就不見人影的他，到了下午三點多還沒回來。

金予真外出談合作，就算只剩半個小時就到下班時間，他都會回辦公室一趟，到底是多大筆的生意讓他至今都沒回來？還是出了什麼事了？

石磊撥通了金予真的電話，卻一直沒有人接。

「你們知道金予真去哪裡嗎？」石磊回頭問了王靖跟白筱倩，兩人在錯愕之後，紛紛搖頭。

「你又沒把金予真交代給我。」白筱倩意有所指。「你都不知道金予真去哪裡，我跟王靖怎麼可能知道？」

石磊沒聽出白筱倩言下之意，抓著手機就往外跑。

「你不覺得石磊太過在意金予真嗎？」白筱倩從抽屜裡拿出鱈魚香絲，抽了一條出來當菸放在嘴邊抽，有點恨鐵不成鋼的味道。

「有嗎？不是一直這樣？」王靖察覺不出白筱倩所謂的差別。

白筱倩頓時有了高處不勝寒的感慨，拍了拍王靖的肩膀。「找時間對石磊講金予真的壞話，你就知道其中差異了。」

原本她的感覺還沒有如此強烈，隱隱約約覺得石磊不對勁而已，直到言兆綱當著大家的面說喜歡午思齊，她才想到男生也會喜歡男生，從此石磊在她眼中就有了不一樣的顏色。

把金予真跟程珞同時放到石磊面前，別說他第一時間選擇前者，恐怕他那雙大眼睛都沒看見程珞的存在。

難怪沒有一場暗戀成功，原來是性別不同造成的問題。

「妳是發現什麼了嗎？」王靖看不出石磊對金予真有何特殊之處，但是能感受出女友行為有異，話中有話。

「沒事，忙你的吧。」白筱倩不願多說，在正主沒有承認之前，一切都是她的猜測。

Ω・Ʊ

整整有七年的時間，金予真都不敢踏足這個地方。其實這裡平平無奇，只是很多人不知道這座河濱公園有個隱藏設計，朝著日落方位的某張長凳下，用鵝卵石鋪了個愛心。他曾在這裡許下永遠。鵝卵石還在，他期許的永遠卻結束了。

慕囚良的委託對他而言並非難事，參考以往使用過的元素，加點煽情的字句或價值觀，一件商品就成形了，只是石磊說的對，作品會沒有靈魂。

這幾天，他像分裂了一樣，一部分的他留在了七年前的痛苦中，無法前進，一部分的他像看見了久違的光，想向光而去，彼此間相互拉扯，痛斥對方懦弱、異想天開，深究之下，無非是害怕再次受傷，又覺得自己沒有長進。

若我不曾見過太陽，我可以忍受黑暗，可如今，太陽將我的寂寞照耀得更加荒涼。

他最怕的無疑是再次墜入深淵，擁有過再失去的痛苦就像烙鐵印上皮膚，不疼了，疤永遠都在。

對方不知道，卻等在原處的愛。在別人看來是痴情的表現，金予真卻覺得諷刺極了，也是他遲遲交不出滿意設計的原因之一。

「小真？」藍娟站在後方山丘上，身旁有兩名女性友人。她轉頭跟朋友說了幾句話，揮手道別後，便往前走了一小段路，從階梯下來，走到金予真面前。「我剛才就在猜是不是你了，怎麼一個人來河邊吹風？」

「娟姊？好巧，妳也來這裡。」金予真挺意外的，要不是她身邊還有兩名朋友，結合藍娟最近給他的矛盾感，不禁讓人懷疑是跟蹤他過來的。

「真的很巧，要不是我朋友堅持到這附近買潤餅皮，我也遇不到你。」藍娟手上拎了幾袋食材跟生活用品，見金予真主動幫她分擔也不推辭。「遇上什麼麻煩了？要不要跟娟姊說說？雖然我對你們的工作領域不是很了解，但總覺得你不是只有為了工作煩惱。」

「我……」金予真一度語塞，他的苦惱已經表露於形了嗎？

「好歹我也多吃了你幾年飯，說不定你煩惱的事我已經參透了，可以給你參考意見。」藍娟一心想要幫忙，若是超出她的能力範圍，只要金予真願意說，她相信石磊會想辦法解決。

金予真無法逃避，或者他正需要傾訴內心的亂源，也就放下掙扎，不解地問：「我只是在想，愛情到底是什麼模樣？」

藍娟倏然瞪大眼睛，但很快就恢復正常。「怎麼突然想起這個問題？」

「我接了個案子，對方希望我能表現出『對方不知道，卻等在原處的愛』。」金予真低頭，盯著指尖，像個迷失的孩子。「我畫出來的都太黑暗了，我不相信愛情真的能給人帶來幸福，一直等在原地的人明明不快樂，為何還不肯放棄呢？他的愛還是愛嗎？」

「留下來的人確實是最痛苦的，但是你不能否認在一起的時候是幸福的。」藍娟很少有機會跟人談論感情的問題，每句話都是仔細思索過後才敢說出口。「我一生就談過一次戀愛，大學一畢業就跟磊磊他爸結婚，十年前，他爸生病走了，留下我們孤兒寡母，我一直留在原處，卻從沒想過遺忘這段感情跟傷痛，因為我們有很多美好的回憶，讓我願意笑著與悲傷共處。」

藍娟一邊說，一邊注意金予真的反應。「愛情的形式有很多種，可能你遇到的不是那麼美好，但不代表所有的愛情都會帶來毀滅。你認為等在原地的人不快樂，除了對這段感情不甘心，也有可能是因為心疼當時的自己。」

「心疼當時的自己……」金予真喃喃自語，反覆咀嚼這句話。

「你也不要鑽牛角尖，對方不知道，卻等著原處的愛，誰說有天不會消失？」藍娟拍拍他的肩膀，抬眸說：「至於消失究竟是好還是壞，就留給當事人評估吧，不是每個人看山都是山。」

「娟姊說的對。」這些年，確實是他鑽牛角尖。

人總說時間是最好的良藥，他似乎還沒熬到藥效發作的時候。

「心情好點了沒有？」藍娟不敢奢望金予真經過這次開解就會想開，只求讓他有個解套的方向。「如果好一點，就陪娟姊去買菜吧？晚上吃火鍋，要嗎？」

「呃，都可以。」金予真一時無法適應話題變化的速度，不過藍娟提出的要求，他並未反對。

多虧藍娟將金予真拉出困住他的泥沼，來到了充滿聲音與不同色彩的地方轉換心情，努力了幾天都無法排空的思緒，下午逛個市場就人間蒸發了。

Ω・℧

慌慌張張從工藝坊出來，一直打不通金予真電話，石磊實在不知道該往哪裡找他。他知道金予真生活簡單有規律，自我要求很高，專業能力出眾，很有主見，靠著在國外賺的錢收購了精誠工藝坊，手頭上很多資源跟人脈，對他的過去跟交友情況卻一無所知。他認識的金予真，實在太少了。

唯一跟金予真的過去有交集的，就是言兆綱。

石磊來到Cat Soul。下午時段人不多，言兆綱居然閒到陪午思齊在吧檯玩摺紙，訓練手指的靈活度與穩定度。

午思齊看見石磊就傻呼呼問：「磊哥，你怎麼來了？」

「好問題。」石磊皮笑肉不笑。「你又為什麼在這裡？不是應該在學校上課嗎？沒課不是應該去工藝坊補時數嗎？」

「就臨時空了兩堂課出來，去工藝坊補時數還要繞路……」午思齊越說越心虛，快把自己縮成球了。

「好了，別欺負他。」言兆綱跳出來解圍。「外帶嗎？要什麼？」

石磊看了一下周圍，確定這區只有他們三人後，才忐忑開口：「我想問金予真的事，你可以告訴我嗎？」

言兆綱挑眉，大方道：「說吧，你想問什麼？」

放在一個月前，言兆綱會拒絕石磊，如今知道金予真對石磊態度不同一般，兩人也不是單箭頭的關係，透漏些許訊息又未嘗不可。

「金予真究竟發生過什麼事，讓他不相信愛情？」石磊提出問題後，又補了解釋。「他這幾天為了慕囚良的委託，作息都亂了，整個人的狀態很差，我想幫忙，可是我不知道他發生過什麼事。」

「如果是感情方面，據我了解，金予真在大二的時候談過一場戀愛，在我畢業之後，陸續聽到一些風聲才知道他被甩了，好像還出了一場車禍，休養了半年才出院。」

「所以他身上的疤……」石磊倒吸一口涼氣，把剩下的話吞回肚子裡，改問：「你認識他前任嗎？」

「見過幾次，不熟。」言兆綱說起金予真前任，語氣非常冷淡。「我跟金予真多年不見，今年重逢他給我的感覺變了很多，不知是經過社會洗禮、脫胎換骨，還是歷經情傷、變得冷漠。總之，他是背負著傷痕的男人，若你只是一時興起，就別招惹他了。」

石磊在想另一件事，金予真有前任，但他說沒交過女朋友！

「你是一時興起嗎？」午思齊反問言兆綱，還在記恨差點二次無家可歸的夜晚。

言兆綱立刻低聲下氣地哄：「當然不是，我對你是真心的。」

「嘔……」石磊忍不住打了嘔，被強行餵狗糧的感覺真的很差。把狗騙進來殺就算了，他還是自己走進來的。「我要回去了，你們繼續摺紙。」

石磊頭昏腦脹地走出Cat Soul，一方面為了金予真喜歡男的而開心，一方面又因為金予真困在前一段失敗的感情而難過，追根究底，還不是他喜歡金予真。

只是他能給金予真什麼？除了一腔孤勇的愛，他還能做什麼？

8

這不是石磊人生第一起暗戀事件，卻是讓他感到最難受、最牽腸掛肚的一次。擔心他壓力過大，擔心他無法前行，擔心他不會喜歡自己。

石磊跪在地上鋪床，每隔幾秒，眼神就像擁有自己的想法般，頻頻往金予真的方向看去，完全控制不住。

「聽我媽說，你們下午在河邊遇到。」石磊盯著坐在床上整理資料的金予真，嘴巴比腦子先動，直接問了出來。

金予真淡淡地應了一聲，「嗯。」

「我以為你去談工作，你去河邊幹麼？」石磊再次嘴快。「不會是想不開吧？」

「你想太多。」金予真面不改色。「我是去找靈感。」

「找靈感跟我媽找到市場去？」石磊往前爬了幾下，下巴靠在床上，抬頭看金予真，樣子傻呼呼的。「你有找到靈感嗎？」

「總會有的。」金予真泰然自若地說：「時間還早。」

「最好是！」都還沒出設計圖，哪來時間讓他揮霍？「你這樣很讓人擔心耶！」

石磊看不見自己說這句話的時候樣子有多撒嬌，金予真差點克制不住摸上去的衝動，刻意築起來防範石磊的石牆瞬間倒塌。

「我以為我沒有靈感你會開心，這樣賭約就能重啟了。」

「我才沒那麼小氣。」石磊不屑地嘟嘴，甚至有些憤憤不平。「你都可以跟我媽說，為什麼不可以跟我說？我媽的經驗有跟沒有一樣好不好。」

「有人這樣說自己媽媽的嗎？」金予真覺得好笑，最後還是忍不住，輕輕彈了一下石磊的腦門。「我只是問她愛情是什麼模樣而已。」

「每段愛情都不一樣，有開心的，有難過的，不可能一成不變，慕囚良說的只是其中一種，而且讓我想到了《小王子》的故事。」石磊歪頭問：「你聽過嗎？」

「嗯，小王子有一朵玫瑰花，他們彼此相愛，小王子最後卻選擇離開玫瑰花去流浪。」金予真像陷入什麼回憶似的，眼神都空了。「其實我不懂小王子為什麼離開玫瑰花，離開前還很細心地照顧玫瑰花，不是嗎？」

「簡單來說，就是太年輕，不願意低頭，缺少溝通，總認為對方應該懂我。」石磊在感情上沒實踐過，理論卻懂很多。「他們是還在喜歡彼此的時候錯過對方，小王子去流浪，玫瑰花依舊在原地，但狐狸說的對，正因為你為你的玫瑰花費了時間，這才使你的玫瑰變得如此重要。小王子跟玫瑰為彼此花的時間，才讓這段感情獨一無二。」

「結果連狐狸都開始等待小王子。」金予真冷冷地說。

「哈，這點我還真沒想過，從此狐狸就被豢養了，只要看見麥田就會想起小王子的髮色。」石磊打了個哈欠，眼皮開始往下掉。「小王子遇見狐狸後，才明白他傷害了玫瑰花，誰知道小王子最後有沒有回去找玫瑰花……」

石磊歪著頭，靠在床沿睡著了，手裡還抓著他鋪了一半的棉被。

「石磊？」金予真喊了聲，沒有得到回應，他癡癡地看了會兒石磊的睡顏，才緩慢地下了床，想為石磊鋪好棉被，讓他能躺著休息。

可當他半跪到石磊身邊，猶豫之間決定順從本心，把人抱上了床。

石磊受到顛簸醒了過來，突然掙扎了一下，與金予真雙雙跌上床。金予真一手護在石磊身後，一手撐在他的頰邊，兩人四目相對，時間彷彿凝固了。

這樣的意外太多了，多到兩人習以為常，多到兩人已經從尷尬晉升到曖昧。

「睡吧！」金予真將手覆上石磊雙眼，嗓音低沉，像深夜起的濃霧。「躺好。」

石磊沒睜開眼睛，順著金予真的擺弄與挪動，躺在了這張床上，躺在了金予真的身邊。

然後石磊就生起了別樣心思，他轉身面向金予真，鼓起勇氣抱了上去，反正大不了就被趕下床而已。

沒想到金予真沒有將他撥開，甚至默許了他的行為，石磊屏息以待，怕金予真只是一時沒反應過來，等了很久，等到他眼皮都重了，睡意陣陣襲來，居然等到金予真轉身過來，反抱住他。

石磊差點哭了出來。

愛情使人堅強，也使人脆弱，他真的……好喜歡金予真。

Ω•℧

到了與慕囚良約定的時間，金予真帶著完成的作品，提早來到 Cat Soul。

石磊要跟，金予真沒拒絕，只是在石磊暫時離開時，言兆綱私下向金予真坦白。

「我跟石磊說了你在大學談過一場戀愛，出過車禍，如果石磊提到這些事，你別生他的氣。」言兆綱事後想想，擔心這件事變成金予真和石磊爭執的起點，算是亡羊補牢。「石磊很擔心你，希望你留意的是他的出發點，而不是他知道了什麼。」

金予真隔著衣服，摸上了自己側腹的傷疤，淡淡地應了聲。

「金予真，慕囚良來了。」石磊剛從洗手間回來，就通知金予真往門口看，慕囚良在店員的帶領下，往他們這桌走來。

「東西呢？」慕囚良開門見山，還沒坐下就討要成品。

言兆綱本想問他要喝什麼，後來決定用檸檬水打發他，讓慕囚良自己畫單，就回去吧檯後方了。

「在裡面。」金予真將放在桌上的紙盒推到慕囚良前方。

雖然石磊一直關心金予真的進度，老實說，他沒見過成品，連設計圖長什麼樣都不知道，只要金予真不願意，誰都沒辦法從他嘴裡撬出什麼訊息來。所以慕囚良在拆盒的時候，石磊比誰都要緊張。

為了保護作品，加上慕囚良給的酬勞夠高，除去紙盒後，外面還罩了一層透明的防護壓克力板。

石磊就看慕囚良捧出了一朵開在岩石裡的玫瑰，地上掉了兩片花瓣。整體作品因為舊化的原故，顏色偏暗，孤獨蕭瑟的感覺很重，也因此更加突顯了玫瑰的豔麗、鮮紅與強韌的生命力。

慕囚良：「有作品名稱嗎？」

金予真淡然地說：「『Ｂ６１２之芳』。」

「為什麼叫這個名字？」慕囚良將「Ｂ６１２之芳」轉了一圈，不得不承認這個作品細節及完成度很高。「有設計理念嗎？」

「靈感來自《小王子》的玫瑰花，Ｂ６１２是小王子與玫瑰花誕生的星球，即使小王子離開了，玫瑰花依舊在等待他。」金予真指著那兩片凋落的花瓣，補充道：「用它的餘生與性命在等待。」

「居然來自《小王子》？」慕囚良笑了。「但不少人覺得玫瑰花不是小王子的真愛。」

「玫瑰花不是小王子的真愛，跟玫瑰花等待小王子，有衝突嗎？」石磊反諷了一句。如果是真愛還捨得讓對方等待，甚至拋下不管，這真愛也值不了多少錢。

「也是。」慕因良把「Ｂ６１２之芳」放回盒子。「這作品很特殊，我很喜歡，尾款明天匯。」

這關順利通過，同時也宣告金予真贏了這場賭約。

石磊不覺得難受，反而為金予真感到高興，更為金予真採納了他的想法而開心，笑得眼睛都看不見了，回頭朝吧檯的言兆綱比了個讚。

這個作品算是他跟金予真一同完成的吧？還與愛情有關。真希望他們兩人的關係不是只停在原地等待而已。

石磊總覺得自己應該做些什麼，想要靠近金予真，光靠想的沒用。萬一他還在想的時候，金予真被追走了怎麼辦？

Ω・℧

慕囚良匯完尾款，通知金予真查帳後，便帶著「B612之芳」來到市區一家有名的五星級飯店，敲響了某間夜景視野最好的房間。

一進房，落地窗前站了一名男子，背對著慕囚良。

「這是金予真的作品。」慕囚良將紙盒放到茶几上。「作品名稱『B612之芳』，靈感來自《小王子》裡的玫瑰花，以它的餘生與性命等待。」

「小王子的玫瑰花？」男子低頭笑了下。「有趣。」

「約聘侍者合約已結束，再請你與House確認任務完成。」慕囚良對僱主的委託從不問明原因，除了合約精神，他謹記「好奇讓人短命」這句話。「請在三日內結清費用。未來若有需要，我將是你最忠實的僕人。」

念完House公關語，慕囚良便先行離開。

男子在慕囚良走後一段時間，才打開紙盒，取出「B612之芳」。

「Real，我回來了。這次，換我來找你了。」

Ω・Ʊ

早上六點半，藍娟走出房門，準備洗漱後為家裡兩名年輕人準備早餐，卻不曾想廚房早已站了個高高壯壯，額頭都能抵到上層系統櫃的男人，正在清洗生菜。

「小真？」藍娟非常意外。她知道金予真向來早睡早起，今天未免太早了。「你在做什麼？」

「娟姊，早。」金予真回頭打了聲招呼，繼續洗菜，一邊解釋道：「我在準備早餐，當作謝禮。」

「謝禮？」藍娟好奇極了。「誰的謝禮？」

「妳跟石磊。」金予真說：「之前石磊說要感謝我，煮了一頓晚餐，這次委託案，多虧了妳跟石磊，所以我想準備早餐當作謝禮。」

「既然這樣，我就不幫忙了喔。」藍娟隨即離開，把廚房留給金予真大顯身手。

石磊睡得比較晚，頂著睡翹的頭髮走出房間時，金予真跟藍娟已經在餐桌前聊了一段時間了。

「早安。」石磊打了個大大的哈欠，抓著頭走進浴室，出來後精神好了一點，但頭髮還是翹得亂七八糟。「媽，妳受到什麼刺激了？」

石磊坐到金予真旁邊，桌上的早餐像從雜誌上端出來的，擺盤尤其漂亮。

「厲害吧？」藍娟沒有說破，催促石磊動手。「試看看味道如何。」

石磊吃了歐姆蛋，又切了一塊灑滿香料的烤雞肉，頻頻點頭。「好吃，媽，妳都可以開店了。」

藍娟與金予真對視一眼，然後笑著擊掌。石磊像隻呆掉的小狗狗，左邊看看，右邊看看，發出了虛弱的聲音。

「你們……幹麼？」

藍娟笑得像惡作劇成功了一樣。「今天的早餐是小真做的。」

金予真隨後跟上，夾起司片跟火腿，捲了生菜，放到石磊的盤子裡。「好吃就多吃點，沒吃完不准走。」

「你發瘋喔？」石磊臉都紅了，只能埋頭苦吃，逃避尷尬。

「小真說要感謝我們幫忙讓他順利通過委託案，還特地早起採購食材，聽說這招還是你教他的。」藍娟一臉心滿意足，感慨地說：「以後我不在，你們也要互相照顧喔。」

「什麼叫妳不在？能不能好好說話？」石磊氣呼呼抬起頭，有些不捨地說：「妳要回去了喔？」

「我都多住好幾天了，再不回去，家裡的花都要死光了。」藍娟看著兒子，提出要求。「媽媽都要回去了，今天可以陪我嗎？」

金予真插話問：「娟姊打算什麼時候回去？」

藍娟：「今天下午吧，車票還沒買。」

「這次妳來沒有好好招待，今天就讓石磊有薪休假陪你，下午我再提早回來送妳坐車。」金予真又說：「娟姊隨時想來都歡迎。」

「磊磊有你一半會說話，我就不用擔心他在外面闖禍了。」藍娟對金予真的印象很好，對他的喜愛一天比一天高。「以後磊磊就拜託你了，他呀刀子嘴豆腐心，萬一說了什麼讓你不開心的話，別往心裡去。」

「我知道，妳放心。」金予真看了眼情緒低落的石磊，悄無聲息地拍了拍他的背。

吃過早餐，金予真換了衣服就去上班，石磊跟藍娟留在家裡，一邊整理，一邊閒聊。

石磊覺得口渴，打開冰箱，發現門邊居然冰了幾罐紅茶，嚇得他立刻大叫。「媽，妳怎麼買紅茶，金予真不能碰茶類！」

藍娟走過來的時候，石磊已經從冰箱把所有紅茶都取出來放在地上了。她狀似無意地說了句：「不是我買的，你要丟就丟吧。」

會出現在這個家裡的東西，不是藍娟買的，也不是他買的，排除一切不可能的，剩下的即使再不可能，那也是真相。

紅茶是金予真買回來的。

石磊臉熱得像蒸過一樣，剛才如何把紅茶從冰箱裡拿出來的，現在就原樣放了回去，還忍不住拿出手機拍了張照片紀念。

不過是幾罐紅茶就讓他開心成這樣，想跟金予真在一起的心情一天比一天濃烈。他從以前就不是會委屈自己的人，既然喜歡上金予真，就不會為了世俗的眼光掩蓋自己的性取向，當然也不會為了……

石磊看向一旁整理家務的藍娟，雖然內疚、自責，卻更不想違背本心，靠著一句一句謊言活在人世間。

「媽，我有事想跟妳說。」石磊摳著手，深呼吸了好幾次才穩定下來，抖著聲音說：

「有一個人，我很在乎他，想跟他在一起，但是我不知道該如何把他介紹給妳認識……」

藍娟回過頭來，看著抖得像風中落葉的兒子，無奈地嘆了口氣。「是小真嗎？」

「妳……妳怎麼知道？」石磊嚇得眼珠子都快掉出來了。

「你以為我年紀多大？看不見也聽不清楚了？」藍娟沒好氣的說：「你不知道世界上有三種事情是藏不住的，一是咳嗽，二是貧窮，三是我喜歡你。」

藍娟轉過頭來，直面石磊。「你對小真的喜歡，不只從眼睛裡透出來，所有行為模式都在昭告天下，金予真是特別的。」

「媽……」冷氣從腳心竄了起來，石磊頃刻間渾身發寒。

「我觀察你們好幾天了，實在沒辦法騙我自己，也一直在想為什麼我兒子會突然喜歡男生。」藍娟嘆了口氣。「我不知道該怎麼辦，到底是要分開你們，還是裝作不知情，繼續問你什麼時候要交女朋友。」

「媽，我……」石磊不想傷害藍娟，但又不想說謊。「我從來沒有這麼在乎過一個人，我真的……很喜歡金予真……媽，對不起……對不起……」

石磊紅了眼眶，眼淚懸而未落，不敢哭的樣子看起來特別可憐。

「不用跟我道歉，媽媽沒有生氣。」藍娟講話也有了鼻音。「你只是喜歡男生而已，還是我的兒子。我寧願你開心，也不要你為了媽媽捨棄自己想要的幸福，愛情是媽媽沒辦法給你的。」

藍娟上前抱住石磊，在他背上輕拍。「小真是個好孩子，如果你真的喜歡他，順利在一起，媽媽會祝福你們的。性別不是重點，重點是你要懂得如何去愛一個人，還有愛你自己。小真對感情比較沒有信心，你要辛苦點，知道嗎？」

「我……我知道。」石磊泣不成聲，抱住藍娟，很是激動。「媽媽，謝謝妳，謝謝妳！」

「傻孩子。」藍娟笑了，滿臉都是眼淚。

石磊原本還在苦惱要如何度過藍娟這一關，沒想到藍娟為了他竟然自行開解，說服自己接受兒子的性向，只是希望他能幸福。這應該有一半的原因是他喜歡上的人是金予真吧，換成其他條件不過關的，他才不相信藍娟能輕易接受這件事。

「小真看起來冷，其實人不錯，就是生活太單調了，還不如我精彩。我回去之後，你要多關心他，約他出去散步、喝咖啡、看電影都行，不要讓他老是一個人悶在家。」

「你那麼關心他喔？」還管到金予真的休閒娛樂？

藍娟橫來一眼。「你以為我是為了誰？」

石磊笑得像偷到小雞的狐狸，不禁讓藍娟感慨了句兒大不中留。「可是金予真不喜歡我。」

石磊像找到靠山傾訴，開始向藍娟告狀：「他有點躲我，可是他又幫我煮早餐。媽，妳覺得金予真對我是什麼想法？」

「跟我剛才跟你說的一樣。」藍娟突然有種感慨，怎麼生了兒子卻像兒女雙全。「小真看你的眼神也不一樣，就像連續劇說的，絕對不清白，不然我怎麼發現你們倆有鬼？」

知道兒子喜歡男的就算了，還能心平氣和看他喜歡一個對他沒意思的男人？不就一個半斤，一個八兩嗎？

聽到藍娟這麼說，石磊像吃大補帖，渾身都有力了。難怪有那麼多人談戀愛都希望得到家人的支持，果然有祝福就有力量。

到了晚上，金予真洗完澡要回房間，一打開門，看到躺在床上玩手機的石磊，才想起來藍娟已經離開了，他可以回自己的房間睡。

「別躺著玩手機。」金予真叮嚀了句，才若無其事地要關門離開。

「等一下。」石磊從床上跳起來。「金予真，我有話想跟你說。」

「什麼事？」金予真人有一半在門外，隨時等著石磊把話說完，然後離開。

「我媽媽今天跟我說了一些話，我本來不想那麼快告訴你的，但是我……不想再等了。」石磊閉眼，深呼吸，抱著破釜沉舟的決心說：「世界上有三種事情是藏不住的，一是咳嗽，二是貧窮，三是我喜歡你。」

金予真不敢深想，也刻意迴避了眼神。「所以呢？」

「我媽說從我的眼神裡看得出來對你的喜歡。」石磊緊張到兩隻手扣在一起，指節都泛白了。「但是她說你看我的眼神也不清白。」

「你知道自己在說什麼嗎？」金予真不敢置信，心裡巨浪翻湧，一陣狂喜，一陣恐懼，打得他全然措手不及。

「我媽媽不反對我喜歡男孩子。」石磊沒有給他閃躲的機會，用著顫抖到不成形的聲線也要把話說清楚，甚至往他靠近。「金予真，你喜歡我嗎？」

金予真退了一步。他沒有想過石磊會喜歡上他，又開心石磊與他心意相通，但他害怕所有愛情最後的終站點不是死亡，而是分開，殊途同歸，皆是失去。

他希望石磊可以永遠留在他身邊，而不是短暫擁有，最後撕破臉，老死不相往來。

罵他逃兵、膽小鬼都沒關係，他就是沒辦法坦然地說一句：對，我喜歡你。

「早點睡吧，我先回去了。」金予真不敢答應，又捨不得拒絕，只好當隻鴕鳥逃避眼前的局面。

「金予真！」石磊見他頭也不回，要不是知道金予真受過情傷，一定把人拖回來講清楚，要不要在一起就一句話。「我不會放棄的！我一定會讓你親口說出喜歡我！」

要是金予真對他沒意思就算了，既然金予真喜歡他，兩個人都清清白白沒有情債，為什麼不能在一起？做人要有野心，精誠老闆娘他當定了！

Ω・Ʊ

自從石磊說從他的眼神裡能看出對金予真的喜歡，金予真就再也不敢跟他對視了。很好，還知道心虛。

石磊雖然不開心，但知道金予真並非無動於衷，勉勉強強還能接受，不過他要追金予真的事，似乎不應該瞞著工藝坊其他人。與其讓他們在背後猜測，不如據實以告。

石磊背著金予真，把王靖、白筱倩跟午思齊約到了Cat Soul，神祕兮兮的樣子引來眾人好奇。

「我有事想問大家。」石磊握著飲料杯，三分緊張、三分期待、四分想秀恩愛，雖然他跟金予真八字還沒一撇。「如果我喜歡男生，你們會不會覺得很奇怪？」

「男生！」王靖嚇得聲音都分岔了，趕緊摀住嘴，再裂開一小縫。「你怎麼會喜歡男生，你不是喜歡程珞嗎？愚人節都過了，不要開玩笑好不好？」

不等石磊說話，王靖隨即抱胸表示立場。「先跟你說，我有筱倩了！」

「閉嘴！」白筱倩青筋跳動，都已經暗示過王靖了，居然還沒反應過來。她揉了揉額角，有氣無力地說：「是金予真吧？」

石磊：「妳怎麼知道？」

王靖：「金予真？」

午思齊：「總監？」

三道聲音同時響起，引起不少側目，連言兆綱、程珞跟店員們都投來好奇的眼光。

「磊哥，你真的喜歡總監喔？」午思齊大部分的時間都在狀況外，因此比起其他人，往往更能給出客觀的評價。「說的也是，總監那麼厲害，能讓工藝坊起死回生，長得又帥，身材又好，沒有不良習慣，除了脾氣古怪一點就沒有其他問題了。」

「我讓言兆綱過來，你再把剛才的話說一遍。」白筱倩聽不下去，只有在領獎金的那一刻，她才會多多少少承認金予真沒那麼糟糕。「我早就覺得你不對勁了，有事找金予真，沒事也找金予真，不管鍾無豔還是夏迎春，統統都是金予真。」

「哪有妳說的那麼誇張？」石磊原先不想承認，覺得丟臉後又忍不住問：「真的有那麼明顯嗎？」

白筱倩扯動嘴角，這高冷的笑容道盡了一切難以細說的真相。

「其實……你喜歡男的我不覺得奇怪，都什麼時代了，性別早就不是問題，比較奇怪的是你怎麼會喜歡總監？」王靖想不透的不是石磊的性向，而是石磊的對象。

「你問我，我問誰？」難道他敢反問王靖為什麼喜歡白筱倩嗎？他還真不敢。

午思齊猶記得主題，關心地問：「磊哥有什麼打算嗎？」

「我跟金予真告白了。」石磊頂著眾人吃驚且同時吃瓜的表情，弱弱地說了句：「不過被拒絕了。」

「不愧是你。」王靖伸長手拍了拍石磊的肩安慰著：「你已快轉職魔法師了吧？」

「滾！」石磊氣呼呼地把王靖的手撥開。「雖然金予真拒絕了我，不代表我要放棄。我怕你們覺得我失常，所以先告知一下，我想追金予真。」

大家你看我，我看你，沒有人想為石磊的追夫宣言發表意見，最後是白筱倩先跳出來表達了自己的看法。

「你喜歡金予真，金予真喜歡男的嗎？」

石磊用最簡單的文字，透露最大的消息。「他談過戀愛，但沒交過女朋友。」

眾人再次沉默，曾幾何時，異性戀在工藝坊裡已是孤帆。

「算了，如果是真的，那也是好事。」至少是一線生機。白筱倩說：「我本來還打算賭約輸了，該找個時間辭職，回去當刺青師傅，要是你能追到金予真，那張單身公約差不多就作廢了。我支持你。」

王靖一聽，覺得白筱倩說得太有道理了。「沒錯，我也支持你！」

「你不講話沒人當你是啞巴。」同一句話說起來，為什麼王靖就那麼欠扁呢？

「磊哥，加油！」午思齊本來就喜歡男生，想法又直來直往，並不認為石磊此舉哪裡奇怪，只想支持他，為他加油打氣。

石磊暗戀經驗豐富，追人還是頭一遭，只能不恥下問向王靖取經。白筱倩聽完，心中疑慮才解開泰半，怎麼人好端端會突然變彎，看來石磊以往自以為的暗戀不過是對美麗事物的欣賞。嚇得她以為賭約失敗，石磊過於自責，打算以身飼狼呢。

不過王靖的經驗並沒有多大的參考價值，只好把言兆綱請過來開課。

得知前因後果，言兆綱看向石磊的眼神全是欣慰，好像很怕他不開竅似的。

「金予真這幾年變得太多，我也不確定他現在的罩門在哪，但他內心肯定是敏感且孤獨的。你要讓他相信你的喜歡不是空口白話，不會遇到挫折就放棄，你會一直陪在他身邊。」言兆綱按住石磊的肩膀，語重心長地說：「你就努力讓自己變成Wi-Fi，在金予真的世界裡無所不在，等哪天連不上線，他就知道緊張了。」

石磊點了點頭。「我知道了。」

等工藝坊小聚會散場，午思齊在Cat Soul打烊後，拉著言兆綱發表感想。

「真希望磊哥可以成功。」午思齊雙手托著臉頰，一臉憧憬。「我想跟大家大大方方介紹你是我的男朋友。」

如果可以，他以後也想結婚，在無名指上戴婚戒，跟別人聊天時提起我先生。

豈知言兆綱臉上沒有笑容，深思的表情看起來有些距離，一下子就踩到了午思齊的高壓線。

「你後悔了嗎？」午思齊破碎的聲音把言兆綱的注意力拉了回來。

「喜歡你，我不曾後悔。」但是他沒有百分之百的把握。「我只是在想萬一石磊失敗了，單身公約不僅無法解除，甚至更加嚴苛，你會選擇我，還是這份工作？」

「我……」

午思齊還沒給答案，言兆綱就收卷了。「我只是想到王靖，有感而發，你不用理我。一切順其自然就好，我不會讓你為難。」

「嗯。」午思齊順著言兆綱的意思，翻過這一頁，卻默默把這件事記到心裡。

其實言兆綱的心裡也是敏感且孤獨的，所以才會選擇當個遊子。如今在他身邊定了下來，是不是應該給他更多的安全感？

Ω・℧

公開表示要追求金予真，隔天一大早，石磊就收到來自言兆綱的圖片訊息，是坂元裕二《四重奏》裡的一句話。

告白是小孩子做的，成年人請直接勾引。勾引的第一步，拋棄人性，基本上來說是三種套路，變成貓、變成老虎、變成被雨淋濕的狗狗。

石磊小小的腦袋浮現了大大的問號，然後把這個問號回給了言兆綱。

言兆綱：「看不懂沒關係，不做人就對了。」

他身邊還有可以信任的人嗎？為什麼每個人看起來都像要坑他？

石磊舉著手機，拉遠又拉近，好像這樣就會出現隱藏訊息一般。金予真從浴室出來看到這一幕，實在不知道該如何評價。

幸好石磊沒戴眼鏡，要是他把眼鏡摘掉又把手機拉遠拉近，金予真便不得不懷疑他年紀輕輕就得老花。

「你在幹麼？」金予真最終還是跨不過他的好奇心。

石磊愣了一下，然後機械式地抬起頭，把手縮在頰邊，往前一捲。「喵嗚？」

淦，好丟臉。

石磊想死，抱著手機轉過身去，錯過身後默默摀住鼻子的金予真。

謝謝，有被可愛到。不過金予真沒表現出來，也想不透石磊為什麼突然學貓，拿起西裝外套跟公事包就要出門。「我去上班了。」

「等等，我跟你一起去！」石磊馬上跳起來，匆匆忙忙收拾東西跟上。

雖然他們同住一屋簷下，但之前因為單身公約水火不融，加上金予真作息莫約早了石磊一至兩個小時，兩人都是不同出但偶爾同進的模式。為了化身Wi-Fi全方位包圍金予真，當然不能放過任何能黏在一起的機會，從今天起，石磊決定配合金予真的作息，提早出門的時間。

除去客製訂單，工藝坊近期最大的事件就是新網站正式上線，每個人都盯著後台數據，很怕這場豪賭輸得一塌糊塗，好在單日新品銷售量合計破百，銷售額逼進百萬。石磊當然不會錯失報喜的機會，拿著後台剛刷新的數據，還有新一季的設計提案，敲響了金予真的辦公室。

「進來。」金予真的嗓音透門而出，少了些許真實感，又讓石磊如痴如醉、心跳加速。看來喜歡上一個人而變成痴漢太容易了，難怪有人說愛情像杯酒，誰喝誰醉，就是不知道何時能灌進金予真嘴裡。

「我來匯報平台銷售進度，還有下一季的產品提案。」第一次假借公事追男友，石磊還會感到羞恥，態度並未完全放開，看起來特別彆扭，還有一絲絲撩人的傲嬌。

金予真無法將工作拒之門外，加上石磊對他的吸引力有增無減，儘管他已經盡量克制，表現出不受動搖的樣子，然而每天都有顆糖他在面前晃過來晃過去，他怎麼可能不想舔一口？

現在除了思考工藝坊未來發展，還得分神去想該拿石磊怎麼辦。接受，他不敢；拒絕，他捨不得，進退兩難的局面實在太費神，金予真長這麼大沒如此為難過。

還好石磊進來沒有多餘的動作，井井有條地匯報數據，還有目前排單、領料、出貨，以及庫存預期變化，反而是金予真有些心不在焉。

「夏季主題我想以『冰』為概念，用魚眼石、閃靈鑽、喜馬拉雅白水晶為主石，若是我們要延伸這期的產品開發畢業季的鳳凰花飾品，正好可以做出明顯的區隔。」石磊抽出了另外一份資料。「剛好思齊是今年的準畢業生，這是他做的意向調查表，已經有兩間學校五個系所來詢問報價了，但因為沒有套圖，所以還沒回覆。」

「E-mail轉給我，我來回。」金予真拿筆在石磊的提案上註解，然後退還給他。「這套冰原設計你再按照Talent的參賽要求準備書面資料。」

Talent是德國舉辦的全球設計比賽，共分成三大類，時裝、飾品及珠寶，而且有年齡限制，三十二歲以下才能報名，不少設計系學生以及剛出道的新銳設計師會利用這場比賽鍍金。

石磊看著金予真手寫的「參賽Talent」幾個字，微微瞇起了眼，合理懷疑，「你是不是想讓我把時間花在準備比賽，最好不要來煩你？」

他要畫訂製的設計圖、新品的設計圖，跟車間師傅討論產品工序，追蹤其他人的工作進度，現在還要準備參賽文件，是不是想忙死他好去養別隻小貓咪？

石小貓並不同意！

「我沒空，不要。」石磊在金予真的手寫文字上，劃了兩條加粗的橫線。

金予真計謀被識破，找不出其他有力說詞強迫石磊參賽，頭疼之際，內線響了。

白筱倩在電話另一頭說：「總監，遠山集團的執行副總裁前來拜訪，請問您現在有時間……先生，不好意思，裡面不能進去！」

總監辦公室的大門傳來聲響，人聲與敲門聲交錯，隨即有人開了門，金予真跟石磊看向推門進來的男人，一個震驚，一個疑惑。

「嗨。」來人舉手揮舞，氣度非凡，不僅西裝筆挺，還梳了個大背頭，五官立體帥氣，瞳孔顏色有點淡，像混血兒。「怎麼，不認得我了？」

「易子同？」金予真緩緩站起，雙眼緊盯著對方，神色錯愕，雙眼像出了神，直勾勾盯著這名不速之客。「怎麼是你？」

「他是誰？」石磊有股說不出來的恐慌，可惜他的問題並不能讓金予真看他一眼。

「為什麼不能是我？」易子同亮出藏在手心裡的「B612之芳」，勾起嘴角。「好久不見了，我應該叫你Real，還是金予真？」

金予真冷笑一聲，強行壓下內心的激動，公事公辦地說：「請叫我金總監。」

「貿然來訪，還請金總監見諒。」易子同的熱情並未消減分毫。「我有項輕奢飾品合作案想跟你談談，不知道你有沒有興趣？」

「好，我就看……易副總，對吧？有多少誠意了。」金予真終於將目光放到石磊身上，看到他無助又強撐的神色，原本緊繃的狀態便一下子和緩，從困頓當中掙脫而出。

「石磊，你先出去。」

對，還有石磊，他不會也不能再受到動搖，否則他永遠都走不出這潭泥沼。

「有什麼是我不能聽的嗎？」石磊不想走，他覺得金予真跟易子同關係不簡單，他怕一出去，回來金予真身邊就沒他的位置了。

「該讓你知道的會讓你知道。」金予真兩手搭在他的肩膀上，親自將他送到門邊。見石磊真的不開心，便在他耳邊悄聲說：「幫我訂午餐。」

石磊這才好一點，一語不發走出了總監辦公室，順手把聽牆角的王靖、白筱倩、午思齊帶走。

「原來慕囚良背後是遠山集團，這家企業跟石磊之前負責的茵華不相上下，不知道這筆合作案如果談成，我們能有多少分紅。」王靖已經開始興奮了。

「你高興得太早了吧？要不是金予真認識他，我還真不敢相信大公司的執行副總裁沒有預約，說來就來，你以為他真的來談合作的？我看他是醉翁之意不在酒。」白筱倩知道王靖某方面不開竅，但沒想過是完全堵死的狀態。

石磊走到白筱倩的位置上，拿起易子同的名片，越想越不對勁。

「磊哥，你在想什麼？」午思齊覺得石磊態度不對，立刻湊了過來。

「我懷疑這個易子同就是金予真的前任。」石磊把名片放進口袋。「筱倩說的對，他這次來肯定別有用心，不然他都認識金予真了，為何還要讓慕囚良先過來接觸？再大搖大擺拿著「B612之芳」當敲門磚。要不是對不起金予真，何必拐這麼大的彎？」

「不是吧，慕囚良在礦石大會就放出風聲，應該是評比了很多家金工才決定委託精誠的。」王靖依舊站在反方意見，屹立不搖，還想再招個盟友。「思齊，你說對吧？」

「不對。」從小吃誠實豆沙包長大的午思齊完全不給王靖面子，甚至分析得頭頭是道。「一家委託花三十萬，就算遠山集團再有錢，也不可能列出這種敗家預算，八成是易子同自己的錢。磊哥，如果他真的是總監的前男友，你打算怎麼辦？」

「下班後我跟你一起去Cat Soul問綱哥，先確定之後再行動。」眼下所有情況都是推測得來的，石磊還是免不了煩躁。

出師未捷，又冒出一個易子同。萬一他真的是金予真的前任，以客觀條件看來，石磊的勝算很低。

他跟易子同的長相各有千秋，但是財富、事業、地位、人脈，石磊比一樣輸一樣。雖然杜甫詩云「但見新人笑，那聞舊人哭」，可萬一金予真喜歡唱〈舊愛還是最美〉呢？

那他就想盡辦法卡歌！

Ω・Ω

咯噔……

金予真關上門，深吸了一口氣才回頭看向悠然自得的易子同。

「要談什麼合作？企劃案呢？」金予真態度並不客氣，彷彿易子同所謂的合作案在他面前看來註定是要破局的。

「老朋友見面，不先聊一聊，敘個舊嗎？」易子同不習慣金予真的冷淡，臉色有一瞬間變樣。

「我連以前那筆爛帳都不想跟你算了，還有什麼舊可敘？」金予真白了他一眼，走回桌子前，收拾石磊來不及拿走的資料。

易子同像沒有神經一樣，沒有避嫌不說，還伸長脖子想看個究竟。「這人的創作滿有靈性的，他是誰？」

「呵。」金予真嘲諷道：「遠山集團已經敗落到要偷看別人的設計圖了嗎？」

「如果我是設計師，你防我沒話說，但我不是，我現在只是個滿身銅臭味的商人。」

易子同感慨了一下，又把話題帶回了「B612之芳」。「你說我們無舊可敘，這個你又怎麼說？等在原處的愛。」

「你給的設計概念做出來的東西，拿著它來跟我說什麼等在原處的愛，你不覺得好笑嗎？」就算金予真心裡還藏著一些情份，也被易子同噁心到沒了。「你到底想做什麼？遠山集團是跨國企業，有必要用這種迂迴的方式試探我們這家小小的工藝坊，還說要跟我們合作輕奢飾品，你們自己沒有培養設計師嗎？」

「這個輕奢飾品是我主張推出的新品牌，公司內部都在等著看我的成績，設計師培養不易，與其挖角其他團隊的設計師，做出跟別人風格差不多的飾品，獨立工作坊會是更好的選擇。」易子同笑著解釋。「當然，這只是其中一項原因。最大的理由，我想你應該猜到了，就是因為……你。」

易子同走向金予真，刻意傾身靠近他，打破兩人的安全距離，豈知金予真的動作比他快，直接把資料夾拍到易子同臉上，將他推開。

「優秀的前任都應該像死了一樣，麻煩你死透一點。」金予真收回資料夾，很想拿酒精消毒一下，礙於面子問題，只能先把資料夾貼著桌沿放。「要談工作就談工作，其他事情就不必說了，你們商人不都提倡在商言商？」

「你真的變了很多，以前我隨便逗你都會臉紅。」易子同收起笑容，定定地望著金予真。「當年的事情我都知道了，為什麼你受傷住院不告訴我？」

「我實在很不想談以前的事，但你摸著良心說，我找得到你嗎？」他不是沒找過易子同，然而所有的聯絡管道都沒了，徹底被抹消。現在見面既沒口出惡言，又沒拳腳相向，全是因為他個人修養好。「我不接受道歉，也不接受求合，以前的事不一定要有圓滿的結局才算結束，我們就各自安好，沒有合作意向就請你離開。」

金予真態度十分明確，甚至有了送客的舉動，易子同就算想解釋當年的經過，也得暫時收起心思，先行放餌。

「我在來之前，把品牌故事、形象、定位的資料 E-mail 給你了，包括設計預算，希望你能延伸前一份訂單的風格，以『唯一』為主題提供相應的飾品設計圖。為了首波產品的一致性，我要求所有設計圖都必須出自於你的手筆。」易子同想搭金予真的肩膀，但被他閃了過去，停在空中的手轉了半圈，又朝他比了小愛心。「期待下次過來就能跟你簽約了。」

「你等一下，我直接開郵件跟你討論。」金予真嘆了口氣，揉了揉鼻樑，實在想不起來當年跟易子同相處的時候有這麼累嗎？

撇開兩人愛恨情仇的爛帳不說，易子同以遠山集團為名義發出來的邀約確實吸引人，甚至大方讓出掛名權，在他們首波推出的設計作品中顯示他的名字，如果易子同能成功推出這個輕奢品牌，無疑能讓精誠工藝坊的知名度往外擴展。

金予真就著這份提案與易子同討論，提出了幾處意見，初步擬定了合約內容，達成合作共識，然後金予真就把易子同請走了。

臨走前，易子同向所有人點頭致意，只是經過石磊身邊時刻意停了下來，上下打量了他一眼，才笑著離開。

石磊有點不舒服但又說不出來，只好尾隨金予真回辦公室，把氣撒在他身上。「他來談什麼合作？為什麼跟你講那麼久？」

「因為是系列作品，細節比較多，還有合約的事，就談得久了一點。」當然其中不乏易子同東扯西扯浪費掉的時間，不過金予真沒講。

石磊個性雖然大剌剌，直來直往，討厭拐彎抹角，但為人精明得很，要猜出他跟易子同的關係並不難，只是石磊沒說破而已。所以金予真不反感石磊追問的行為，甚至有些縱容。「你自己看吧。」

石磊見金予真大方讓出筆電，沒關掉的視窗都是與遠山集團的提案有關。

「你在幹麼？」石磊見金予真拿酒精噴桌上的資料夾，馬上就變臉了。這是他的資料夾，金予真是在嫌棄他嗎？

「剛才碰到易子同了。」金予真一解釋，石磊頓時春暖花開，一夕間從鐵樹變柳枝。

石磊仔細看著易子同傳過來的合作案，金予真則是看著石磊的側臉陷入沉思，細想他這一路以來的心境變化。

石磊很直接，喜怒哀樂全寫在臉上，就算想耍小心機，也是讓人一眼看透，藏不了壞心思，乾乾淨淨的一個人。跟他相處久了，真受不了綿裡藏針的說話方式，想要什麼不表達清楚，還要對方先放下姿態。

如果在他認識石磊與藍娟之前，易子同先找過來，或許他會因為過去那段糟糕的經歷而陷入了意難平的沼澤裡，滾到全身泥濘還站不起來。然而今天這場意外的面會，竟然沒有他想像中的難受或悲傷，因為在不知不覺中，他把易子同放在一起與石磊比較，腦海裡全是石磊燦笑、生氣、歉疚的模樣，就像照進層層濃霧中的一束光。

不管是圓滿了麥正雄遺憾時的笑容，還是追著他打賭撤下單身公約的氣勢，抑或是紅著眼眶在醫院陪床，做小伏低，為他忙進忙出，都是他生命中難得的顏色。

他曾無數次在半夜驚醒的時候，預想與易子同重逢會是什麼樣的場景，他會跟易子同說什麼話，他們兩人又會走向何方；可到了這一天，卻又發現一切平平無奇，沒有任何值得期待或挽留的地方。

藍娟說的對，他放不下的是當年受盡委屈又渾身是傷的金予真。或許再過不久，他就能徹底放下。

Ω・Ʊ

原先打定主意跟金予真同進同出，為了確認易子同的身分，石磊只能暫時擱淺計劃，下班時間一到，立刻拉著午思齊往 Cat Soul 跑。

一到 Cat Soul，石磊差點忘了拉開門就直接撞上去了，他居然看見易子同坐在吧檯跟言兆綱聊天。

「磊哥，難道真的……」午思齊手都不敢抬起來指了。

「真的就真的，怕他啊！」石磊直接走了進去，挑了吧檯尾巴的椅子坐下，故意拿了張菜單，低頭看著。

易子同挑眉看了他一眼，隨即轉回視線，繼續與言兆綱說話：「認識學長這麼久，這還是第一次喝學長沖的咖啡，我很期待。」

「我不是你學長。」言兆綱收起笑容，難得見他如此冷淡，就差在門口貼上「狗與易子同不得進入」。他看了暗中窺伺但處處破綻的石磊，一秒就猜到易子同見過金予真了。「為什麼突然回來？你想做什麼？」

「哪有為什麼？不就回來看看嗎？畢竟是我出生的地方。」易子同右手托頰，輕聲說：「不過順便跟精誠談了件合作，以後應該會常來喝學長的咖啡。」

「合作？」言兆綱瞇起眼，不想跟易子同打太極便直接挑明。「當初你為了繼承家業拋棄予真，連分手都沒提就消失了，現在又突然出現，你該不會想吃回頭草吧？」

「如果學長猜對了，你會祝福我們嗎？」易子同挑眉問。

石磊差點把菜單撕了，要不是午思齊及時勸住他，石磊下一秒就能把易子同撕了。

「你想的美。」言兆綱笑著說出這句話，殺傷力不強，但侮辱性極高。

易子同卻不受影響，依舊我行我素，「別這麼說，我是來拯救他的。」

「你到底多自戀？把一個人推下深淵，再放根繩子想把他拉起來叫拯救他？仙人跳都沒這麼缺德。」言兆綱把沖好的咖啡放到易子同面前，冷著語氣說：「要拯救金予真還輪不到你。」

然而言兆綱一席話像按下了石磊與午思齊的暫停鍵，兩人原本一個氣一個勸，正忙得不可開交，立刻就安靜下來了，面面相覷。

認識言兆綱一段時間了，還沒聽他講話這麼毒過。

「不是有句話叫解鈴還需繫鈴人嗎？會出現那張不合理的單身公約，不都是因為我？」易子同攤手，似乎很享受這樣的待遇。「如果我能把Real拉出深淵，就能同時解決這件事，對他們團隊來說也算功德一件吧？」

「不用你假好心！」石磊出聲打破了易子同的幻想。「你要跟精誠合作就單純談設計就好，其他的不用你多費心思，我們自己會處理。」

易子同看著石磊說出了搭訕名言。「這位先生看起來很眼熟，我們是不是在哪裡見過？」

「我是精誠的設計師，石磊。」他還記得易子同今天離開工藝坊的時候，在他的座位旁多停留了幾秒，想來是覺得他沒什麼殺傷力，馬上就從腦袋裡格式化了。石磊覺得很氣，語氣難免衝了些。「請你尊重我們總監，不要帶入個人私欲，影響他的專業表現，也不要過度干涉我們工藝坊內部的政策規定。」

「磊哥！」午思齊緊張地拉住他，然後以眼神向言兆綱求救。

「你就是石磊？」易子同點了點頭，微笑道：「我很欣賞你。不過感情這種事，向來是一個願打，一個願挨，要是Real沒有意思，我一個人也玩不起來，不如我們各憑本事，看最終結果如何。」

言兆綱：「易子同，適可而止。」

「好吧，既然學長都發話了。」易子同淺嘗了一口咖啡，抿了下唇，留了兩張百元鈔票就揮手告別。「謝謝學長，咖啡很好喝。」

石磊氣到頭髮一抓掉一把。「綱哥，他以前講話就這樣嗎？金予真喜歡這種的？」

「我跟他來往不多，只知道他家裡有錢，來頭不小。」言兆綱也覺得頭疼，好久沒氣成這樣了。「我不清楚予真現在對易子同有什麼想法，但是石磊，我不希望你放棄。」

「我也沒想放棄。」如果隨隨便便就放棄金予真，他有什麼資格指著易子同的鼻子罵？人家好歹還有億萬家產可以繼承呢。石磊想著想著又仇富了。

既然確定了易子同的身分，石磊就不在Cat Soul多待了。他現在可是有財寶在家的巨龍，要回去守著亮晶晶、金燦燦的金予真。

回到家，財寶正在廚房料理晚餐，見他回來，渾身散發著不開心。「跑去哪了？

下次不回來吃飯要提早說。」

藍娟在這的時候，早餐、晚餐都是一起吃，金予真養出了慣性，準備晚餐的時候順手連石磊的份都算進去，誰知道下班時間一到就不見蹤影的傢伙遲遲不回家，他又拉不下臉打電話詢問，一邊切菜一邊思考該如何不動聲色地把多的食材處理掉。

結果這傢伙還拎著食物回來！

「有我的份？」石磊大感意外，嘴角根本守不住，要不是人體限制，他能直接裂到後腦勺。「這麼剛好，我也幫你外帶了Cat Soul的義大利麵。」

金予真頓時不知道該說什麼，只從上方的烘碗機取出了兩個盤子，交給石磊裝盤，過濾了廚房裡的食材，最後端出了一道菜、一鍋湯。

兩人對坐到餐桌前，石磊迫不及待拿出手機。「金予真，你聽過這首歌嗎？」

「什麼歌？」金予真正在舀湯，以為石磊在找話題，不甚在意。

石磊點開音樂平台，把歌曲拉到他事先確認好的分鐘數，從「揮別錯的，才能和對的相逢」開始播放〈分手快樂〉。

金予真：「……」這一眼看透的小心機他該如何捧場？

「學長跟你說了？」金予真無奈，把湯放到石磊左手前方。

「何止，我還遇到易子同了。」石磊覺得在金予真面前詆毀易子同似乎不妥，儘管他有五千字負面評論想發表。「他對你別有意圖，你要小心一點，不要上當！不要把自己賣了還幫他數錢。」

「你想太多。」金予真有意迴避與石磊談論易子同的事，又怕石磊追著不放，只能說：「除了工作，不會有其他交集。」

「你……真的不會跟他在一起？」石磊知道這種口頭保證不具效力，但還是想聽。

金予真淡然地捲著麵條。「不會。」

「那……」石磊轉著眼珠子，小小聲地問：「你會跟我在一起嗎？」

金予真叉子上的麵條全數滑回了盤子裡。

「吃你的麵。」金予真拒絕回答，卻心如擂鼓。

這把年紀面對直球還全無招架之力，就怕石磊看出他的弱點，拚命對他發球，他不清楚自己的定力能抵禦多久。

惹不起，那就躲吧。金予真不否認自己在愛情裡是膽小鬼，也不知道自己何時能打破這道殼。有可能是明天，也有可能是一輩子，誰清楚呢？

9

新品上市後，精誠工藝坊迎來了一波業務高峰，平台銷售由王靖負責後續，白筱倩、午思齊輔助，石磊則是投身在下一季的企劃及私人訂製單中。

「王靖，天河石跟草莓晶的庫存量讓我看一下。」石磊從椅子上站起，就見金予真推門而入，身後緊跟易子同。

所有人的目光頃刻間聚焦到兩人身上。

「嗨，又見面了。」易子同揮手招呼，視線最後停佇在石磊身上，側頭問：「你叫石磊，我沒記錯吧？」

「易副總，請不要耽誤簽約的時間。」金予真站在自己的辦公室門前，側身提醒。

「午思齊，幫我泡杯咖啡送進來。」

「他不是Cat Soul的員工嗎？怎麼在你這裡？」易子同走進金予真的辦公室，把疑問也一起帶了進去。

「磊哥？」午思齊喊了聲，破了彌漫在眾人周邊的沉默。

「去泡咖啡吧。」石磊拍了下手，揚聲說：「對方是來簽約的，不要大驚小怪，都回去工作吧。王靖，調庫存表出來讓我看看。」

雖然讓大家重新投入工作，石磊卻無時無刻都用眼睛餘光注意著金予真的辦公室，甚至有股搶下午思齊手裡咖啡的衝動，親自送進去看看金予真跟易子同在幹什麼，距離多近。

過了半個小時，易子同獨自走了出來，大搖大擺來到石磊的座位邊，毫不避諱地看著他螢幕上的設計圖。

「你幹什麼？」石磊馬上返回桌面，防備地盯著易子同。

「了解一下Real旗下設計師的能力而已。」易子同笑了笑，好像把自己擺在跟金予真一樣的高度來看石磊。「我很喜歡你設計的風格，有沒有興趣棄暗投明，來遠山集團發展？我保證你百萬年薪。」

「沒興趣。」石磊冷著臉回覆：「請你不要打擾我們工作，謝謝。」

「不要那麼嚴肅嘛，好歹我也算你們老闆的朋友，一起聊個天怎麼樣？」易子同拉過旁邊椅子，就坐到石磊身旁，不管別人聽不聽，一張嘴就是沒停過。「你知道我這次來是為了新品牌的首波設計，為了產品的一致性，我要求Real負責所有的設計圖。

這次的案子要強調的是，就算分隔兩地，不論過多久也能理解彼此的心意，知道那個人心裡在想什麼。你說，Real會設計出什麼樣的產品來呢？」

「不知道。」石磊深呼吸，不斷告訴自己別在工藝坊裡跟易子同吵起來。「不過我對總監有信心。」

「我也對他有信心，不知道他會透過作品對我說什麼。」易子同一臉期待，對比石磊像吃到蒼蠅的表情，可謂南轅北轍。

「以前我的老師說過一句話，你可以聽聽看。」石磊假笑回擊，咬著牙說：「所有設計師的浪漫，都來自外界的過度解讀。不要想太多，不然你會禿頭。」

「哈！」易子同握拳抵在嘴邊，笑意漫上了他的眼角。「你真可愛，我越來越喜歡你了。」

「先不要。」石磊全身寫滿拒絕，但易子同像是瞎了一樣，完全看不見。

「要不要蹺個班，一起去喝杯咖啡？」易子同手肘撐上石磊的辦公桌，斜倚上身看他。「然後我們來聊聊Real的事。」

石磊轉頭看了過來，就見易子同以口形無聲地說：「我知道你喜歡他。」

戰帖都下到家門口了，不應戰還是男人嗎？

石磊關上螢幕，拿起披掛在椅子裡的外套，抬起下巴，對易子同說：「不是要喝咖啡嗎？走啊！」

Ω・Ʊ

金予真忙了一上午，總覺得哪裡不對勁，今天辦公室似乎安靜許多。

石磊怎麼沒過來？

假借倒水，金予真走出辦公室，發現外面只有王靖跟白筱倩。「石磊呢？」

王靖緊張地推了一下眼鏡。「跟易子同出去了。」

「跟易子同出去了？」金予真嚇得一瞬間差點魂魄離體，馬上拿出手機撥打石磊的電話。

幸好石磊接了。

金予真故作鎮定地問：「你在哪？」

「我在Cat Soul跟綱哥講話，你要過來嗎？」石磊的背景噪音確實與Cat Soul的環境很像。

「不用了。」金予真不敢問易子同的去向，有言兆綱在，易子同應該翻不出什麼風浪來。「下次外出先跟我說，萬一有事找你怎麼辦？」

「今天是突發狀況，下次不會了。」石磊做完保證後，兩人結束對話。

金予真頂著王靖跟白筱倩想八卦但又不敢的眼神回去辦公室，反覆思考易子同會對石磊說什麼。

「我們要把易子同挖角石磊的事跟總監說嗎？」雖然跟金予真隔了道牆，王靖還是用氣音問，就怕禍從口出，引來問題。

「石磊都拒絕了，多一事不如少一事，後續發展就讓石磊自己跟金予真說吧。」白筱倩並不想走進漩渦跟他們三個大男人攪在一起。「神仙打架，小鬼遭殃，我們還是有多遠躲多遠。」

王靖語帶羨慕，「百萬年薪呢。」

「天下沒有白吃的午餐。」白筱倩忍不住瞪他。「你這個白痴。」

易子同一看就來者不善，他給的東西能吃嗎？八成有毒。

Ω・℧

蹺班跟易子同出來的石磊，本想直接到 Cat Soul，但是易子同拒絕了。

「學長對我有偏見，絕對會反駁我說的每一句話，你想向他求證，也等完整聽完我這裡的情況再說。」

石磊想不出理由反駁，就在易子同的帶領下，來到巷弄內一處日式老宅改建的咖啡廳，木頭樓梯發出的咔嗞響，讓石磊的神經更加緊繃。

白天客人不多，餐點很快就上來了。易子同彈了一下石磊的紅茶杯身，狀似不經意地問：「這東西Real不能碰，你們住在一起，應該很不方便吧？」

「你怎麼知道我們住在一起？」石磊帶著一絲破繭而出的期待。「是金予真說的？」

「這種事，查一下不就清楚了？」易子同的笑容特別有戲，像在嘲諷石磊的天真。「知道你喜歡Real，我當然要了解一下你的來歷。雖然我們是情敵身分，不妨礙我欣賞你的能力，從你設計的那組龍葵手鍊開始，到麥董的袖扣，我都非常喜歡，所以邀請你到遠山集團發展並不是玩笑話。」

「你認識麥董？」雖然麥正雄的委託案已經訂下設計圖，但還沒交貨，照理說易子同不可能知道袖扣的樣式。

「我還要喊他一聲叔叔，你說呢？」易子同喝了口咖啡，眼神在放下咖啡杯抬眸時，變得犀利。「石磊，就是因為我欣賞你，才會私下勸你放棄，不要吊死在金予真這棵樹上，免得愛情、事業兩頭空。」

「你憑什麼勸我放棄，就憑你七年前放棄了金予真嗎？」石磊才不甩他的鬼話。

「我的出身注定了自己無法隨波逐流，弱肉強食才是寫在我基因裡的東西，但Real不一樣，他特別佛系，又念舊。當年家族安排我到美國子公司實習，我本想帶Real一起離開，但是他不願意，我怕在他的挽留下我走不了，只好選擇不告而別。」

易子同嘆了口氣，那段時間對他來說也不容易。

「不管你是因為什麼原因離開他，不告而別真的是最糟糕的方法，但凡你有為金予真考慮過一星半點，他也不會是現在這樣子！」要不是金予真對俗世還有牽掛，說不定現在已經剃頭點戒疤了！還不敢相信他說的喜歡，罪魁禍首就是易子同。

「當時年紀輕，想法沒那麼全面。」這也是易子同最後悔，但無力更改的事實之一。

「我也是很後面才知道，Real為了追回我，趕往機場的途中出了很嚴重的車禍，在醫院昏迷了半年，醒來後又消沉了好一段時間，事後就開始在事業上打拼，拓展人脈。要是他早點開竅，就不需要在我們分開後，用這種方式追上我的腳步。」

「現在是怎樣？金予真所有的成就都要歸功到你身上了嗎？」石磊一開始還在為金予真的痴情難受，聽到後面，白眼差點翻不回來。

「難道不是嗎？明明對鎳過敏，因為我的家族事業背景，開始接觸金工設計，甚至把所有積蓄拿出來收購精誠工藝坊，他的所做所為還不夠明顯嗎？他放不下我，放不下我們之間的感情，他想證明給我看。」易子同抬高下巴，相當自信。「如果這些都不算，單身公約總與我有關了吧？」

「放下你的王子腦。金予真收購精誠工藝坊，就不能因為他是真心喜歡金工設計嗎？能支持他走下來的喜歡才不像你想的那麼膚淺。」石磊真想倒倒他腦子裡的水。「單身公約的起因或許是你，不過主要原因是他不想再次失去，你知道再次的意思嗎？就是跟你這個前任沒關係。」

「你知道那些金屬和礦物，其實是神的血液和眼淚嗎？」易子同忽然換了話題。「神掉下的眼淚會變成寶石，血液凝固後會變成金屬，人類拿這些東西做成飾品，血淚交融，象徵紀念每一段刻骨銘心的愛情。」

「所以呢？」石磊不懂易子同在玩什麼把戲，講話都不乾脆一點，當年他跟金予真會走上岔路，八成是兩個人長了嘴都拿來吃飯用而已。

「當年我就是跟 Real 講了這個小故事，他才會對金屬、礦物飾品產生極大興趣，因為他想透過金工記錄我們兩人的愛情，現在你懂了嗎？」易子同冷哼一聲。「我聽麥叔說，你們覺得Real很難相處，今天我回來拯救Real，讓他找回以前的自己，也讓你們有了自由戀愛的空間，為什麼你還要一直反對我？」

「金予真一開始確實讓人覺得很難相處，規矩多還獨裁，跟暴君一樣，但是相處久了才知道他不過是頭嘴硬心軟的紙老虎，不僅會偷偷觀察你、照顧你，還會給員工成長及犯錯的空間，他的難相處不過是保護自己的一種方式，誰說他現在的樣子不好？而他會害怕受傷又是誰害的？你還想再害他第二次？」

石磊不知道自己說起金予真的時候笑容有多溫柔，尤其有最後兩句對照，恨不得潑易子同一臉咖啡，前者簡直是白雪公主本人，後者是白雪公主後母。

易子同收起表情，定定看著石磊。「你真的喜歡金予真嗎？」

「當然。」石磊毫不遲疑。「我不會把他讓給你。」

「既然如此，不如我們來玩個遊戲。」易子同像在打什麼壞主意，對石磊勾了勾手指頭，在他耳邊說了遊戲規則。

石磊眼睛慢慢瞪大，不可置信地看向易子同。「你認真？」

「不敢玩嗎？」易子同點了點頭。「我知道，你怕輸給我，但是你要我清醒一點，自己卻不敢面對真相，像話嗎？」

「誰說我不敢？」石磊怎麼可能在易子同面前示弱？加上藍娟跟言兆綱都清楚表明金予真對他不一樣，他有一定的勝算。「玩就玩，你輸了就不要賴皮。」

易子同挑眉，勝券在握，把石磊氣得一口喝下半杯紅茶。

「先跟你說，我不跟金予真講，不代表我不會跟別人講，至少綱哥一定會知道這件事。」石磊坦蕩蕩攤牌，肉眼可見易子同花蝴蝶的表情裂了一道不小的縫。

「你……真的挺有趣的。」易子同笑了出聲，對比他之前的笑容，似乎有那麼點不一樣，像多了點煙火氣。「你開心就好，只要Real不知道，我不管你跟誰說，反正我是贏定了。」

衝著這句話，石磊帶著一肚子紅茶又到Cat Soul續攤，易子同則藉口先走一步，沒有跟來。

午思齊考完試回來，一進店門就看見石磊與言兆綱坐在角落靠牆的位置，竊竊私語，面色凝重。

他好奇走了過去，就聽見言兆綱說：「萬一輸了怎麼辦？你有沒有想過還有一種可能，就是金予真誰都不要，選擇單身，你把路走死了，還能繼續留在精誠嗎？」

午思齊直覺對話內容不對勁，轉身躲到樑柱後方，但還能聽見兩人對話的死角裡。

「就算不能留在精誠，不代表我不能繼續喜歡金予真，以後的事誰知道，一直待在原地掙扎才於事無補。」石磊個性雖然衝動了些，不代表他在情緒高昂時所做的決定都沒帶腦子。「而且易子同為了不讓我擋在跟他金予真中間，還想重金挖角我，要是我不答應，不知道他後面還會出什麼招。」

言兆綱皺眉問：「他挖角你？」

「嗯，還提了兩次。」石磊才不信了，天上只會掉下鐵餅，才不會掉下餡餅。「我比較擔心的是，萬一我輸了，沒辦法撤下單身公約，王靖跟筱倩該怎麼辦？你跟思齊又該怎麼辦？你們在一起了吧？」

「嗯，在一起了。」言兆綱想起午思齊時，低頭笑了一下，全是熱戀中的臭酸味。「王靖跟筱倩的事我無法評價，至於我跟思齊，你不用擔心。我都三十好幾了，不是一戀愛就要召告天下的年紀，只要思齊開心就好，我負責配合。」

「果然別人家的男友都不會讓我失望。」石磊嘴角下垂，看起來有點喪氣。「更慘的是我還沒有男友……」

「好啦，早晚會有的。」言兆綱的安慰顯得有些蒼白無力，沒能把石磊的笑容喚回來。「你東西吃完快回去，予真剛才不是打電話給你了？」

金予真就像遊戲裡補血的頂級道具，一經使用，石磊血量立刻補滿，不過吃完午餐的他並不急著趕回工藝坊，蹺班蹺好蹺滿，往反方向跑了。

Ω•℧

晚上九點多，石磊擦著頭髮走出浴室，來到冰箱前，發現居住公約貼了回來，不過被金予真刪掉的第一條跟第五條並未恢復。

「好久不見。」石磊都快忘記這張公約的存在了，可怕的是上面規定的事項已經成了他下意識的習慣，像剛才他就拖乾浴室地板才出來。

從冰箱取了罐紅茶，石磊刻意放到客廳茶几上，坐在金予真旁邊擦頭髮。

從石磊走出浴室，金予真已經偷偷窺伺他很久了，見他過來才收回目光，放回了忘記看到哪裡的資料上。

石磊頭披毛巾，擰開紅茶灌了一口，金予真順著他嚥下去的動作，一同滾動了喉結。

為了轉移注意力，金予真走回房間，拿出吹風機。就在石磊以為金予真會幫他吹頭的時候，他把吹風機放到了兩人中間。

石磊愣了一下，「……」

算了，至少沒叫他回房間把頭髮吹乾再出來。

「你跟易子同出去，說了什麼？」金予真在石磊關掉吹風機的下一秒問出了口，像等了很久似的，隱約有些迫不及待。

「沒說什麼，就在講設計的事。」石磊收著吹風機的線，很怕被看出什麼端倪來，不敢抬頭。「他說在你的辦公室看過我的設計，問我還有沒有其他作品，順便聊了一下小王子跟他的玫瑰花。」

「小王子跟玫瑰花？」金予真直覺想到「B612之芳」。「這有什麼好聊的？」

「我們在討論小王子喜不喜歡玫瑰花，等火箭修好，會不會回B612星球。」石磊把吹風機放回兩人中間，拿起紅茶在手上把玩，瓶身上的水滴在他的膝蓋、短褲，連茶几上都有一圈水痕，但他卻不在意。「易子同人滿好的，對設計很有想法，而且社交能力很強，又高又帥又有錢，跟他聊了一下，還真的很難討厭他。」

金予真擦桌子的手一頓，徹底忘了管理表情，驚詫地看向石磊。「你說……你說他人……好？」

「不可以嗎？」石磊都快把紅茶的外包裝揉破了。「不能因為我對他的第一印象不好，就全盤否認他的優點吧？我又不是小孩子了。」

金予真默默抽了面紙擦起桌子，雖然話題是他挑起來的，他卻不想再聽石磊講述有關易子同的事。

還以為他跟易子同的過往會讓石磊與對方保持距離，怎麼才一天時間，風向就變了？石磊是風向雞嗎？

「對了，我有個東西送你。」石磊回房間拿出了百貨公司的紙袋，放到了金予真的腿上，眼底像有星星在閃。「謝謝你的紅茶，還有吹風機。我自己也買了件同款不同色的。」就是抱著情侶裝的心思。

石磊暗自開心，金予真卻有不同的注意點。他冷著臉問：「你跟易子同去逛百貨公司？」

「沒有，我自己去的。」石磊不敢細想金予真反感的是他跟易子同出去，還是易子同跟他出去，反正他是鼓起勇氣送出禮物了，就是不知道有沒有機會跟金予真一起穿。

「我回房間了，晚安。」

不是他不想跟金予真待在同一個地方，是他會忍不住一直盯著金予真看，再怎麼喜歡一個人，最好還是拿捏一下分寸，不要過度影響對方。

等石磊關上房門，金予真才拿出紙袋裡的衣服，是件黑色運動T恤，左胸前是充滿搖滾設計感的岩石圖案。

金予真回頭看了眼石磊房間，然後把這件衣服套到身上，摸著胸口的岩石，淺淺地笑了。

Ω•℧

對比去年底閒到能抓蒼蠅猜公母的業務量，不到半年時間，精誠工業坊的委託案、平台銷量以及知名度全都一飛沖天，業內不少等著看他們笑話的人，紛紛打電話過來探聽情況。

揚眉吐氣固然高興，但原本人力就有些吃緊的他們，難免超出負荷，每接完一通電話就死了不少腦細胞，嚴重影響了案件進度。

石磊想建議金予真開放職缺，再為工藝坊添幾名學徒及助理，或是設計師，調查完了王靖及白筱倩的意見，就等午思齊過來。誰知這小朋友今天吃錯藥了，一來就直奔總監辦公室，像腳踩風火輪，氣勢磅礴，一副從容就義的模樣。

石磊正覺得奇怪，內線就響了。他頂著王靖與白筱倩的注視接起電話，就聽到金予真的聲音有些無力。

「你進來一下。」

石磊一秒都沒耽誤，敲了門進去。午思齊就站在金予真的辦公桌前，而金予真則單手捂住額頭，閉眼蹙眉。

「發生什麼事了？」石磊快步走近，就看見金予真點了點桌子，上面躺了封辭呈。他立刻對著午思齊大喊：「你要辭職？為什麼？」

午思齊堅定地說：「我跟綱哥在一起了，違反公約，所以我要辭職。」

難怪金予真要按頭，連石磊都有喝酒的衝動了。他深吸了一口氣，緩聲道：「綱哥知道你要辭職嗎？」

「不知道。」午思齊並未跟任何人商量，但這件事他已經思考很久了。「我不想委屈綱哥。他不相信愛情卻願意跟我在一起，不就是抱持著有一天過一天的想法嗎？我能給他的不多，起碼要讓他可以跟我一起走在陽光底下。」

石磊難免動容，可還是認為午思齊太衝動。「你應該先跟綱哥商量，況且我們不是一直在努力撤下單身公約嗎？」

「但是你跟綱哥都沒有信心，不是嗎？連易子同都在阻撓你，甚至想挖角你，把你弄走。」午思齊直白地說：「我不想再等了，我想光明正大地說言兆綱是我的男朋友。」

金予真聽到挖角，眼神瞬間銳利起來，定定地看著石磊，等他解釋。

「你怎麼會知道，綱哥跟你說的？」石磊忘記他們夫夫消息互通有無，竟然沒提醒言兆綱保密。「我不可能答應易子同，你知道……」石磊聲音放輕，近乎無聲地說：「我喜歡的人在這裡。」

金予真目光一顫，胸口的鬱悶感消散了些。

「可是……」午思齊看了眼金予真，突然為石磊感到不值，從來沒有隱藏過的喜歡卻得不到重視。「磊哥，你跟我一起辭職好了，有些人就是要失去才懂得珍惜！」

「午思齊！」金予真站了起來，惱怒地瞪著他。「石磊，打電話給學長，請他過來。」

「喔，好！」石磊連忙拿出手機，還差點滑掉，等待接通的時間度秒如年。「綱哥！你快來，思齊瘋了，他居然為了你跟金予真提辭職。」

掛完電話，辦公室裡的三人陷入了更尷尬的局面，空氣彷彿凝結，時間也停止流逝。

金予真不管午思齊，反問起石磊。「為什麼沒跟我說易子同挖角你的事？」

「我又不可能答應，而且說不定易子同只是過過嘴癮，根本沒有這種想法。」想考驗他對金予真的心意是否堅定。石磊立刻表忠心。「我不跟你說是因為我沒把這件事放心上，又不重要。」

金予真還是不開心，但他不怪石磊，只是擔心易子同有其他想法。「以後離他遠一點，我們只有合作關係，知道嗎？」

「喔。」石磊摳著手指，站在午思齊旁邊，好像兩個做錯事被罰站的孩子，看起來可憐兮兮的。

幸好Cat Soul離得不遠，言兆綱接到電話就立刻趕過來，衣服都沒換。王靖跟白筱倩見到他出現，恨不得跟他一起進到金予真的辦公室。

王靖呆頭呆腦地問：「到底發生什麼事了？這麼神祕？」

白筱倩想法比較廣，再套上午思齊不鳴則已，一鳴驚人的個性，聲線顫抖地說：「難道小齊齊跟金予真坦白他跟綱哥的事了？」

王靖無法理解。「他跟綱哥有什麼事？」

白筱倩深吸一口氣，咬牙微笑道：「反正沒你的事。」

言兆綱氣急敗壞地推開了金予真辦公室的門，看著一臉倔強的午思齊，再大的氣都化為了疼愛與無奈。

「你怎麼沒有先跟我商量？」言兆綱牽起午思齊的手，眼神裡全是拿他沒辦法的寵溺。「你不是很喜歡這份工作嗎？說予真很厲害，說石磊很照顧你，說王靖跟白筱倩把你當成自己的弟弟，說你在這裡學到很多東西，大家就像家人一樣，為什麼還要辭職？」

「因為我不想拿你來換。」午思齊見到了可以倚靠的人，剛才跟金予真槓上的氣勢一夕間柔軟了下來，講話都有了哭腔，淚水也在眼眶中打轉。「如果我能握住的東西不多，我會選擇握緊你。」

「你……」言兆綱又是嘆息又是笑。「你這個小笨蛋，真的是……」

「好了。」金予真受不了他們若無旁人地曬恩愛。「把他帶走，還有這個，拿回去。」桌上的辭呈也一併被金予真甩給了言兆綱。

「你不趕思齊走了？」石磊喜出望外。「所……所以單身公約……」

「不會撤下。」而且是他要趕午思齊走嗎？金予真沒好氣地說：「現在工藝坊人手不足，午思齊再離開，你們就別想下班了。這件事不准外傳，等過了這段時間再說吧。」

金予真不想承認午思齊的話觸動了他，雖然單身公約是他立的，真的要他在別人的感情裡當惡人，他又狠不下心，為什麼就沒人體諒一下他的立場跟心情。

「好了，你們統統出去，我要工作了。」金予真把他們三人往門口推，見言兆綱想握住午思齊的手，有被刺激到。「在這裡克制一點好嗎？」

「抱歉，習慣動作。還有，謝謝。」言兆綱悄聲向金予真道謝，氣得金予真把臉轉走。

石磊是最後一個離開的，走到門邊還特地轉過身跟金予真小聲說：「換成是我，也會選擇握緊你。」

金予真重重吸了一口氣，直接一把按住石磊的腦袋，遮住他的眼睛，把他推出去。

「有點創意，不要抄別人的作業。」然後把門關了起來。

石磊在門外嘟嘴，作勢咬了一下空氣。門內的金予真則是按住心口，靠在門上深呼吸。

在他覺得情緒稍有平復，能夠重新投入工作之際，隱約聽見外面有人說話，還有易子同的聲音。金予真立刻開門，果不其然，易子同就站在石磊身後，傾身看電腦。從金予真這個角度望過去，活像易子同把石磊抱住一樣。

最好金予真忍得住。

「易子同，過來，我有話跟你說。」

易子同看了石磊一眼，聳肩，然後走向金予真。

Ω・Ʊ

一走出精誠工藝坊，言兆綱就牽住了午思齊的手。

「你真的太亂來了。」言兆綱拿辭呈輕拍了午思齊的額頭。「什麼時候寫的？我怎麼不知道？」

「在學校寫的。」午思齊委屈地說：「我聽到你跟磊哥說的事了，我就是怕……」

「怕什麼？怕我隨時抽身？」言兆綱知道午思齊的心病，他被放棄過太多次，可是他以前都逆來順受，唯獨這段感情奮不顧身，勇往直前。「我答應過你談一場不分手的戀愛，不管你什麼時候回頭，我都在。不著急的原因不是因為不愛你，而是我覺得時間還長，你現在可以多費點心思在事業上。」

「真的嗎？」午思齊再次確認。「真的不管我什麼時候回頭，你都在嗎？」

「怕什麼？跑得了和尚，跑不了廟，你知道我家在哪裡，還有Cat Soul。」

午思齊哼了一聲，不情願地說：「我要的是和尚又不是廟。」

「哈。」言兆綱笑了出聲，甩著午思齊的手，要他開心一點。「別生氣了，石磊只是跟易子同玩了場遊戲，就像王子跟惡龍在爭奪公主，只是現代文學配對遍地開花，王子跟惡龍各有贏面，石磊沒有百分之百的信心而已。」

午思齊一聽，又緊張了。「會不會最後王子跟惡龍在一起啊？」

「那就看公主的意願了。」言兆綱打了個寒顫。「我是不願意看到那個畫面啦，太可怕了。」

石磊跟易子同最多化敵為友，其他的就算了，沒必要發展恐怖文學。

Ω・Ʊ

知道易子同企圖挖角石磊，來到精誠也不問合作案進度，直接像狗皮膏藥一樣貼在石磊身邊，金予真一度有了解約的衝動。

「易子同，你到底想幹什麼？」

「真冷漠，以前你都喊我E-Stone的。」易子同彈了下手指，興奮地說：「我都沒發現，我叫E-Stone，石磊剛好也是Stone，這是什麼緣分？」

「呵，強行扯上關係的緣分，還能有什麼？」金予真的臉色黑得能滴墨了。「不要顧左右而言他，你到底想幹什麼？」

「好久沒見到你氣急敗壞的樣子了，真讓人懷念。」易子同想搭金予真的肩膀，卻被閃開。「冤枉啊，總監大人，我只是來跟你們合作而已，又有什麼壞心思呢？」

「別裝傻，你真的不知道我在說什麼嗎？」金予真氣急敗壞，不再拐彎，直接質問易子同：「你為什麼要挖角石磊？」

「我覺得他有發展性，給彼此一個機會而已，你不用緊張，他拒絕我了。」易子同又說：「但是我不會放棄的，畢竟他跟那時候的你，有那麼一點點像。」

「易子同！」金予真差點上手抓他的衣服。「石磊不是你的玩具！」

「說玩具太貶低石磊了，最差也是個替身啊。」易子同又在暴怒的金予真身上點了把火，順利獲得被人抓住衣領、摜到牆上的福利。他握住金予真的手腕，笑著說：「Real，放輕鬆，我已經不是當年的易子同了，現在的我有能力照顧石磊。」

「夠了。」金予真加強壓制他的力道，易子同高舉雙手投降。「他是我的員工，你離他遠一點。」

「他是你的員工，但我不是，單身公約對我來說沒有約束力。」易子同笑嘻嘻的，完全不把金予真的威嚇放在眼裡。「再者，一旦石磊不再是你的員工，你又有什麼立場限制他呢？你不願意跟我復合，又吊著石磊的胃口，我把石磊帶走，不是皆大歡喜嗎？」

「他不可能跟你離開的。」金予真收回手，惡狠狠瞪著易子同。

「凡事沒有絕對。」易子同整理了一下被金予真抓皺的衣服，從容地說：「只要鋤頭揮得好，沒有牆角挖不倒。Real，你自己都不相信等在原處的愛了，還信石磊不會失望嗎？」

易子同看熱鬧不嫌事大，拉開辦公室的門，大步跨了出去，不顧金予真的阻攔來到石磊面前，開始揮鋤頭。

「金予真說你喜歡他讓他很苦惱，因為他對你沒有那方面的意思，可是又倚重你的能力，所以由我來當壞人，麻煩你以後不要再意淫他。」

「你胡說！」金予真氣到立刻衝過來推了易子同一把，力道之大，讓易子同連退三步，撞到椅子才停下來。「石磊，我沒有說那些話。」

石磊放下繪圖筆，先是看了一眼雲淡風輕但是痛到皺眉的易子同，再看了一眼暴跳如雷又憂心忡忡的金予真，嘆了口氣。「你們在為了挖角的事吵架嗎？」

兩人互看一眼，各自嫌棄別過頭。

石磊先存好圖檔，以免資料流失，才站了起來解決這場莫名其妙的紛爭。

「E-Stone，我跟你說……」

「你喊他什麼？」金予真截斷他的話。現在的他就像地盤被入侵的獅子，特別暴躁。

「你先安靜，我先跟他說。」石磊拍了拍金予真的手，要他稍安勿躁，然後對著易子同說：「我不會離開精誠，但是我們能當朋友，互相交流，也不排斥接受遠山集團的委託案。」

石磊轉過頭來面對金予真，猶豫了一會兒才問：「我的感情造成你的困擾了嗎？」

金予真頓了一下，才緩慢搖頭。

「我一直沒有機會再問你。」石磊欲言又止，數度想終止話題，最後還是敗給了想知道答案的渴望。「金予真，你喜歡我嗎？」

喜不喜歡是一回事，要不要在一起又是另外一回事。石磊想要得到具體的答案，但是又不知道自己有沒有能力負擔這個答案，緊張到把指甲縫都摳破了，痛得他抽了一下眼睛。

等他從疼痛中緩過來，金予真仍舊沒給他答案，甚至還退後了一步。

結果說話的是易子同。

「我就說吧，他不喜歡你，他覺得是負擔。」易子同拍了拍自己的肩膀，大方地說：

「難過想哭，這裡可以借你。」

「易子同，你閉嘴！」金予真只能把氣出到易子同身上。

在旁大氣不敢喘一聲的白筱倩立刻拉著目瞪口呆的王靖遠離戰場，小情侶飛快撤退到茶水間，恨他們太過天真，大佬們的戲哪是市井小民能看的？

「我去車間，沒事別叫我。」石磊受不了凝重又低迷的氣氛，隨意印了幾張設計圖，拿了就走。

雖然金予真的反應在石磊的預料之內，還是難免受傷，尤其午思齊的護夫言論言猶在耳，跟言兆綱甜甜蜜蜜相攜離開的畫面還在腦海熱播，對比自己的慘況，他沒有奪門而出，找個無人的地方大吼大叫就不錯了。

10

自從在辦公室問了金予真喜不喜歡他卻得不到正面回應之後，石磊去車間的次數明顯多了，待的時間更長了，十之八九金予真從辦公室裡出來，在石磊的位置上都看不到人。

雖然石磊還會跟他匯報業務情況，以及工藝坊每個人的工作進程，看他的次數卻少了，講的內容乾淨俐落，事情交代完就立刻離開，以前還會跟他閒聊幾句。

金予真很慌，又覺得空虛，好像石磊停止靠近，他們的距離馬上就拉開十萬八千里似的。所以看到午思齊他就很煩，後悔為什麼不收下他的辭呈。

「你這種心態純粹遷怒啊。」言兆綱哭笑不得，要午思齊到員工休息室等他，讓他處理閉店了還不願意離開的金予真。「不過你這樣子還真讓人懷念，不假掩飾，會鬧脾氣，明白地說出來自己不開心，跟大學時期的你很接近。」

「你直接說我又幼稚回去就行了。」金予真沒好氣的說：「我也不想這樣。」

「不就怕石磊被搶走嗎？」言兆綱一邊擦拭玻璃杯，一邊開導金予真。「就我對石磊的了解，他這麼固執的一個人會放棄認定的目標，肯定不是因為困難，而是因為心灰意冷。再怎麼勇敢的人，遇到一直沒有反饋的循環，也會失去繼續向前的勇氣。如果你不喜歡石磊，放他離開對你們兩個都好。」

「誰說我不喜歡他？」金予真反駁，話一說完又後悔。「我……我就是……」

「一朝被蛇咬，十年怕草繩。」言兆綱不是不明白，就是無奈。「石磊願意等你，不代表他願意花一輩子的時間等你，你要好好考慮，不要揮霍他的喜歡。沒有得到回饋的愛無法產生良好的循環，沒有良好的循環就無法再生，你覺得他對你的喜歡能撐多久？」

金予真陷入沉默，但言兆綱知道他在思考、掙扎。

「還是你還喜歡易子同？」言兆綱冷不防丟出炸彈。

「怎麼可能？」他還喜歡易子同就不會對石磊動心了。

就像言兆綱說的，他跟易子同的感情沒有良好的循環，當年的喜歡已經蹉跎完了，只是留給他的傷害太大，摸著傷疤都會想起受傷時的痛苦跟絕望。

那段路太苦了，孤獨到像被全世界拋棄一樣。

「那這樣易子同可以完全忽略不管，你只要專注跟石磊的關係就行了。」言兆綱說：「不是逼你一定要接受石磊，只是你不接受，不能怪石磊為何不肯留下，或者等石磊不喜歡你了，當朋友也可以。」

金予真現在就是個矛盾體，不想只做朋友，因為朋友不能牽手，但又害怕超出了朋友的界線，兩人的手會越離越遠。

「你不用擔心，石磊能跟易子同和平共處，跟你一定沒關係。」言兆綱又笑著添了一把柴助燃。

「收收你的惡趣味，別以為我聽不出來。」金予真耙了下頭髮，煩躁得很。「石磊在躲我，我也不知道該怎麼跟他說，這種感覺很差。」

「你們見面不是在家就是在工藝坊，製造不出氣氛，換個地方，你約他出去走走吧，看個電影什麼的。」言兆綱這才想到他因為工作的關係，跟午思齊交往到現在好像也沒約會過幾次。

「如果石磊拒絕怎麼辦？」金予真還擔心。「要是石磊答應了，但是得不到他期待的結果怎麼辦？」

為了留下石磊而倉促接受他的感情，對他也不公平吧？

「不然來個Double dating吧，你應該能自在一點。」言兆綱腦中突然飄過一個可怕的想法，如果金予真跟石磊終成眷屬，他是不是能坐主桌？「思齊提過想去野餐，你覺得怎麼樣？」

「好。」金予真沒有拒絕的理由，為了增加石磊同意的機率，他還加了設定。「你讓午思齊去約石磊，然後你假裝約我。」

「……」言兆綱心想：我為什麼要為你的愛情當配角？

「就這麼說定了，謝謝學長。」金予真終於願意離開，讓言兆綱可以收店，帶午思齊回家。

然而學長不愧是學長，隔天下班，石磊主動找上金予真。「綱哥說要謝謝你留下思齊，周末想約你野餐，你有空嗎？」

「當然有空。」金予真笑柔了眉眼，很高興是由石磊來邀請他。「這好像是我們第一次出遊。」

「誰說我要去了？」石磊想起藍娟離開前的囑咐，突然一陣心虛，嘴硬了起來。

金予真臉色驟然沉了下來。「你不去，我就不去了。」

「哪有這樣的？」石磊炸毛，立刻瞪了金予真一眼。

金予真笑了。「我說真的，他跟午思齊是情侶，我夾在中間不尷尬嗎？」金予真伸出手指頭點了點石磊的額頭，真懷念這樣的相處模式。

石磊拍掉他的手，哼了聲。「知道了，我會去。」

就是不知道金予真能不能注意到戀愛中情侶的化學反應，而不是擔心兩個人在一起後就是走向分手的開始。

Ω・Ʊ

雖然言兆綱是Cat Soul老闆，準備餐點嫻熟於心，石磊依舊認為他應該為野餐出一份力。討論好各自要準備的餐點，石磊打算周五下班再去採買。幸好言兆綱知道金予真體質特殊，不用擔心他有多少東西不能吃。

不過金予真堅持要跟。

「綱哥提出野餐是為了感謝你，你人到就好了。」石磊要他直接回家，但是金予真不顧一身與超市格格不入的西裝，堅定地走在石磊旁邊，還想幫他推購物車。

金予真反駁道：「我想有參與感，不行嗎？」

「好吧，你開心就好。」左右說不過金予真，石磊索性放棄抵抗，開始挑選食材。

不得不說，跟金予真一起在超市裡買菜，補充生活用品，是一件會讓人產生幸福感的事，好像他們真的是一對。

隔天一早，石磊走出房門，金予真已經在廚房準備了，等他從浴室洗漱完出來，只剩下裝盒的工作。

「交給你收尾，我去換衣服。」金予真揉了一下石磊的頭髮才回房間。

石磊忍不住嘀咕。「不娶何撩？渣男！」

沒多久，金予真就換好衣服出來，石磊剛好蓋上最後一個保鮮盒，回頭一看，人都傻了。

金予真穿上了他送的黑色T恤。

「還可以吧？」金予真有些不適應，不敢直視石磊。

「嗯，很好看。」石磊心跳加快，克制不住笑開的唇角，差點又衝動跟金予真告白。

為了回應金予真，石磊當然換上了同款白色上衣，佯裝沒事地出了門。

兩人都不敢看對方，卻又忍不住貼手臂走，這樣的曖昧朦朧很難不讓石磊多想。

到了野餐地點，午思齊一看兩人穿了情侶裝，突然羨慕，拉著石磊說：「你真的沒跟總監在一起嗎？」

「沒有，還在追呢。」石磊感慨道：「只是這幾天沒怎麼黏他，又是野餐又是穿我送的衣服，難道真的要刺激他才會有進度嗎？」

「你真有耐心，要是我早就走了。」長痛不如短痛，期待太久最後全數落空的感覺太差了，午思齊最反感這種事。「磊哥，記得給自己設停損點。」

「還要你教我？」石磊笑著捏了把午思齊的腮幫子。「走吧，把東西擺一擺。」

言兆綱選的野餐地點在河濱公園內，找了一處樹影遮蔽的草皮，鋪上野餐墊，將雙方帶來的食物擺了出來。石磊拍了幾張照片，調好濾鏡，傳上社交平台。

「我好像沒有加你好友。」言兆綱拿著手機跟石磊互加了社交平台帳號。

金予真滿心羨慕，但是開不了口讓石磊知道他也想加社交平台好友。

還以為石磊會順勢問他帳號，金予真都準備好了，結果石磊當著他的面把手機收了起來，對他網路上的東西一點都不好奇。如果放一串葡萄到金予真臉旁邊，都分不出來哪一邊比較黑。

言兆綱跟午思齊坐在一起，兩人之間沒有縫隙，不管幹什麼，身體總會有一部分連在一起，不是手就是腿。

反觀金予真跟石磊，幫他們拍照，中間距離還能後製進王靖跟白筱倩，假裝成精誠工藝坊的員工聚會。

「綱哥，我也想穿情侶裝。」午思齊小聲說，但野餐墊不大，在場所有人都聽見了。

「好，等一下去買。」言兆綱本來就寵午思齊，從午思齊不顧決定為愛辭職後，更是晉級到有求必應的爹系男友。

金予真有些眼紅，但知道這次野餐是言兆綱為了幫他才策劃的，能不能把握機會全看他的表演，便開始偷偷靠近石磊，小動作逐漸頻繁。

「這個甜橙很好吃，你吃吃看。不然先吃芭樂好了，免得你吃芭樂覺得沒味道。」金予真為石磊戳水果、倒飲料，有意拉近兩人距離。

石磊不是傻子，沒有放金予真一個人唱獨角戲，不僅回應著他說的話，拿取食物時也會順手遞給他一份。

一邊是戀愛進行式，一邊是未來式，經歷過一些事情後，午思齊變得比較不怕金予真，還大膽問他大學時期的言兆綱是什麼樣子。

「跟現在差不多，待人接物很溫柔，人際關係融洽，但跟誰都不是很親近。」金予真還懂得投桃報李，對著午思齊說：「你是特別的。」

果然哄得午思齊很開心，含情脈脈看著言兆綱。

這讓石磊忍不住腹誹，明明會說話，卻一直不說人話。

言兆綢本來還懸著一顆心，擔心午思齊認為他太博愛，回去跟他鬧脾氣，看來金予真情商不低，就是面對自己的感情時像隻鴕鳥似的。

然而未來式跟現在進行式都在，過去式也來了。

「終於找到你們了。」易子同一來就直接坐到金予真跟石磊中間，全然不當自己是外人，不管氣氛多麼尷尬，他都能自說自話。「我都快把河濱公園走完了，累死我。」

「你為什麼會來這裡？」金予真既不能把易子同推走，又不能把石磊拉過來，特別心煩意亂。

「我為什麼會來這裡，你猜不到嗎？河濱公園，鵝卵石愛心，你忘了，但我沒忘。」易子同最懂何謂打蛇打七寸，金予真瞬間啞口無言。「騙你的，我是看到石磊的動態才知道你們在這裡野餐。」

「你有石磊的帳號？」金予真再次受到衝擊，難道在場的只有他被石磊排除在外？

易子同沒理他，轉向對石磊說：「我在附近踩點，你還記得我們明天有約吧？」

石磊一度跟不上話題進展，在易子同詢問的眼神下，緩慢地點頭。「嗯，記得。」

金予真就緊張了，連忙問：「你們有什麼約？」

「你真的想知道嗎？」易子同憐憫地看著金予真，真誠地說：「勸你不要。」

「到底有什麼約？」金予真直接起身走到石磊旁邊，蹲下來問他。「你們到底有什麼約？」

「我……」

易子同搶答。「不就是石磊說他只喜歡你，我不信，就要他給我機會，假裝情侶跟我約會一天，讓他見識一下我的男友力。」

「約會？」金予真冒出青筋，極力抗拒。「我不准！」

「石磊已經答應了。」易子同吃了塊甜橙，滿意地點頭。「況且你有什麼立場反對？來，你說我聽。」

「來，吃瓜。」言兆綱插了塊西瓜給午思齊，身為少數知情人，還是為眼前的畫面感到震撼。

午思齊一邊嚼西瓜一邊評論，「我以為總監是公主，原來磊哥才是。」

「他們之間的關係比較複雜，反正易子同不會是公主。」言兆綱好奇的是都到這種程度了，金予真會有什麼反應？

石磊有同樣的想法，緊盯著金予真的一舉一動，卻遲遲等不到金予真的反殺。就像滴水入海，什麼動靜都沒有。石磊嘆了口氣，覺得自己像個小丑。

「好好期待明天吧。」易子同拍了下石磊的肩膀，沒有多留，像一陣風颳了就走。

金予真這時又問：「你為什麼會答應易子同？」

「不知道，就答應了，他說體驗一下被愛的感覺也好。」石磊慌亂地拿起東西塞進嘴裡，想要緩止一下翻湧的情緒。「反正就看他搞什麼鬼，兵來將擋，水來土掩，才不怕他呢。」

「萬一擋不了呢？」

石磊抬頭看他，帶了點脾氣說：「那就是另一個故事了。」

Ω・Ʊ

凌晨三點多，金予真還是睡不著。想起野餐不歡而散，石磊對他無話可說，金予真就難受。他到廚房喝水，路過石磊房間，差點有一股衝動開門進去，按住他的肩膀，要他推了易子同的約。

假裝情侶？虧易子同想得出來！

最後，金予真在石磊房門前站了好一陣子，才移到客廳，坐著發呆，想要思考他跟石磊的事，卻發現腦子換成了稻草，完全沒辦法用。

「金予真，醒醒！」石磊搖著金予真的肩膀，不可思議地說：「你怎麼睡在客廳？快起來。」

金予真頭暈腦脹，腰痠背痛，雖然醒了但眼睛張不太開。「我居然在客廳睡著了？」

「你還問我呢。」石磊差點沒嚇死，還以為他忙工作忙到累倒，結果茶几上乾乾淨淨，什麼都沒有。「你回房間睡吧，我要出門了。」

「等等！」金予真拉住他，緊張地坐了起來。「你要去哪？」

「跟易子同出去啊，你不是知道嗎？」石磊見他精神狀態不是很好，有點擔心。「你回房間睡吧，睡醒記得吃東西，我晚一點就回來了。」

「你跟易子同要去哪裡？」

「他說要給我驚喜，所以沒講。」石磊聳肩，覺得無所謂。「反正去哪都一樣，我只是想讓他死心而已。」

「石磊，我……」金予真不想放他離開，又給不出承諾。「有件設計稿我一直改不好，你可以留下來幫我嗎？」

「晚上回來再幫你看吧，我跟易子同約好的時間快到了。」石磊把手收到回來，不顧金予真更加鐵青的臉色。「你去睡覺啦，說不定就是休息不夠才想不出來。我先走啦。」

「你不准走！」金予真氣急攻心，話不過腦就蹦了出來。「易子同不是什麼好人，他想讓你離開我，你為什麼還要上鉤？」

「我不會離開，只是……」石磊停頓了下，因為太想知道金予真的答案，最後還是將他的試探問了出口。「如果我真的談戀愛，是不是也要離職？」

金予真一把坐了起來，好像石磊下一秒就要跟人跑了一樣，只是礙於面子還有自己一路走來所堅持的員工不得戀愛、不得結婚的原則，只能移走視線，嘴硬地說：「不要犯就好了。」

「如果明知還要故犯，一定是想了很久，經過深思熟慮才會這麼做。」石磊一直都很迷惘，追得太緊怕金予真跑了，放得太鬆，又怕兩人關係原地踏步，無法前進。「要是哪天我真的談戀愛了，對象不是你，不就表示他比你還要重要嗎？不就表示他賦予了我無比的勇氣嗎？」

「不行！」明明只是假設，金予真卻嚇得臉色發白，急急忙忙握住石磊的手，卻什麼承諾都給不出來。

「你有想過我們是什麼關係嗎？」石磊等了一會兒都等不到金予真的答案，難免心灰意冷，用力掙脫了金予真的手。「算了，當我沒問。」

金予真就這樣看著石磊走了，心煩意亂的他進浴室沖了一下冷水，試圖冷靜，卻發現他越來越焦躁，完全靜不下來。

石磊說他赴約是想讓易子同死心，萬一最後是石磊對他死心呢？

你有想過我們是什麼關係嗎？

金予真捶了一下牆壁，終於在獨處的時候，啞聲說出真實的心情。「我們的關係，不就是你喜歡我，我也剛好喜歡你嗎？可是……」

他害怕重蹈覆轍，再次體會得到後又失去的痛苦，所以沒有勇氣面對石磊坦然的喜歡，要是石磊真的不想再堅持下去，他連得到都不曾有過。

如果不曾擁有……

思慮過度加上睡眠不足，金予真很難思考，若順應本心而為，此刻的他只想把石磊帶回來。

對，先帶回來，帶回來再說。

金予真慌到浴室沒有拖乾，就頂著一頭滴水的頭髮，腰部圍著浴巾，衝出來打電話給石磊。

結果石磊關機。

金予真更慌了，衝進房間隨便找衣服套著就出門，直奔Cat Soul找人。

「學長！」金予真一進來就往吧檯衝，差點把言兆綱嚇死。

「你怎麼回事？被搶了？」言兆綱沒見過金予真如此狼狽，外面要是下雨，他出去淋一場再回來都比金予真體面。

「石磊關機。」金予真講話帶喘，無法一口氣說完。「他跟易子同出去，手機、手機關機。」

言兆綱知道他又得充當愛情顧問，便把沖咖啡的任務交接給程珞，將金予真帶到一旁，專心應付。

「易子同呢？你有找到他嗎？」

金予真搖頭。「我沒有他的手機。」

「你們不是合作方嗎？沒有電話？Line呢？」言兆綱以為自己幻聽。

「都透過郵件聯絡。」加上易子同三天兩頭往工藝坊跑，根本沒有電話聯絡的必要，誰知道有後面這一齣。

「那就沒辦法了，石磊關機有兩種可能，一種是他不希望被打擾，另外一種是有人不希望他被打擾。」言兆綱揉了揉鼻樑，不曉得該如何做這個中間人。「他們正在以實習情侶的身分約會，關機很正常，等到了晚上石磊還沒回去再說吧。」

「到了晚上就來不及了。」金予真來的路上把石磊會發生的慘況都想了一遍，越想越心寒。「易子同會傷害他的。」

「石磊不是小孩子，易子同也不是變態，能發生什麼事？」言兆綱神色無奈。「別說你沒立場去問，我也沒資格去管，除了等石磊回來，你又能做什麼呢？就像石磊除了等你回應，他還能怎麼辦呢？呃，他能做的就多了，當我沒說。」

「你已經說了。」金予真扶額，頭痛到快炸了。「學長，你認為我應該跟石磊在一起嗎？」

「這件事應該問你自己才對，怎麼會問我？」他是月老還是邱比特？言兆綱覺得荒謬極了。「石磊已經走了九十九步，如果你連最後一步都踏不出去，又憑什麼怪他不把這一百步路走完？又憑什麼阻擋想走到他面前的人？就算會受傷，以石磊的個性也不會後悔。」

言兆綱又說：「你害怕失去，難道石磊就不害怕嗎？石磊此刻跟你承擔的是一樣的風險。我以前也不相信愛情，會跟思齊在一起，是因為他很認真地問我，要不要跟他談一場不分手的戀愛。你害怕失去，那就用力抓緊啊！」

金予真低頭看著自己的手，然後緩緩握緊。

與其擔心失去，不如好好經營，維持良好的循環，讓愛情不斷再生。

他為什麼不早點想通呢？道理就這麼簡單。

「可是我不知道石磊去哪裡了，萬一易子同得逞了呢？」金予真懊悔不已，只能向言兆綱求助。「學長，幫我。」

「我真的快成為NPC了。」言兆綱深呼吸，從口袋裡抽出手機，打開石磊的社交平台。「只能碰運氣看能不能找到易子同的帳號了……有了，應該是這個。」

易子同有在昨天野餐的動態下留言。點開易子同的頭像，他半個小時前剛發布動態，上傳了兩張照片，分別是河濱公園跟鵝卵石排出的愛心，配文「新的開始」。

「新的開始？」金予真一股寒意從脊椎骨竄了上來，二話不說，立刻奪門而出，趕往河濱公園。

「下次來我就要收錢了。」言兆綱沒好氣的說，多年來以溫柔示人的他，第一次想溫柔的打人。

Ω・℧

正值假日，河濱公園活動的人不少，野餐、放風箏、騎腳踏車、散步，金予真一路跑來錯身而過的沒有幾十個也有十幾個，但統統都不是石磊。

他已經繞過一圈，第二次回到愛心鵝卵石這裡，背部已經濕了一片，左顧右盼，慌張失措，像有雙隱形的手，正從他體內抽走相當珍貴的東西。

「石磊？石磊！」金予真開始絕望，胡亂地對著四周喊人，聲音越來越大，也越來越破碎。「石磊……」

「金予真？」石磊從他後面走了過來，有些意外，有些開心，更多的是難以言喻的感動。「真的是你，我還……」

石磊被抱住了。金予真猛然衝了上來將他按進懷裡，力道之大，就像要把兩人揉在一塊，誰來都分不開一樣。

「石磊。」金予真的聲音充滿恐懼，就怕他懷裡的石磊不過是自己幻想出來的產物。

「賭約是我贏的，你還欠我一件事，記得嗎？」

「嗯，記得。」石磊把下巴靠在他的肩膀上，望著天空說：「所以呢？你要用賭約要求我不准靠近易子同嗎？」

「不是！不是……」金予真心跳得很快，但空落許久的心在擁抱石磊的同時，瞬間充盈，他終於知道自己要的是什麼了。「我要你永遠別離開我。」

壓抑許久的委屈一口氣爆發。石磊眼淚馬上湧了出來，嘴上依舊不饒人：「怎麼覺得我很吃虧啊？」

「我也永遠不會離開你。」金予真在他耳邊許下承諾，原本禁錮他多年的心牢已然消失。

他已經有能力與石磊攜手並進，誰也不會丟下誰。

「真的？」石磊抓緊他的衣服，很怕金予真隨時反悔跑掉。「你願意跟我在一起了。」

「對不起。」金予真此話一出，便感覺到石磊抓他衣服的手改成掐他腰間的肉。他笑了出聲，在石磊耳邊輕聲說：「我愛你。」

「你……」犯規！石磊又氣又羞，掐得更用力了。「你到底要不要跟我在一起？」

「當然要，你不給我名分嗎？」金予真握住他用刑的手，解釋道：「對不起是為了之前不開竅的我道歉，我愛你是我對你真實的回應。」

「還好你開竅了，不然我都不知道該怎麼辦了。」萬一計劃失敗，金予真誰都不要，他還得先努力留下來再慢慢圖謀。石磊委屈壞了，氣得揍人。「都是你！以後不對我好一點你就慘了！」

「好好好，對不起，都是我不好。」金予真連哄帶騙。「我現在可以親你了嗎？」

石磊頓時語塞，從脖子一路紅到耳朵。「不行，我們在外……」

金予真直接側頭親了下去，合約除了雙方簽字外，最好還要蓋個章。

「好了啦！」石磊把他推開，臉已經紅得像煮熟的蝦子一樣，低頭不敢見人。「等一下，你的手怎麼了！」

石磊這時才發現金予真的手背起了一大片疹子。「你怎麼沒戴手套出門？」

「為了找你太著急，就忘了。」金予真一路過來提心吊膽，倒是把身體上的不舒服忽略了，直到石磊提醒才感到不適。「有點癢。」

「不要抓啦，等下破皮。」連手套都忘了戴，更別指望他身上有藥。石磊心疼死了。

「先去超商買冰塊冰敷，然後回家擦藥。」

「有點不舒服，好癢。」金予真生硬地撒嬌，講完連自己都覺得羞恥。

但是石磊中招了，握住金予真的手，深怕他搗蛋亂抓。「忍一下，真的很癢就先用拍的。下次出門記得戴手套，你這個重度過敏的傢伙。」

「你會覺得很麻煩嗎？」

「才不會，大不了以後我幫你記著，行了吧？」

新出爐的小情侶一個嬌、一個寵，若無旁人地走著，滿心滿眼只有對方。

Ω・Ʊ

易子同推開 Cat Soul 大門，不用店員帶位，直接坐到吧檯邊，向言兆綱點了杯香草拿鐵。

「遊戲結束了？」言兆綱先倒了杯水給他，不忘打探消息。

「哪有什麼遊戲？不過是盤棋局，左手執黑子，右手執白手，左右互搏而已。」易子同輕笑出聲，接過言兆綱遞來的水杯，手指沿杯緣畫圈，整個人的氣質柔軟了下來。

言兆綱對於自己可能也是棋盤上的一子感到不悅。「一下子要跟予真復合，一下子又要帶走石磊，你真正的目的是什麼？」

「讓 Real 重新接受一份感情，就這樣。」易子同第一次當紅娘，回想過程，簡直慘不忍睹，還好沒有人把他的蠢樣拍下來。「我欠 Real 太多，拿我還他，他又不接受，還好石磊意志堅定，Real 又喜歡他，就想盡辦法撮合他們囉。」

言兆綱這時才意識過來。「你故意當壞人？」

「哪是壞人？」易子同笑瞇了眼，自我調侃。「是十級茶藝大師。你不覺得茶香濃厚嗎？」

「確實滿濃的，我都想幫你加水了。」言兆綱失笑，難得看易子同順眼。

「謝了，我還是喝學長的咖啡吧。」易子同側頭，故意問：「我現在有資格喊你學長了吧？」

「隨你。」言兆綱把香草拿鐵放到他面前。「今天有時間把咖啡喝完了吧？」

「雖然我要走了，不過還夠喝一杯咖啡的時間。」

言兆綱訝異。「你要走了？」

「不走還留下來泡茶嗎？」易子同挑眉道：「我很忙的，公司一直催我回去，過兩天就有專人來接精誠的案子了。」

「所以你真的是為了予真回來的？」言兆綱吃驚的表情實在傷人。「我以為你是順便。」

「看來我得好好審視一下在外形象了。」易子同哭笑不得。「抱歉，我接一下電話。」

一看來電是麥正雄，易子同也懶得移步，直接在言兆綱的面前接起。「嗨，麥叔，怎麼有空打電話給我？」

「予真的狀況怎麼樣，石磊還不錯吧？」麥正雄劈頭就問主角，顯然知道易子同的目的。

「石磊就像你說的一樣，正向、陽光、熱情，專業能力強，對予真死心塌地，連百萬年薪都挖不走，予真也確實對他有意思，就是放不開，但又放不下。」易子同省略過程，直接宣布結果。「不過現在都解決啦，兩個人在一起了，我總算可以回去了。」

麥正雄又問：「予真原諒你了嗎？」

「原不原諒無所謂，他走出來就好，不枉我一番佈局。」過程雖然有些波折，還好結局如他所願。

金予真在河濱公園的愛心鵝卵石向他告白，兩人結束得不好看，這次金予真與石磊在河濱公園的愛心鵝卵石旁互許終生，希望這次就不要結束。

至於他說不出口的對不起，就讓他一輩子背負著吧！

Ω・Ʊ

周日下午的精誠工藝坊寂靜無聲，金予真與石磊挑這時候回來，感覺像作賊似的。兩人來到公佈欄。

「我要撕了喔。」石磊看向金予真，故意再跟他確認一次，神情有點皮。

「撕吧，你不是等很久了嗎？」金予真拿他沒辦法，只能順著他，讓他開心。

石磊得意洋洋地取下單身公約，刻意轉身面對金予真，在他面前把這張紙撕成兩半，一半給他。「一人一半，感情不會散。」

「這句話是用在這裡的嗎？」金予真無奈一笑，只能接過。

石磊馬上把手裡的單身公約撕成碎片，然後盯著金予真，讓他把另一半毀了。

「等等，先別丟。」石磊把手上的碎片全交給金予真捧著，在工藝坊內四處翻找，才讓他找到了一個鐵製的餅乾盒。「放進去。」

金予真不明就裡，仍然聽話地把碎片放進餅乾盒，見石磊將餅乾盒放到王靖桌上。

「糟糕，好像撕得太碎了，王靖猜得出來這是什麼嗎？」石磊覺得不保險，又把餅乾盒放到白筱倩桌上。

金予真終於問出口：「你在幹什麼？」

「你知道嗎？」石磊把手背在身後，抬眸看他。「王靖跟筱倩是一對的。」

「看出來了，我又沒瞎。」好幾次他走出辦公室想看石磊，結果看到的都是尾巴沒藏好的慌張情侶。

他能怎麼辦？只能裝瞎。

石磊上下打量了他，酸了他一句。「你還滿會藏的。」

「不然呢？把他們兩個辭退？」雖然他考慮過，畢竟一開始接手精誠，沒想過拖一帶四，現在還真慶幸當初沒狠下心。

果真「人情留一線，日後好相見」這句話不是沒道理。

「行吧？」石磊左右搖晃了一下，對金予真的好感度是坐火箭狂飆。「幸好你開竅得快，不然我還想問易子同遠山集團有沒有適合王靖跟筱倩的職位，把他們打包送過去，雖然從頭開始比較難，至少經濟來源不會落差太大，不影響他們成家。」

若不把金予真近半年來發的獎金算進去，遠山集團的待遇應該能消弭王靖的恐慌。

石磊沒提還不打緊，一提金予真才發覺忘了什麼東西。

「易子同呢？他不是約你出去嗎？」怎麼在河濱公園只剩石磊一個？

「我也不知道，看到你之後他就不見了。」石磊這個缺心眼的也在此刻才想起易子同不見了。

金予真語氣偏酸，忿忿不平地說：「你還跟他扮演假情侶，你們是小朋友嗎？居然把這種事當家家酒玩？」

「生氣啦？」石磊側向左邊問。「吃醋啦？」石磊又側向右邊問。「其實是騙你的，是易子同說要跟我玩個遊戲。」

「什麼遊戲？」金予真皺眉問。

石磊小心翼翼道出了當天的情況。

「既然如此，不如我們來玩個遊戲。」易子同像在打什麼壞主意，對石磊勾了勾手指頭，在他耳邊說了遊戲規則。「我們假裝約會，看Real吃誰的醋。」

「什麼無聊的爛遊戲啊？」想到要跟易子同約會，不管真的還假的，他都頭皮發麻，敬謝不敏。

「不逼一下Real，他不會破殼而出。」易子同自信地說：「我覺得他對我還有感情，只是你的出現讓他有了寄託的錯覺，所以他才會猶豫不決，我們要讓他正視自己的內心世界。」

「有那麼容易嗎？」石磊不信。

「條件是人創造出來的，我覺得不難。」易子同說出了他的設定。「首先，你要在Real面前表示很欣賞我，把我當朋友，讓他有危機感，之後我會找機會當著

Real的面約你，如果他追出來，就可以讓他在我們兩人之間做選擇。」

「如果他沒追出來呢？」石磊不覺得金予真的保護殼這麼容易就打破。

「沒追出來就表示對他來說我們都不夠重要，遊戲失敗，我們都是Loser，但是Real因為我而困在原地七年，我不相信這時候他不會走出來。」易子同抬高下巴，給出了遊戲獎懲。「如果Real選擇你，我會馬上消失，永遠不再跟他見面；如果Real選擇我，你必須離職，離開精誠。」

「所以易子同突然不見是因為他覺得自己輸了？」石磊此刻才醒悟過來，訝然道：「他也消失得太快了吧！」

金予真才不管易子同，反而被石磊氣到理智線快斷了。「你居然答應他玩這種遊戲，萬一我沒追出來呢？萬一你輸了呢？」

「輸了就換個地方喜歡你啊！」石磊早就想好了。「易子同又沒說輸了不能繼續喜歡你。」

「你真的是！」金予真把他圈進懷裡，餘驚未退。「嚇死我了。」

「會怕就好。」石磊嘟著嘴說：「我也很怕好不好？」

「對不起，都是我不好。」金予真滿滿心疼，幸好石磊不離不棄。「謝謝你一直喜歡我。」

「要回禮的。」石磊不客氣地說：「我這個人很講求公平性的，你也要一直喜歡我，知道嗎？」

「會的。」金予真親了親他，抱著不放。「你不離，我不棄。」

他說的永遠就是一輩子，即使這條道路在世俗裡仍充滿荊棘，只要有石磊陪伴，他就能一直走下去。所有磨難都變成香甜的蜂蜜，他會讓石磊泡在蜜裡。

Ω・℧

單身公約撤銷後，精誠工藝坊像春回大地，萬物復甦，處處充滿生命力。

王靖跟白筱倩不再忌諱牽手上班，小情侶模糊的邊界感回來了。午思齊則是能在工藝坊內大大方方跟言兆綱聯絡。

只是他們見到金予真還是有反射動作，好幾次看見貼在一起的王靖跟白筱倩突然彈開，午思齊把手機塞進抽屜或是藏到身後，有次還放進冰箱裡。

「我有這麼可怕嗎？」金予真向石磊求證，本想得到安慰，卻換來無情的嘲笑。

「你才知道喔？金暴君。」石磊笑著閃避金予真的報復，可惜金予真人高馬大，手腳都比他修長，根本逃不掉，石磊只能求饒。「對不起，我錯了，金予真是天下第一大好人。」

因為兩人玩鬧的動靜太大，傳出了辦公室，正在畫設計圖的白筱倩忍不住翻了個白眼。「幼稚情侶。」

「沒想到總監談了戀愛像完全變了個人。」午思齊托腮，感慨道：「我們之前走了好多彎路喔。」

「你們才彎，我沒有。」最近補了不少課的王靖立刻自證清白。

白筱倩差點沒氣死，半是遷怒道：「你們的事情都做完了嗎？貨點了嗎？要交的設計稿畫完了嗎？」

「馬上點！」王靖乖乖坐回位置上，緊盯螢幕。

「馬上畫！」午思齊不敢捋虎鬚，重新執回畫筆。

沒多久，王靖內線響了。金予真交代了幾句話，前後不到一分鐘就結束了。

「我出去一下，總監叫我幫他簽收包裹。」王靖走了出去，正在為設計稿燃燒腦袋的白筱倩只是象徵性地抬頭看了一眼。

午思齊走往茶水間，三步一回首，最後從冰箱拿了罐紅茶出來。「倩姊，你要喝什麼嗎？我順便幫妳拿。」

「不用。」白筱倩正在苦戰，看都不看午思齊。

「真的不用嗎？磊哥今天才補貨的，說這牌子很好喝，但是貴，要不是促銷他根本不會買。」午思齊站在冰箱前晃了晃手裡的紅茶，希望引來白筱倩的注意。

「我不喝，你先不要吵我。」白筱倩靈光乍現，卻被午思齊打斷了，有點動怒。

「真的不喝嗎？我……」

「我說不喝！」白筱倩抬頭看向午思齊，見他嚇到，才收斂了一些脾氣。「好吧，給我一罐。我正在思考，等等別吵我。」

「筱倩！」

王靖突然在她身後喊她，白筱倩氣沖沖回頭，頓時傻了，因為王靖捧著一大束紅玫瑰，對她單膝下跪。

「妳願意嫁給我嗎？」

白筱倩雙手捂唇，嚇得說不出話，腦袋一片空白。

「嫁給他！嫁給他！」石磊在後面起鬨，連帶金予真、午思齊都跟著一起喊嫁給他。

「對不起，讓妳等這麼久。」王靖獻上玫瑰，等白筱倩淚眼汪汪地接過，再從口袋裡拿出他藏了許久的戒指。「可以讓我照顧妳一輩子嗎？往後餘生，都是妳。」

白筱倩說不出話，只能哭著點頭，然後伸出左手。

王靖小心翼翼將戒指套進白筱倩的無名指，不禁紅了眼眶。也算見證他們一路走來的石磊，感性地抹了下眼角，接著瘋狂鼓掌。

「好不容易才爭取來的，你們一定要幸福喔！」石磊感動得亂七八糟的，連講話都有了鼻音。

可能是受了王靖與白筱倩濃情蜜意的刺激，一到下班時間，午思齊無比準時地離開工藝坊，不用猜都知道他急著奔向何方。

金予真跟石磊也沒有馬上回家，約著一起去看了場電影，在黑暗中十指緊扣，於沉默中表達無盡的愛意。

回家的途上，金予真見四下無人，牽起了石磊的手。

「你會羨慕嗎？」金予真問。

石磊看著兩人交握的手，甜滋滋地問：「羨慕什麼？」

「羨慕王靖跟白筱倩。」金予真在想那一束玫瑰與戒指。「你會想結婚嗎？」

「你已經想到結婚啦？」石磊竊笑，像偷到油吃的小老鼠。「應該思齊比較羨慕，他一直想要有個屬於自己的家，綱哥今晚八成不好過。」

「我不管午思齊怎麼想，我只在乎你怎麼想。」

石磊側頭看他，見金予真神色認真又有些緊張，不由得嘆了口氣。「你不用急著把所有東西都捧到我面前，我沒有那麼愛跟別人比較。對我來說，結婚不是衝動的決定，而是水到渠成的事。我希望你是真的安心了、踏實了，相信我不會離開，我們再來討論這些。」

金予真沉默了一會兒，復又說：「如果結婚才能讓我安心呢？」

「那就找時間回去看我媽。」受到父母戀愛觀影響，石磊其實骨子裡的想法很傳統，就是以結婚為前提跟金予真在一起的。「不過先說好，回去就乖乖叫阿姨，不要再喊她娟姊了，你想要我叫你叔叔還是叫你舅舅？」

金予真感情經驗再少，這年紀該懂的都懂，當下真覺得石磊的說法好色氣，耳朵都熱了，還好天色不明，沒讓石磊發覺。

雖然兩人已經正式交往，同住一處屋簷下，還是乖乖分房睡，只是今天受了王靖求婚白筱倩的影響，金予真在一切都收拾妥當後，直接進了石磊房間。

「我想睡這裡。」金予真坐上石磊的床，明白表示。「你也不准打地鋪。」

石磊就直接多了，故意伸手挑了金予真的下巴。「想跟我睡就明說，我還能把男朋友踹出去嗎？」

金予真閉眼深呼吸，決定順從本心，攬過石磊的腰轉了半圈，將他壓在床上，恣意親吻，直到兩人氣喘吁吁才結束。

「起來，有個東西讓你簽。」金予真拍拍他的大腿，拿過跟床具一起帶進來的資料夾，從中取出兩張紙。

石磊一接過，看到上方白紙黑字寫了「公約」兩個字，兩眼發昏。「又是公約？金予真，你是公約轉世嗎？」

「你還沒看內容呢。」金予真聲音有點委屈，石磊不想承認自己被可愛到了。

「我看看……甲方與乙方應維持戀愛關係，若有爭執須盡速溝通解決，冷戰時間不得超過一日。」石磊越念聲音越小越嬌羞。「此戀愛公約效期一萬年，到期後自動延長，次數不限。」

離譜的是還有兩個立約者的欄位。

金予真不曉得從哪裡拿出來的簽字筆，直接塞到石磊手中，久違霸道地說：「簽吧，看你要簽甲方還是乙方。」

「你很誇張耶。」石磊罵歸罵，還是乖乖簽下大名，從來沒當過甲方的他這回終於過了一次癮。「都簽約了，下一步是不是婚前財產公證？」

「不用。」金予真爽快地簽下自己的名字，沒有一次簽名像此刻這般滿足開心，笑得眼睛都瞇成一條線了。「我的就是你的，你的還是你的。」

「哼，算你識相。」石磊傲嬌地哼了出聲，直接把腿搭到金予真身上，有種農奴翻身當地主的感覺，沾沾自喜。

兩人相視而笑，十指交纏，立下了一萬年的誓約，成為彼此守候的愛。

國家圖書館預行編目資料

Be Loved in House 約・定～I Do 影視改編小說
梁心、季電 著；一初版.一
台北市：大鴻藝術股份有限公司，2021.10
352面；14.8×21公分
ISBN 978-986-96270-2-3（平裝）

863.57 110015023

Be Loved in House 約・定～I Do
影視改編小說

戲劇出品 SPO Taiwan、Vidol、科科電速股份有限公司
小說作者 梁心
原作編劇 季電
內容監修 宋鎵琳
封面繪者 每日青菜
封面設計 D-3 Design
執行編輯 張琇鈞
協　　力 悅閱多媒體股份有限公司

編輯顧問 賴譽夫
發 行 人 江明玉
出版發行 大鴻藝術股份有限公司 大藝出版事業部
103台北市大同區鄭州路87號11樓之2
電話：(02)2559-0510　傳真：(02)2559-0502
Email：service@abigart.com
總 經 銷 高寶書版集團
114台北市內湖區洲子街88號3F
電話：(02)2799-2788　傳真：(02)2799-0909
印　　製 韋懋實業有限公司
235新北市中和區立德街11號4樓
電話：(02)2225-1132

排　　版 L&W Workshop
初版一刷 2021年10月

ISBN 978-986-96270-2-3
定　　價 380元

Be Loved in House約・定～I Do Facebook粉絲頁
https://www.facebook.com/BeLovedinHouse.PubOfficial